U0024460

時代 風雲時代 風雲時代 風雲時代 風雲時代 風雲時代 風雲時代 風
風雲時代 風雲時代 風雲時代 風雲時代 風雲時代 風雲時代 風雲時代
時代 風雲時代 風雲時代 風雲時代 風雲時代 風雲時代 風雲時代 風
風雲時代 風雲時代 風雲時代 風雲時代 風雲時代 風雲時代 風雲時代
時代 風雲時代 風雲時代 風雲時代 風雲時代 風雲時代 風雲時代 風
風雲時代 風雲時代 風雲時代 風雲時代 風雲時代 風雲時代 風雲時代
時代 風雲時代 風雲時代 風雲時代 風雲時代 風雲時代 風雲時代 風
風雲時代 風雲時代 風雲時代 風雲時代 風雲時代 風雲時代 風雲時代
時代 風雲時代 風雲時代 風雲時代 風雲時代 風雲時代 風雲時代 風
風雲時代 風雲時代 風雲時代 風雲時代 風雲時代 風雲時代 風雲時代
時代 風雲時代 風雲時代 風雲時代 風雲時代 風雲時代 風雲時代 風
風雲時代 風雲時代 風雲時代 風雲時代 風雲時代 風雲時代 風雲時代
時代 風雲時代 風雲時代 風雲時代 風雲時代 風雲時代 風雲時代 風
風雲時代 風雲時代 風雲時代 風雲時代 風雲時代 風雲時代 風雲時代
時代 風雲時代 風雲時代 風雲時代 風雲時代 風雲時代 風雲時代 風
風雲時代 風雲時代 風雲時代 風雲時代 風雲時代 風雲時代 風雲時代
時代 風雲時代 風雲時代 風雲時代 風雲時代 風雲時代 風雲時代 風
風雲時代 風雲時代 風雲時代 風雲時代 風雲時代 風雲時代 風雲時代
時代 風雲時代 風雲時代 風雲時代 風雲時代 風雲時代 風雲時代 風
風雲時代 風雲時代 風雲時代 風雲時代 風雲時代 風雲時代 風雲時代
時代 風雲時代 風雲時代 風雲時代 風雲時代 風雲時代 風雲時代 風
風雲時代 風雲時代 風雲時代 風雲時代 風雲時代 風雲時代 風雲時代
時代 風雲時代 風雲時代 風雲時代 風雲時代 風雲時代 風雲時代 風
風雲時代 風雲時代 風雲時代 風雲時代 風雲時代 風雲時代 風雲時代
時代 風雲時代 風雲時代 風雲時代 風雲時代 風雲時代 風雲時代 風
風雲時代 風雲時代 風雲時代 風雲時代 風雲時代 風雲時代 風雲時代
時代 風雲時代 風雲時代 風雲時代 風雲時代 風雲時代 風雲時代 風
風雲時代 風雲時代 風雲時代 風雲時代 風雲時代 風雲時代 風雲時代
時代 風雲時代 風雲時代 風雲時代 風雲時代 風雲時代 風雲時代 風
風雲時代 風雲時代 風雲時代 風雲時代 風雲時代 風雲時代 風雲時代
時代 風雲時代 風雲時代 風雲時代 風雲時代 風雲時代 風雲時代 風
風雲時代 風雲時代 風雲時代 風雲時代 風雲時代 風雲時代 風雲時代
時代 風雲時代 風雲時代 風雲時代 風雲時代 風雲時代 風雲時代 風
風雲時代 風雲時代 風雲時代 風雲時代 風雲時代 風雲時代 風雲時代
時代 風雲時代 風雲時代 風雲時代 風雲時代 風雲時代 風雲時代 風
風雲時代 風雲時代 風雲時代 風雲時代 風雲時代 風雲時代 風雲時代
時代 風雲時代 風雲時代 風雲時代 風雲時代 風雲時代 風雲時代 風
風雲時代 風雲時代 風雲時代 風雲時代 風雲時代 風雲時代 風雲時代
時代 風雲時代 風雲時代 風雲時代 風雲時代 風雲時代 風雲時代 風
風雲時代 風雲時代 風雲時代 風雲時代 風雲時代 風雲時代 風雲時代
時代 風雲時代 風雲時代 風雲時代 風雲時代 風雲時代 風雲時代 風
風雲時代 風雲時代 風雲時代 風雲時代 風雲時代 風雲時代 風雲時代

風雲時代

馭禽長征

3 聖鸞禁地

龍人 策劃 雨魔◎著

故事簡介

紳士大盜楚天，歷盡艱苦，終於找到了雅瑪人價值萬億的藏寶地，卻因一時好奇，而意外喚醒了封印千年的逆世天禽，被移魂奪魄，莫名其妙來到一個被鳥類統治的異世星球，故事從此展開。

禽鳥世界美麗而富足，但由於神權與王權的激烈衝突，再加上虎視眈眈的百萬戰獸，誓雪前恥的四方海族，天鵬盛世並不如表面那樣和諧、平靜，一切只是風雨驟來前的假象。

鳥身人腦的楚天，努力學飛，抗拒吃蟲，卻因一時嘴饞，吃下鳥蛋而引起眾怒。即將被處以極刑的楚天，卻因神權與王權的制衡而僥倖生還，且因禍得福晉升為啄衛。

機緣巧合之下，楚天收了一隊天牛軍團為部下，意外成為孔雀崽崽的「媽媽」，並獲孔雀忠心家臣鴕鳥的相助，繼而結交鴨嘴獸王和不死之神始祖鳥，屠戮擁有傲世真言的黑天鵝和火鳳凰，得到神級羽器幽靈碧羽梭，戰敗了不可一世的大雷鵬王和海族幻龍大帝，威名震懾天下。

一座座天空之城在他腳下顫抖，鳥、蟲、獸、海四族的屍體和鮮血鑄就了他逆天禽皇的威名！

人物介紹

禽皇：萬年前率四王作亂，被神王兩權陰謀鎮壓，流放到外界，萬年來懷著復仇的念頭存活，大盜楚天巧合之下觸碰禁忌，思想留在楚天腦海裏，把自己的一切都給了楚天。

楚天：因尋找寶藏穿越到鳥人世界的彪悍大盜，其腦海裏有著禽皇的思想，修煉九重禽天變，在鳥人的世界裏一步步建立屬於自己的勢力，得到禽皇寶藏之後開始爭雄，破神權鳳凰，滅王權鯤鵬。擁有神級羽器幽靈碧羽梭、烈火黑煞絲，頂級羽器大日金烏、修羅鳥語針。

吉娜：機緣巧合之下跟在楚天身邊，漸漸看清了神王兩權的本來面目，對楚天暗生情愫，對楚天裨益極大。

獨眼：楚天在血虻沼澤收服的恐怖天牛隊首領，通過自己不斷修煉，領悟蟲族力量，最終隨著楚天一起在鳥人世界橫行。

崽崽：孔雀王系一族嫡系後人，本來是楚天在血虻沼澤拾取的一個蛋，活潑可愛，跟在楚天身邊漸漸成長，在楚天的幫助下奪取綠絲屏城政權，擁有孔雀一族王系神級羽器孔雀翎和孔雀明王印。種族異能「孔雀屏」。

特洛嵐、伯蘭絲：孔雀家臣鴕鳥一族的兩位族長，結爲夫妻，爲尋找主上的後裔在陸地上待了百年，找到崽崽之後一直待在楚天身邊，對楚天在鳥人世界成長稱霸幫助極大，成爲其左膀右臂，兩人分別擁有頂級羽器虯黿翼和碧波粼羽刀。種族異能「坐地裂」。

馭禽齋傳說

卷三 聖皇回歸

CONTENTS

目　錄

第一章 極道高手

朝陽初生，紅霞四射。

楚天被一陣嘈雜的腳步聲驚醒，他皺了皺眉，從草地上站起來，向聲音的來源望去。

獨眼帶領著所有的天牛戰士正握緊長棍將寨門圍得死死的，不斷地向寨門外嚷嚷著。

楚天靈禽力運轉，感知到寨門外的不是蛇族戰士，心裏鬆了口氣，不緩不急地說道：「獨眼，出了什麼事？讓外面的鳥族士兵都進來吧！」

只見一道隱約可見的金芒從楚天嘴裏向獨眼他們飛去，那聲音就清晰地鑽進每一隻天牛耳裏。

獨眼大聲地應了一聲，翅膀一振，吼道：「所有的天牛戰士聽令，全部退開！」話音一落，所有的天牛戰士齊刷刷向路的兩邊站直，儼然是一支受過嚴格訓練的軍隊。

楚天懶洋洋地從綠地上站起，此時他並沒有幻化成人形，而是保持著禿鷹的原始形態。眾天牛只看到楚天突然消失不見，正在尋找之時，楚天已經來到獨眼的面前。

獨眼驚歎道：「老大，你現在的力量是越來越強了！看你偉岸的身軀，我就想到挺拔的參天之樹……」

楚天輕輕拍了下獨眼的腦袋，笑罵道：「現在不是拍馬屁的時候，什麼事一大清早就這麼吵？」

獨眼指著外面的一群白鴿武士，氣憤地說道：「老大，還不是他們。早上幾名巡邏的弟兄看到他們向寨子飛過來，就發出警告，不讓他們在寨子三百米以內正面飛行，可是他們不聽，結果太陽升起，一隻鳥被寨頂的光芒反射撞到了樹上，他們就過來鬧事了。」

楚天笑著說道：「這麼小的事情都處理不好，以後老子還怎麼讓你獨當一面啊。」

他走到寨門，臉色瞬間變得冷酷，對那群白鴿武士說道：「你們來這裏做什麼？我手下的天牛戰士不是警告過你們嗎？」

爲首的一隻白鴿武士身材高大，只比楚天稍矮半個頭，他的上半身已幻化成人形，身穿雪白的盔甲，渾身散發出一股強者的氣息，只聽他傲慢地說道：「一群低下的天牛居然在我們偉大鳥族所統治的區域內生活，還建立了一座醜陋的山寨，真是太不自量力了。」

楚天冷哼一聲，阻止住他身後衝動的獨眼，說道：「你們是來自哪座天空之城的神殿？居然這麼沒教養！」

白鴿武士大怒，強忍住怒火，說道：「本爵是來自黑雕城的凱奇特翅爵，你一隻低等的鳥見到本爵居然不跪，還敢這樣跟本爵說話，來人，將他拿下！」

凱奇特身後的白鴿武士一擁而上，準備將楚天這隻不知好歹的鳥給抓起來，就在這時，一個急促的聲音響起：「凱奇特大人，這位就是我們要請回黑雕城的楚天羽爵！」

凱奇特一聽，大手一揮，示意手下的白鴿武士不要動，雙眼透出凌厲的光芒盯著楚天，看來是運起靈禽力探查楚天的力量了。

楚天覺得這聲音非常熟悉，轉念一想，原來是那日在黑雕城神殿認識的格古達的知交好友伊萬諾。

伊萬諾疾步向前，走到楚天面前歉然道：「楚兄勿怪，好久不見了，別來無恙吧！」

楚天臉上露出笑容，拍了拍伊萬諾的肩膀，說道：「還好！哈哈，伊萬諾兄怎麼早不到晚不到，偏偏在我要教訓一群不知好歹的白鴿時出現呢，這樣很容易讓兄弟誤解的。」

伊萬諾臉上露出歉疚的神色，說道：「我受銀羽大祭司之命，前來找你，所以比他們晚到一步，所幸來得及時。」

楚天大笑幾聲，說道：「看來銀羽大祭司還真是知人善任啊！知道我們私交很好，特意讓你過來找我是吧？不知道這次來找我有什麼事？」

伊萬諾正要說話，站在他後面的凱奇特突然插言，不屑地說道：「他就是神殿冊封的楚天羽爵？居然連臉形都沒幻化出來，還能封爲羽爵？太可笑了。」

楚天心裏冷笑，他現在的力量等級遠超凱奇特，再加上他所修煉的九重禽天變心法獨一無二，所以凱奇特察覺不出他體內靈禽力的湧動。

伊萬諾心中暗歎了口氣，忙打圓場道：「楚天兄，大祭司聽說你大敗黑蝰蛟，對你很是欣賞，這次特意命我們前來接你回黑雕城接受封賞。」

楚天並不理會自大的凱奇特，笑著對伊萬諾說道：「這才不過三天，怎麼你們就得到消息了？」

伊萬諾見楚天沒有生氣的跡象，心下放寬，大祭司叮囑他一定要把楚天帶回神殿接受冊封，要是讓凱奇特帶回去了，恐怕會被寒梟翅爵收攏，那樣的話，對神殿將會很不利。他笑著說道：「大祭司一直都很關注楚天兄在血虻沼澤的一舉一動，所以楚天兄能大勝黑蝰蛇軍團，大祭司非常高興，表示要立即將楚天兄你加封爲翅爵。」

楚天不露聲色，笑著說道：「那還真要感謝銀羽大祭司的厚愛了！不過我現在待在血虻沼澤，這片荒涼的陸地一直都沒有鳥族管理，我想……」

「既然你們都想我進入你們的陣營，那我就不妨利用這一點，先把血虻沼澤劃成我的封地再說。」楚天心裏暗暗想著。

果然，伊萬諾急忙說道：「大祭司說了，血虻沼澤的蛇族威脅既然是楚天羽爵解除

的，那麼這一片土地就歸楚天羽爵所有，還包括周圍百里陸地都歸你所有。」

凱奇特心裏的怒意不斷上湧，這隻黑不溜秋的醜鳥居然不把高貴的凱奇特翅爵放在眼裏，他走上前，冷哼著說道：「楚天羽爵，上次你接受冊封的時候本爵不在場，否則絕對不會讓一隻沒有實力的鳥輕易成爲羽爵的。」

楚天這才斜著眼，輕蔑地望著凱奇特，說道：「你以爲你力量很強嗎？」

凱奇特傲然一笑，雙手緊握成拳頭道：「當然，至少要比你強上兩倍。」

楚天臉上露出笑意，從伊萬諾的口中知道凱奇特是屬於寒梟翅爵這邊的之後，想起當初寒梟翅爵陰險地讓他來血虻沼澤送死，心裏就湧起一股恨意。

他笑著說道，「真的嗎？伊萬諾兄，這位仁兄跟你的關係如何？」

伊萬諾不解楚天話裏的意思，但還是老實回答道：「凱奇特大人跟我見過幾面。」

不容伊萬諾再說，楚天接著說道：「那就好，如果我要是傷到了他，伊萬諾兄也不會夾在中間難做人了。」

伊萬諾心裏一驚，要是楚天真的把凱奇特給傷了，依照那鳥人的性格，一定會在寒梟翅爵面前說三道四的，到時他在銀羽大祭司面前就不好交代了，而萬一楚天被他給傷了，自己恐怕不能將他完好地帶回神殿了。

想到這裏，他不由心裏大急，就要開口阻止。凱奇特聽出楚天話裏的諷刺和不屑，心裏大怒，早已按捺不住，搶先怒道：「好！今天本爵就讓你見識見識，也好讓你知道什麼叫強者。」

楚天微微一笑，做了個請的姿勢，說道：「前面場地寬闊，很方便我將你打成各種姿勢！你放心，絕對不會有重複的。」

話一說完，楚天一步一步，裝作很普通的樣子向幾十米外的一塊平整場地走去。

凱奇特振臂一揮，幻化成一雙長滿紫色羽毛的翅膀，振翅飛向楚天那邊，雙眼厲芒閃現，鎖定楚天。

楚天心中存著玩人的心態，故意示弱，待到凱奇特站定後微笑著說：「你現在可以祭出你的羽器了。」

凱奇特傲慢的臉上露出嘲笑的神色，右手指著楚天，輕蔑地說道：「就憑你還不能讓我動用高貴的羽器。」

楚天並不生氣，只是淡淡地一笑，說道：「是嗎？那麼你將後悔沒有拿出羽器，因爲你現在已經沒有機會了。」

凱奇特深吸一口氣，平定自己的心神，冷笑著說道：「是嗎？本爵倒要看看你有沒有資格這麼狂妄。想激怒本爵，你不用想了。」

楚天神色冷峻，他已經決定要重傷這隻不知天高地厚的翅爵，這樣不但可以挫挫寒梟翅爵的銳氣，還能在神王兩派面前增加自己談判的籌碼。

獨眼帶著天牛戰士將所有的白鴿武士團團圍住，特洛嵐和伯蘭絲也從寨子裏出來。

特洛嵐低聲問獨眼：「出了什麼事？這不是黑雕城神殿裏出來的貴族嗎？」

獨眼神情憤怒地說道：「老子也不知道是從哪裏來的一群沒有教養的鳥人，一大清早就在這裏唧唧歪歪的。」

周圍的白鴿武士面色鐵青，他們作爲神殿的侍衛，一向都讓人敬畏有加的，沒想到居然會被一群低等的蟲族天牛給辱罵，當即就有幾隻面部已經幻化成人形的武士站出來將獨眼圍起來。

伯蘭絲抱著崽崽，冷冷地往獨眼身旁一站，眼中藍光乍現，盯著幾隻武士。她現在的力量在獅鷲阿爾弗雷德的幫助下較之以前也有所提升，快要突破焚煞後期進入隕化境界，自然不會將這幾隻武士放在眼裏。

伊萬諾現在是頭大如斗，顧不得楚天與凱奇特的決鬥，運起靈禽力迅速來到伯蘭絲他們之間，打著圓場說道：「兩位還記得在下嗎？」

特洛嵐也不想在這個時候跟神殿派來的人起衝突，笑著說道：「我們在黑雕城神殿外面見過。」

伊萬諾鬆了口氣，也笑著說道：「是的，在下伊萬諾，這次奉銀羽大祭司之命前來請楚天羽爵回神殿受封。」

特洛嵐頭一昂，說道：「請楚天去受封？呵呵，但我看這陣勢好像不是吧！」

伊萬諾心裏一緊，忙說道：「那位是黑雕城的凱奇特翅爵大人，楚天羽爵提出跟他比試，凱奇特翅爵大人答應了，在下想阻攔也是不行的。」

獨眼在一旁憤怒地說道：「老大找他決鬥那也是因爲那隻鳥侮辱了我們，你們要是管好自己的嘴，也不會發生這種事。」

伊萬諾性格溫和，實在不願意跟獨眼發生什麼爭執，也就不再多言。場上戰鬥已然開始，他正好借此機會關注場上的戰鬥。

崽崽在伯蘭絲的懷裏瞪大眼睛，小聲地問道：「伯蘭絲阿姨，那隻大鳥看起來蠻厲害的，你說媽媽多久能把他打敗啊？」

伯蘭絲奇怪地說道：「崽崽，你就這麼相信你老爸的力量？」

崽崽認真瞪大眼睛說道：「在崽崽的眼裏，媽媽是最厲害的！」

伯蘭絲笑笑，摸著小可愛的小腦袋，說道：「只要你老爸願意，一招就能將他打敗！現在你老爸的力量可是我們裏面最強的哦。」

崽崽歡呼一聲，緊緊地盯著場上的楚天。

豔陽帶著一圈金暈灑落下來，楚天周圍起了奇異的變化，太陽的光芒彷彿是他一個人所獨有的，一股強大的氣勢以他為中心向四周散開。

一旁的伊萬諾隱約捕捉到楚天體內一絲靈禽力的波動，暗暗吃驚道：「這才一個月不到，他的力量居然這麼強了。」

站在立場中心的凱奇特此刻開始後悔為什麼要誇下海口不用自己的高級羽器了，他的身心彷彿處在一處逐漸縮小的空間裏，強大的氣勢不斷地壓迫著他。

「誰讓你自大得不肯動用羽器，老子打起來可是省事多了。」陰陰地想著，楚天面露譏誚地看著臉漲得通紅的凱奇特，說道，「你現在後悔了吧？本爵要你不出一招就敗！」

楚天身為神殿冊封的羽爵，居然在凱奇特這位翅爵的面前稱本爵，實在是對凱奇特的藐視，再加上他說的話，凱奇特心裏大怒，體內靈禽力暴漲，想要衝破楚天九重禽天變心法布下的氣勢。

伯蘭絲皺著眉頭，說道：「楚天這麼說也太目中無人了吧！」

特洛嵐微微一笑，說道：「楚天一向都沒有自大過，他這麼說，就一定能行的，你看他現在身上所散發的氣勢，就是你我處在其中恐怕也不會好過。」

伯蘭絲點點頭，說道：「這倒也是，沒想到短短的一個月，他就能有這麼大的進步，我們還真是看走眼了。」

獨眼興奮地說道：「老子就說嘛！我們天牛的老大一定是個天才。」語氣一頓，對眾白鴿武士搖頭晃腦地說道：「唉！真是可惜了神殿的名聲，就這樣沒了。」

眾白鴿武士是敢怒不敢言，懼於兩隻鴕鳥的恐怖實力，無奈之下只能狠狠地向獨眼瞪幾眼，拚命用眼神剜死天牛。

獨眼心想你用眼睛瞪我？看老子的牛眼比你們一群小鴿子的是大是小。

凱奇特雙手抱圓，一團紫色的光芒漸漸在他的雙手之間形成，宛如地球佛教傳說中的光輪，沖天而上，紫芒劃過天際，將凱奇特的面目映襯得異常恐怖。

就在凱奇特運足靈禽力要反擊的時候，楚天突然憑空消失了。

凱奇特愣了一下，雙手也停頓了一瞬間。

就在這一瞬間，楚天出現了，他出現在凱奇特的面前，幾乎跟他是貼著面的，所以凱奇特雙手結成的光柱絲毫沒有沾到楚天的身體。

楚天笑了笑，一雙墨黑色的翅膀突然幻化成手臂，在金光覆蓋下，楚天重重擊中凱奇特的小腹。

地面驀地出現一條筆直地延伸百米的地溝，凱奇特在一團金光的包裹之下如斷線風箏一般摔在百米之外。

靜！

全場的鳥蟲都安靜地看著場上的楚天以及百米之外的凱奇特。

伊萬諾難以置信地看著楚天，他實在難以相信一隻擁有翅爵力量的黑雕會被楚天在一招之內就打敗，而且看起來還是重傷。

特洛嵐與伯蘭絲相視一眼，從對方的眼中都看出了震驚，他們都沒有想到楚天竟然勝得這麼輕鬆。

崽崽用力地拍打著翅膀，大聲地說道：「媽媽，你好帥！」

楚天回過頭，對著小可愛擺了個很自戀的姿勢。

獨眼哈哈大笑，指著凱奇特說道：「原來這就是天空之城的翅爵啊！居然在我們老大面前支撐不了一招，哼！看你們這群自以爲是的鳥人還囂張不囂張。」

一群傻愣愣的白鴿武士都被這話喊醒，也顧不得和獨眼計較，連忙慌張地拍打著翅膀，向凱奇特飛去。

楚天說完，微微一笑，飛身而起，瞬間便到了獨眼他們身邊，笑著說道：「終於出了口鳥氣，不知道寒梟知道了會是什麼表情。」

特洛嵐面露憂煩之色，說道：「寒梟是黑雕城王權一派的代表，楚天，你這麼做恐怕不太好。」

楚天嬉笑道：「這有什麼，難道要我不報他推我進火坑之仇嗎？還好老子命大，不然就死在那條獨腳蛇的嘴上了。」

伯蘭絲冷聲說道：「凱奇特應該沒有受傷吧？楚天，依你現在的處境，在你勢力還沒有壯大之前，你是不會與神王兩派起正面衝突的。」

楚天右手敲擊著額頭，微笑著說道：「接著說。」

伯蘭絲眉毛很自信地一挑，繼續說道：「因爲你知道，要是現在就跟他們結下樑子的話，對你的勢力發展會很不利，畢竟你手下還有一群不被鳥族容納的天牛，會很容易讓他們找到把柄。」

楚天拍掌笑著說道：「對，我現在是不會跟他們起正面衝突的，但是我也絕不會讓陷害我的人好過。他們仗著自己是自以爲是的高貴鳥族，不將獨眼他們放在眼裏，我要讓他們都知道，我手下的弟兄是不允許其他人侮辱的。」

特洛嵐看了眼正忙活的伊萬諾他們，說道：「那你會不會去接受冊封呢？」

楚天擺擺手，笑著說道：「如果我所料不差，丹姿城也一定會再派人過來，我們不妨在這裏再等幾天，也好讓凱奇特回去稟告寒梟，加重我在他們心中的分量。」

特洛嵐也笑道：「這樣的話，他們就更會加大籌碼來拉攏你。不管怎麼樣，最終獲利的終究是你。」

楚天點點頭，說道：「現在若不依靠他們，我們的發展將會困難很多。」楚天現在說

話時不時都將他和特洛嵐他們聯繫在一起，有意識地讓特洛嵐知道他是會幫助他們的。伯蘭絲皺著眉頭，說道：「他們也不是傻子，你要是做得太明顯的話，肯定會被看出來的。」

楚天面上笑容不變，敲擊著額頭，說道：「這還不簡單，我們可以說鞏固戰果啊！就說現在黑蝰蛇軍團還沒有完全消滅，他們的殘餘勢力依舊在血虻沼澤附近蟄伏，我們不但可以靜觀其變，還可以要求獲得一大批的精良裝備，將我手下的天牛戰士武裝好。」

特洛嵐豎起大拇指說道：「好主意，這樣的話我們還可以暗中前往聖鸞城，躲過他們的耳目，伺機獲取大天池附近的寶藏。」

楚天點點頭，說道：「這個我們可以等到他們走了再詳細制訂計劃。」

獨眼一直都沒有說話，不知道在想什麼。

楚天扯著嗓子喊道：「伊萬諾兄，小弟下手很有分寸吧！翅爵大人沒有受傷吧？」

伊萬諾回應道：「多謝楚天兄手下留情，翅爵大人並沒有受傷，我們這就過來！」

卻只見凱奇特被兩隻白鴿武士攙扶著，正在跟伊萬諾爭執著什麼。伊萬諾面色為難，不斷地勸著凱奇特。

「爺爺的，老子雖然沒有傷著你，但起碼也能讓你個把月不能自己走路，嘿嘿。」楚天心裏暗笑，慢慢向伊萬諾他們走去。

眾白鴿武士見楚天過來，忙將凱奇特圍在中間，神情緊張地盯著楚天，翅膀上拿著的兵器輕輕地抖動著。

見到楚天一招擊敗黑雕城四大家族之一的菲利家族第三大高手，這種實力怎麼能不讓他們心驚呢。

伊萬諾對著楚天強笑一下，說道：「楚天兄可是準備跟我一起回黑雕城？」

楚天搖搖頭，笑著說道：「現在還不行，我還要留在寨子裏修整山寨，還有很多事情等著我去處理。」

伊萬諾神色複雜，說道：「楚天兄，這些事情等你受封完再回來處理也不遲啊！大祭司派我下來，交代一定要請你回去。」

楚天還是搖搖頭，指了指身後，說道：「他們在打敗黑蝰蛇軍團時都立下了功勞，我又怎麼能這麼快就扔下他們獨自去領功呢？」

伊萬諾想想也是，他點頭說道：「這個我也知道，可是天空之城算是鳥族聖地，就連平常鳥族都不知道它們的存在，又怎麼能讓一群天牛進入呢！」

楚天拍拍伊萬諾的肩膀，說道：「其實這些都不是重點，關鍵是現在黑蝰蛇軍團還沒有被完全清除。雖然他們的首領黑蝰蛟已經敗走，但是殘餘勢力還是不容小覷的。」

伊萬諾驚道：「什麼？還有很多的黑蝰蛇軍團嗎？」

楚天笑笑，說道：「這個就不是很清楚了，也正是因爲這樣，我才更要留在這裏，血虻沼澤情況險惡，如果不是因爲我手下熟悉地形，我們還真不容易完全消滅他們。」

伊萬諾連忙說道：「既是這樣，那楚天兄可以叫他們先去探察清楚黑蝰蛇軍團的具體情況啊！我們也可以趁這段時間回黑雕城一趟。」

「老子要是跟你回去，那豈不是很虧。」楚天心裏暗暗好笑，面上卻裝作沉重地說道，「伊萬諾兄，要是我離開了，恐怕他們也會一哄而散，所以我才會留下來啊！」

伊萬諾歎了口氣，說道：「看來爲了鳥族在這片土地上的安危，就只有委屈楚天兄留在這荒涼的地方了。」

「嘿嘿，老子就等你這句話。」楚天對自己既能得到好處又能樹立形象的做法很是滿意，面色沉重地說道，「我楚天爲了鳥族的安定，留下來又有什麼呢，只是大祭司可能會以爲我不尊敬他的決定，恐怕會對我不滿吧！」

伊萬諾將翅膀按在楚天的肩上，激動地說道：「楚天兄，你放心，我會回去對銀羽大祭司說清楚的。大祭司仁愛祥和，一定會讚賞你的做法的，相信他一定會向萬能的鳥神祈禱，爲你祈求祝福的。」

「祈求祝福就免了，只要那個什麼鳥神不一個雷電劈下來就好了。」楚天心裏暗笑，轉過臉看著鐵青著臉的凱奇特，笑著說道，「翅爵大人感覺如何？」

凱奇特重重地哼了一聲，一雙眼睛裏透出怨毒的神色，盯著楚天不放。

楚天的眼神逐漸冰冷，臉上卻是笑意盈盈，說道：「怎麼？凱奇特大人心裏是在怪在下沒有在這些白鴿武士面前給你留面子嗎？」

凱奇特心裏咯噔一顫，竟然不敢正視楚天的目光。想到楚天詭異的力量，沒來由地一陣心寒，一時之間不知道說什麼，只能靜默不語。

伊萬諾不失時機地開口說道：「楚天兄，一個月不見，沒想到你現在的力量遠超我，唉！真是讓人羨慕啊。」

楚天微微一笑，說道：「伊萬諾兄這是哪裏的話，只是我運氣好一點罷了。」

伊萬諾認真地說道：「修煉是不可能靠運氣就行的，資質不行的話，再練一百年也達不到你這種境界啊！」

楚天依舊是那種不慍不火的笑容，岔開話題說道：「伊萬諾兄既然來了，不妨隨我進寨子說說話，交流交流修煉的心得，怎麼樣？」

伊萬諾愛武成狂，哪能拒絕，聽到楚天的話忙滿口答應道：「好好好，小弟正好向楚天兄討教討教。」

凱奇特被冷落在一邊，又不能發作，便將氣出在扶著他的兩隻白鴿武士身上，怒聲說道：「沒用的廢物，扶好！」

楚天笑著說道：「翅爵大人千萬別動怒，萬一傷到身子就不好了。在下可不能保證我的靈禽力控制得很好，要是一不小心殘廢了，那在下就罪過了。」

凱奇特心裏一驚，不再說話，狠狠地盯了身邊兩隻武士一眼，示意他們將自己帶開。

楚天右手敲擊著額頭，像是自言自語地說道：「翅爵大人現在不能飛行，你們這些白鴿武士中又沒有像翅爵大人一樣的高手，萬一遇上殘餘的黑蝰蛇軍團……他們現在對鳥族恨之入骨，恐怕是凶多吉少了，伊萬諾兄請！」

凱奇特聽到楚天的話，勉強邁出去的腳步頓時停下來，臉上陰晴不定，心裏陰沉地想道：「小子，最好別落在我手裏，否則我一定讓你生不如死。」

楚天臉上含笑，心裏想道：「老子不但要讓你白白受罪，還要讓你以後都沒有機會報復我，嘿嘿，只怪你跟了寒梟這個陰沉的鳥人。」

伊萬諾可不想凱奇特在血虻沼澤裏有什麼意外，他朝楚天說道：「楚天兄，凱奇特大人也是神殿派來的，這次你回去接受冊封，而凱奇特大人正是萬能鳥神的使者。按照我們鳥族的傳統，你必須以最高的禮節接待他。」

楚天眉頭一挑，似笑非笑地望著凱奇特說道：「翅爵大人，伊萬諾說的可是真的？」

凱奇特一接觸楚天的目光，心裏底氣已洩，但又想到他既然知道了自己現在是萬能鳥神的使者，怎麼也得和和氣氣地待他。

他一挺胸膛，說道：「沒錯，我正是作爲鳥神的使者來此地的，楚天羽爵你既是不知道，那我也就不追究了。但是你居然敢對翊爵無禮，本爵一定會詳細稟告神殿，到時，哼哼！」凱奇特連哼幾聲，其中的囂張和惡毒讓同爲神殿官員的伊萬諾也皺眉不已。

楚天用右手敲擊著額頭，饒有興趣地看著凱奇特，說道：「是嗎？凱奇特大人，伊萬諾說要以最高的禮節待你，我好像沒有做錯吧！在我們偉大鳥族的歷史裏，強者爲尊一直是我們所信奉的原則，所以在下就以鳥族中的最高禮節決鬥來迎接翊爵大人，應該也算是合理的吧！翊爵大人這麼咬牙切齒，是否是因爲被一個羽爵所打敗，心裏怨恨？」

楚天明目張膽地說出這番話，讓凱奇特既是憤怒又是無言。楚天的話連消代打，要是他現在再說什麼，肯定會被認爲是肚量小，因爲決鬥在鳥人的世界本來就很常見，就是晉升爵位也得挑戰三個上位爵才行。

凱奇特心裏憋悶至極，思慮之下突然想起來血虻沼澤之前寒梟翊爵跟他說的話：「凱奇特，你一定要把楚天給拉過來。我們現在不看他本人的力量強大，光是他背後的孔雀一族的實力就絕對不能小覷。他身邊跟著的兩隻鴕鳥也都是一等一的高手。這次派你下去，主要還是因爲你的爵位比伊萬諾的要高，大祭司一定會派跟楚天有點交情的伊萬諾去，就是要爭的話，以他的性格絕對不敢對你有異議。」

楚天說完也不看凱奇特，逕自朝寨子走去，隨口說道：「伊萬諾兄，請隨我來，至於凱奇特大人，就隨他吧！想來的話也行。」

伊萬諾面露爲難之色，看著凱奇特，動也不是，不動也不是。跟著楚天進去的話，肯定會得罪凱奇特，到時他回黑雕城隨便說說，自己就危險了。但是要是不進去的話，恐怕楚天會以爲他不願意去，那麼大祭司交給自己的任務就難以完成了。

凱奇特眼珠一轉，決定現在還是不要得罪楚天的好。他盡收臉上怨恨神色，擠出一絲笑容，好讓楚天以爲他現在是迫於無奈屈服了，等到回了天空之城，嘿嘿，還不是自己的天下。

凱奇特大聲地說道：「既然楚天羽爵這麼說了，本爵要是再計較的話，那也確實是小氣了。能結交到像楚天羽爵這般厲害的高手，本爵甚是高興啊！」

伊萬諾緊繃的心鬆弛下來，笑著說道：「凱奇特大人，請隨下官一起來。」

凱奇特點點頭，面上看不出一絲怨恨與不滿，示意兩隻白鴿武士扶著他跟在伊萬諾後面，向山寨走去。

楚天招招手，笑著說道：「獨眼，帶著所有的天牛戰士進去，該休息的休息，該巡邏的巡邏，一切照舊。」

獨眼大聲地應了一聲，底氣十足地對所有的天牛戰士說道：「各小隊帶著自己的手下解散！」只有一聲響亮的應答，十幾隻天牛戰士的聲音整齊劃一，充滿自信。

楚天掃了眼眾天牛戰士，很滿意點點頭道：「獨眼，看來你們的確下過苦功練兵了。哈哈……」

獨眼得意地摸了摸頭上的觸角道：「老大，你現在是不是很吃驚啊？嘿嘿，老子這個你的親衛隊首領做得還行吧？」

楚天擡起爪子踢了獨眼一腳，笑罵道：「別給你三分顏色你就開染坊，快帶著不需要休息的弟兄們出去追查黑蝰蛇軍團的行蹤。」

獨眼自然知道楚天這麼說只是做做樣子，所以他也很囂張地說道：「昨晚休息好的幾個小隊都跟老子來，出去探查蛇族軍團的消息。」

楚天對著所有的即將出去探察的天牛戰士們說道：「你們出去要小心，獨腳蛇軍團剩餘的力量還是不容小覷的，有什麼狀況一定要迅速來報。」

獨眼帶著手下的天牛戰士大搖大擺地從神殿白鴿武士身邊走過。雖然個個盔甲破舊不堪，但是誰也無法小瞧他們，自從這幾天的大戰，他們身上散發出的氣息中全帶著一股濃濃的殺意。

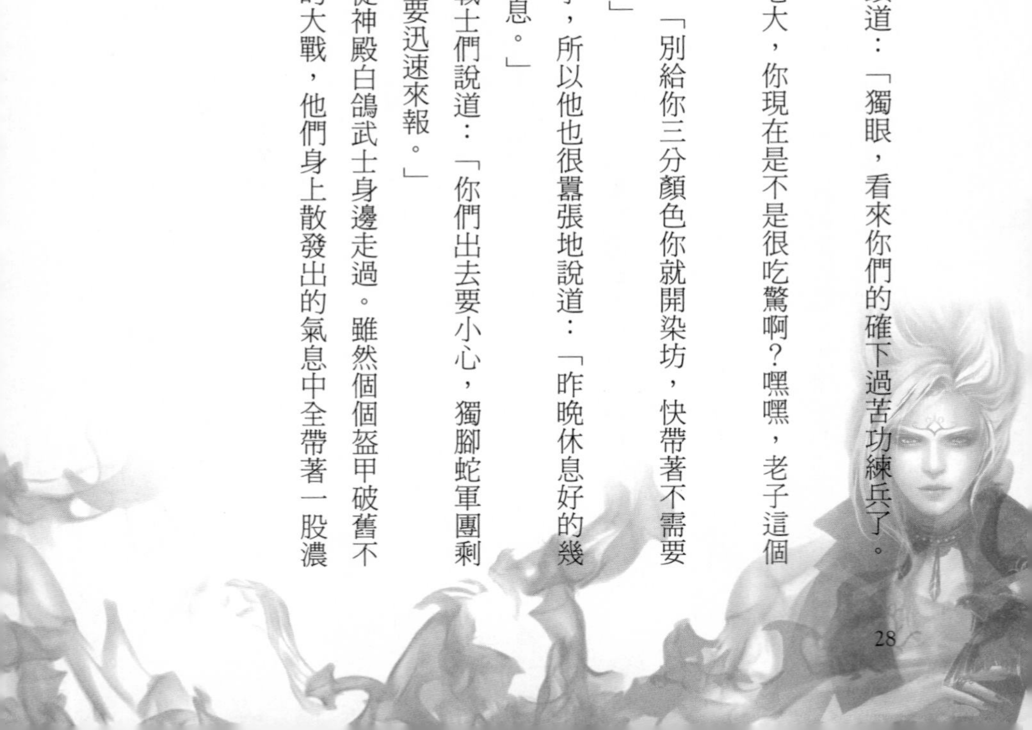

第二章 背背鳥

楚天露出個無奈的笑容對伊萬諾說道：「裝備太差，也不敢叫他們離得太遠。萬一碰上蛇族兵團，他們也能及時回來稟告，這樣就不至於損失太多。」

伯蘭絲不失時機地說道：「楚天，你就派你手下一群盔甲都不齊全的天牛弟兄去啊？這裏有那麼多白鴿武士，他們不是萬能鳥神的使者嗎？讓他們去也可以嘛。」

凱奇特手下的那群白鴿武士無不色變，面面相覷，求助似的看著跟楚天還有點交情的伊萬諾。

伊萬諾心中汗顏，但卻不能讓這群白鴿有什麼差池，他忙勸慰道：「楚天兄，等我回去黑雕城，一定如實稟明大祭司，到時會派遣鳥族下來幫助你們。」

楚天眉頭蹙在一起，想了想後擺了擺手說：「那樣還是免了，你們黑雕城的鳥族戰士恐怕不是我所能掌握的，還是讓大祭司給我一批裝備，我自己在陸地上招收一批吧！」

伊萬諾只求楚天別把這群白鴿武士拿去送死，當然點頭稱是，說道：「楚天兄說得是，自古強將手下無弱兵，我會去跟大祭司說的。」

楚天拍拍伊萬諾的肩膀，說道：「那就有勞伊萬諾兄了。」

伊萬諾慚愧地搖搖頭道：「楚天兄能在這麼短時間內有這麼大的功勞，才一個月就被神殿冊封爲翅爵，速度之快，在黑雕城不做第二隻鳥想，以後還要靠楚天兄的提拔了。」

「翅爵老子還不放在眼裏，現在我的實力當個銳爵都綽綽有餘。」楚天心裏不屑地想著，面上卻是掛著爽朗的笑容說，「伊萬諾兄說的是哪裏的話。來來來，我們去裏面聊，寨子比較簡陋，還請伊萬諾兄不要嫌棄啊。」

伊萬諾擺擺手，正色說道：「楚天兄這麼說可是小看我了！」

楚天通過聊天知道伊萬諾的性格比較溫和，對武道尤其癡狂，心裏對他很欣賞，有心拉攏他。

趁著走路的空隙，楚天來到特洛嵐的身邊，壓低聲音耳語道：「你覺得伊萬諾這隻鳥人怎麼樣？」

特洛嵐向旁邊掃了眼說道：「很不錯的年輕人，在神殿的時候你跟他接觸過，自己也應該有點瞭解啊！怎麼問我這個？」

楚天嘿嘿低笑兩聲說道：「我想拉攏這個年輕人，在神殿裏會對我們有點幫助的。」

特洛嵐臉上掛著意料之中的表情說道：「你什麼時候會玩這種拉攏人心的遊戲了，在黑雕城時寒梟翅爵那麼強勢的鳥人你不去拉攏，居然拉攏伊萬諾這個無權無勢的鳥人。」

楚天眼中堅毅之色一現，說道：「我想要的是對我忠心不二的手下，像寒梟那樣的人，只能作為我們達成目的利益相交的對象。」

特洛嵐感慨地說道：「這麼短的時間內，楚天你越來越有強者的氣勢了！」

楚天不再說什麼，心裏卻想道：「不是強者的氣勢，而是王者的氣勢，我要讓這個世界的王權和神權都對我臣服，都奉我為王！」

自從看到了獅鷲將軍不戰而降伏黑蝰蛟墨索里尼之後，他就開始了對力量的空前渴望，而且從獅鷲將軍有意識的挑撥之下，他現在只想得到寶藏之後就發展自己的勢力，讓這個世界的鳥蟲獸都對他臣服，全都跪倒在他的腳下。

楚天對自己產生的這種強大的野心有點吃驚，彷彿腦海深處就有一種潛意識讓他去強大，去拉攏一切值得拉攏的人。

後面的伊萬諾見楚天兩個人不再低語後疾步走上來，跟楚天他們並肩而行。

隨後的談話中，楚天總是有意無意地提出一些關於修煉方面的心得體會，讓伊萬諾受益良多，對楚天愈發地尊敬起來。

一旁的特洛嵐和伯蘭絲對楚天突然變得這麼博學吃驚不已，心裏都認為肯定是幫助過他們的獅鷲將軍給楚天灌輸的，因爲獅鷲一族就有一種種族異能，能把自己所知道的東西灌輸到另一個人的身上，叫做心靈共識心法。如此，他們更堅定了楚小鳥背後一定有著隱藏的重大勢力。

幾個鳥人聊得正歡，突然特洛嵐笑著說道：「寒克萊翅爵去而復返，恐怕也是爲了楚天你而來的。」

天清氣朗，如同用海水洗過一般，整片天空都是湛藍湛藍的，不見一朵雲彩。

楚天右手敲擊著額頭問道：「伊萬諾兄，不知道從這裏到丹姿城要幾天的路程？」

伊萬諾搖搖頭，不好意思地說道：「我還從來沒有下過天空之城，雖然知道有丹姿城，但是不知道具體離這裏有多遠。」

一直插不上話的凱奇特終於有了說話的機會，他道：「丹姿城離此地大概有兩千公里，像本爵一般力量的翅爵一個來回只要半天時間。」

特洛嵐點點頭，說道：「那就是了。」

楚天拍拍手，對幾個人說道：「你們先聊，我去迎接寒克萊大哥！」

伊萬諾心裏大急，想道：「丹姿城也派使者前來了，聽起來跟楚天的關係應該很好，我要是沒有將楚天帶回去，豈不是辜負了大祭司的交代？」

楚天運轉靈禽力，向四周擴散，方圓十里之內的動靜盡在他的掌握之中，一探知寒克

萊的具體方位，辟元耀虛變心法運轉，雙手一震，向寒克萊飛來的方向飛去。

特洛嵐心裏再一次地震驚，他能知道寒克萊的到來是因爲他們鴕鳥一族的族主所特有的種族異能，叫做一葉而知天下心法，能將自己的靈禽力不斷運轉，像一張網一般探知百里之內的動靜，但是極其消耗靈禽力。而楚天居然能在這麼短的時間內就探知寒克萊的方位，如果不是種族異能的話，這得需要多大的靈禽力啊！

更讓他驚奇的是，楚天居然可以不用翅膀就在空中飛行，這可是超越銳爵力量的鳥人才能做到的呀！

其實楚天之所以能一瞬間知道寒克萊的具體方位，是因爲他體內存在的那股力量，使得他現在的識覺增強不止一倍。楚天腦海裏時不時浮現出來的修煉心得又讓他對靈禽力的運用更加熟練，能將靈禽力達到充分利用的效果。

而九重禽天變卻是獨一無二的修煉心法，辟元耀虛變所達到的境界能讓楚天上天下地，穿梭自如，根本不用翅膀就能自在翺翔。

楚天可不知道特洛嵐他們心裏的震驚，他以爲自己之所以能有這麼大的進步，完全是因爲獅鷲將軍幫他打開靈智，使得他的修爲大進。

至於自己腦海會在修煉遇到困難的時候時不時浮現出解答修煉的心得，楚天對自己的解釋就是，獅鷲將軍幫他打開靈智的同時，也給他灌輸了一些關於修煉的方法。

伊萬諾見楚天遠去，急忙問道：「特洛嵐兄，楚天羽爵跟丹姿城來的那位很熟嗎？」

特洛嵐知道伊萬諾是擔心楚天不跟他回黑雕城接受冊封，心裏暗笑，面上確實不露一絲痕跡地說道：「哦？你是說楚天去迎接的寒克萊翅爵嗎？幾天前的打敗黑蝰蛇軍團，仙鶴翅爵也在，他們是一起並肩作戰的。」

伊萬諾眼前一黑，完了，自己跟楚天只不過是見過一面，雖然有格古達的關係，楚天對他很客氣，但是怎麼可能爭過一隻與他並肩作戰的翅爵呢？

知道某些事情不可太過，不給人一點希望，所以特洛嵐接著說道：「不過楚天既然接受了黑雕城神殿的羽爵冊封，應該會考慮繼續接受冊封爲翅爵吧！」

伊萬諾的心裏一暖，眼巴巴地看著楚天飛走的方向，心裏想道：「楚天要是能跟我回神殿冊封那就太好了，他剛才隨便說出的修煉心得讓我感受頗深，要是能與他促膝長談，一定會對我的力量提升大有幫助。」

楚天灑脫地在空中飛行，劃出一道金色的光芒，與湛藍的天空輝映一體，棱角分明的臉龐散發出剛毅神色，雙眼精光內斂，光光的頭頂使得他的人多了一分狂放之氣。

他體內靈禽力開始隨著自己的心意自如運轉，即使是在飛行之中也能提升自己本身的力量修爲。

只不過一會兒的時間，楚天就看到全身紫色的寒克萊翅爵，身邊還跟著不少隨從。

楚天現在目力已達到前所未有的境界，他心裏一陣狂喜，在寒克萊身邊的赫然正是他護送去丹姿城的未來神侍吉娜！

「爺爺的，老子見到一隻鳥至於這麼激動嗎？」楚天真想狠狠地抽自己一巴掌，「我好歹也是個人，怎麼現在的想法是越來越像鳥了。」

寒克萊這時也發現了楚天，他大笑著說道：「楚老弟，你可是來接我們的？」

楚天也笑著說道：「知道寒克萊大哥來了，小弟怎麼能不親自來接呢！」

寒克萊臉上掛起曖昧的笑容說道：「楚老弟，你看這是誰來了？」

楚天裝作才看到吉娜，面上露出驚喜的神色，說道：「吉娜？你怎麼來了，好久不見了，吉娜可是越長越清麗脫俗了。」

吉娜今天穿著一套銀黑色的連衣裙，高高的衣領將素白的皮膚都遮掩起來，衣服邊沿的褶皺如同一彎波浪，在風中輕輕蕩漾著，銀白色的翅膀上羽毛光滑如綢緞，在黑色裙子的襯托下顯得更加雪白。

吉娜臉色微紅，看了楚天一眼就低下頭說道：「楚大哥，好久不見了。」

楚天大笑，說道：「吉娜怎麼還是那麼容易臉紅，好了，你們先隨我回寨子吧！有什麼事到了寨子再說，在空中喝風的滋味可不好受啊。」

寒克萊點點頭，對身後的手下招呼道：「大家快點，隨我和楚老弟到寨子去。」

楚天灑脫地一轉身，心裏卻是驚慌失措，憋著臉心裏暗恨：「暈了，怎麼吉娜這隻小鴿子現在對我的誘惑力這麼大，完了，我現在真的是被同化了。」

吉娜的心裏也是怦怦直跳，暗想道：「跟楚大哥才分開一兩個月，他的外貌就發生了這麼大的變化，都跟神殿裏的銀羽大祭司一樣了。」

她低下頭，看著自己依舊是鳥身的身體，心裏一陣失落，臉色黯然地拍打著翅膀跟在楚天他們後面，心裏想道：「楚大哥現在已經快跟萬能的鳥神擁有一樣的身體了，而我卻只有腦袋變成了人形，我還是不要跟楚大哥在一起了。」

楚天飛在最前面，體內靈禽力卻是鎖定吉娜，感應到小美女鳥不對勁。他一個轉身，瞬間飛到神侍身邊，笑著說道：「吉娜，你怎麼了？飛得這麼慢，是不是累了？」

吉娜正在暗自神傷，楚天突然出現在她身邊，一張小臉漲得一直紅到耳朵根，彷彿心裏的心事被看穿了，輕聲說道：「沒事，楚大哥！」

楚天拍拍她的腦袋，關切地說道：「一會就到了寨子，我會安排讓你好好休息的。」

吉娜有意識地避開楚天的手，低聲說道：「謝謝你了，楚大哥！」

寒克萊也不理會楚天他們，帶著手下的隨從，加速向寨子飛去。

寨子後綠地上坐著的特洛嵐起身，笑著道：「寒克萊翅爵到了寨門，我也去看看！」

伯蘭絲抱著崽崽也隨後起身，開口問道：「怎麼楚天落後那麼多？他沒跟寒克萊翅爵一起過來啊！」

伊萬諾心裏忐忑不安，他雖然屬於黑雕城，但是畢竟只是個羽爵，冊封爵位是屬於神殿的專有職責，所有的天空之城都是一樣，他見到寒克萊還要行下屬禮。

凱奇特心裏卻是憤憤不平，同樣是翅爵，爲什麼擁有的待遇差距就這麼大呢？自己被楚天一招擊敗，面子丟盡，而丹姿城來的翅爵卻要他們都出去迎接。他心裏怨恨至極，暗想道：「楚天，我要讓你知道得罪我的後果是很慘的！」

特洛嵐才走下綠地幾步，就聽見空中傳來一陣爽朗的笑聲，正是寒克萊翅爵帶著手下的隨從到了，只聽他大聲地說道：「特洛嵐兄，幾天不見，風采依舊啊！」話音一落，他已經從空中垂直落下。

特洛嵐大笑著迎上去，說道：「寒克萊兄這次前來可是爲了楚天？」

寒克萊面帶微笑地站定身子，說道：「還是特洛嵐兄爽快。我回到丹姿城之後向大祭司稟明了一切，大祭司非常欣賞楚老弟的能力，特地叫我再來一趟。還好你們沒有離開寨子，不然我可就有負大祭司所托了。」

特洛嵐笑著說道：「楚天說要將血虻沼澤裏殘餘的獨腳蛇軍團全部清除掉，所以會在這裏多逗留一段時間。」

寒克萊指了指身後的隨從，笑著說道：「大祭司得知楚老弟這個寨子缺少不少物品，特意讓我送些過來，以表示對楚老弟除去我們鳥族威脅的鼓勵。」說著讓手下的隨從上前，示意他們將東西拿出來。

伊萬諾心裏又是一涼，想道：「丹姿城連送給楚天的物品都準備好了，我們這邊不但什麼都沒有準備，凱奇特大人還得罪了楚天，這下難辦了。」

崽崽在伯蘭絲的懷裏笑著說道：「伯蘭絲阿姨，寒克萊叔叔騙我們呢。明明什麼都沒有，崽崽什麼都沒看到呀！」

寒克萊大笑，拍拍小可愛的腦袋，說道：「崽崽，叔叔怎麼會騙你呢，不信你看！」

伯蘭絲撫摸著崽崽的臉蛋，笑著說道：「崽崽，你寒克萊叔叔帶來的隨從是鳥族中運輸的背背鳥。他們的種族異能就是背東西哦！」

崽崽瞪大眼睛盯著那幾隻鳥看，心裏充滿了疑問。那幾隻鳥清一色的黑色長袍，已經幻化成人形的圓圓大腦袋下卻是消瘦無比的鳥身，瘦長的翅膀上羽毛稀少，竟跟楚天這類禿鷹差不多的形象，有的地方都露出了紅色的皮肉，需要注意的是他們長長的細腿，就好像鴕鳥一樣，這使得他們顯得異常的高。

崽崽好奇地問道：「伯蘭絲阿姨，他們的種族異能是背東西，那他們就應該將東西背

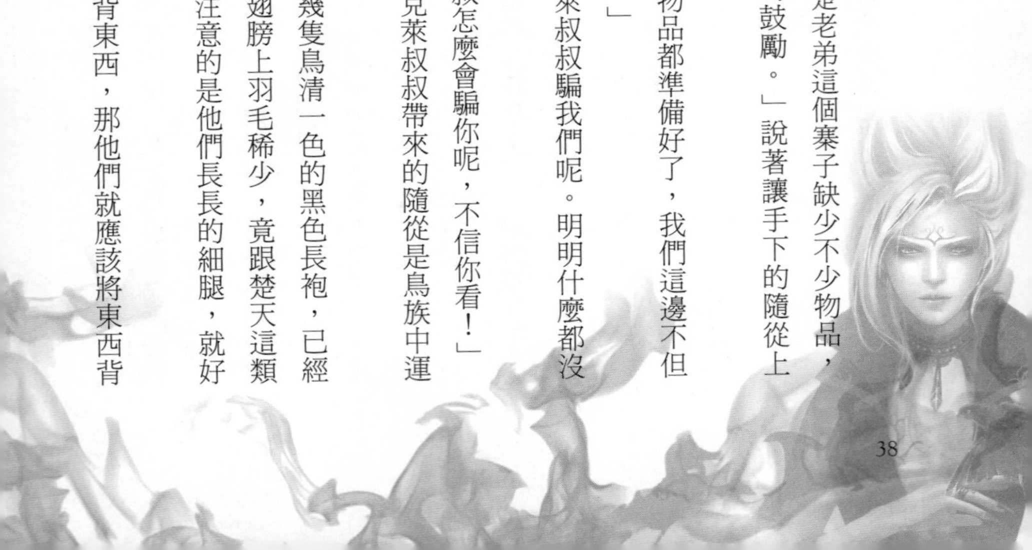

在身上啊！可崽崽什麼都沒看到呀！」他撓撓腦袋，一臉的疑惑。

特洛嵐在一邊笑著解釋道：「這就是背背鳥一族最爲奇特的地方，他們的種族異能能讓他們創出一個空間，但也僅僅只能用來存放物品。」

寒克萊露出欽佩的神色，笑著說道：「不愧是鴕鳥一族，果然是博學，背背鳥一族現在除了丹姿城之外，其他天空之城都已經千年沒有了。哈哈……赫納奇，你們都把東西拿出來吧！」

站在最前面一隻頭頂上有著淡藍色光暈的背背鳥應了一聲，翅膀張開，好像人的雙手一樣展成個半圓形的圈。他閉上眼睛，一道淡淡的藍色光芒從他翅膀上發出，如鐳射一樣漸漸向雙翅中間集聚。

在他身後的背背鳥也是做著相同的動作，只是光芒稍淡，所擴及的範圍也小了許多。

在背背鳥運轉種族異能的時候，特洛嵐笑著說道：「寒克萊兄難道不知道我們鴕鳥一族有著家族傳承的記憶，千年的事情算什麼。楚天呢，他不是去接你了嗎？怎麼這麼久了還不見回來。」

寒克萊意味深長地笑笑，並不回答特洛嵐的問題，岔開話題說道：「楚老弟現在的力量可是越來越強了，剛才飛去接我們，可真是讓我震驚不已。沒想到他在短短的兩三天裏居然就能不幻化成鳥身飛行，唉！這可真是羨煞旁人哪。」

特洛嵐同樣地發出感慨，說道：「你走之後的幾天內，楚天的力量就一直在不斷突破，在你來之前幾個小時更是一招就擊敗了從黑雕城來的擁有翅爵力量的凱奇特。」

寒克萊臉上神色震驚，難以置信地說道：「什麼？一招之內就擊敗了擁有翅爵力量的鳥人？」繼而一個人若有所思地皺著眉頭自言自語道：「九重禽天變心法，居然這麼強！當年告訴我心法的那位，自己也沒有提及這心法居然能讓一個沒有力量的鳥人在短短的一個多月不斷突破，現在居然這麼強，太不可思議了！」

寒克萊說到這裏時，猛然發現自己說漏嘴了，急忙岔開話題，說道：「特洛嵐兄，楚天他手下的那群天牛戰士呢？怎麼沒見到他們，還要把物品搬運好啊！」

特洛嵐心裏湧起了萬分的疑問，明知道寒克萊岔開話題表明了不願意說出來，但是他還是問道：「寒克萊兄，楚天修煉的九重禽天變心法到底是什麼樣的心法？你剛才說你傳給他的時候也不知道竟然能進展得這麼快，那麼你自己爲什麼不練？」

寒克萊打斷特洛嵐的問話，苦笑著說道：「特洛嵐兄，不是我不願意相告，只是這其中有很多事情我自己都不是很清楚。難道楚老弟沒有跟你說過，九重禽天變心法只有他一個人能練嗎？一切還是等楚老弟回來了，我們再問他吧！」

特洛嵐心知除非寒克萊自己主動說出來，不然怎麼問他也是不會說的，只有壓下心裏無窮的疑問，笑著問道：「不知道寒克萊兄這次帶來的有些什麼物品？」

寒克萊見特洛嵐不再逼問，心裏也鬆了口氣，露出一絲微笑說道：「除了所有天牛戰士的裝備之外，還有一些食物，血虻沼澤這片荒涼的地方，能吃的東西實在是太少了，楚老弟在這裏要是多待個幾天，恐怕會餓死！哈哈……楚老弟，才說你呢，怎麼就來了。」

楚天正好在這個時候出現在寨子的上空，身邊跟著神情扭捏的吉娜。

崽崽見楚天出現，高興地喊道：「媽媽，你怎麼開始泡妞了？難怪這幾天獨眼叔叔都在修建寨子啊！原來你是要找老婆了。」

特洛嵐大笑，拍著崽崽的小腦袋，說道：「崽崽，你老爸可沒說修建寨子是爲了他找老婆。」

崽崽天真地仰起頭，對楚天說道：「媽媽，這是你對崽崽說的呀！」

楚天神色尷尬，佯怒道：「崽崽，叫你別在外人面前叫我媽媽，沒看到老爸身邊的是個美女嗎？」

吉娜在楚天身邊一半羞澀一半失望，心裏想道：「難道楚大哥跟我分開之後結婚了？而且這麼快就有孩子了。」說道：「楚大哥，那隻小鳥是……你的孩子？」

楚天在前世爲大盜的時候可是花叢高手，豈能看不出吉娜表情所代表的意思，他有意逗吉娜，故意歎了口氣，說道：「是呀！快一個月了。」

吉娜心裏的想法被證實，不禁一陣難受，輕聲地說道：「我們下去吧！他們都等久了。」說完一個俯身，飛到寒克萊的身邊，幻化出人形腦袋，俏生生地站著。

「吉娜這小丫頭不會對我有意思吧，嘿嘿，沒想到我還是這麼受女人歡迎！」楚天心裏一陣自得，跟著瀟灑地一旋身，一道金光劃過，落在伯蘭絲身邊。

這時他才看到吉娜幻化出人形腦袋的樣子，心裏一陣驚豔，暗想道：「好美的臉形，就是在地球上也沒見過這麼漂亮而且完美的臉蛋啊！要是她能完全變成人，肯定是個絕世的美女！」

站著不動的吉娜清純而高貴，烏黑的秀髮披撒在肩上，戴在頭上的銀色羽冠恰到好處地襯托著她的高貴氣質，臉上一對剪水秋瞳顧盼生輝，閃爍著淡藍色的光芒，顯得格外的誘人。雙眸下有著小巧完美的瑤鼻，薄薄的嘴唇素雅淡潔，光滑如玉般的皮膚綻放著點點聖潔的光芒。

楚天收斂住心神，露出微笑問道：「寒克萊大哥，你們在聊什麼呢?這麼開心。」

寒克萊指著背背鳥，笑著說道：「你看老哥我給你帶什麼東西來了。」

楚天奇怪地說道：「沒什麼啊，寒克萊大哥，不可否認他們這幾隻鳥比我長得還難看，但是他們體內的靈禽力太弱了，你派過來給我當兵也沒用啊！」

伯蘭絲白了他一眼，鄙視道：「自己不知道就別在這裏丟人現眼，讓別人看笑話。」

楚天臉不紅心不跳，面上一副正經八百的樣子說道：「那是，小弟無知，有許多事都不知道，以後還要博學的伯蘭絲女士多多指教！」說完，輕微地彎了一下腰。

不容其他鳥人開口，楚天指著吉娜介紹道：「這位美麗高貴的小姐就是我在白林鎮護送去丹姿城神殿的神侍吉娜。」

寒克萊看著兩個鳥人說道：「說起來你們兩個也都是舊相識了，我回去對大祭司和聖女說起楚老弟的功績，大祭司和聖女兩個非常高興，當即就表示要派遣神殿裏的神侍來血虻沼澤封賞你。」

頓了頓，對楚天露出一個隱晦的笑容說道：「吉娜神侍知道那是楚老弟你之後，主動向聖女請求來血虻沼澤。楚老弟，你看，我可沒有讓吉娜神侍在神殿受什麼委屈哦！」

楚天當然明白寒克萊的心思，不過他可沒想解釋，哈哈笑著說道：「要是連寒克萊大哥都信不過的話，那我還能相信哪個呢？哈哈……看看老哥你給我帶來什麼東西。」

寒克萊擋住楚天，笑著說道：「這個不急，他們還得有點時間。楚老弟，你這就不對了，介紹了吉娜神侍，怎麼也不爲我們介紹一下從黑雕城來的幾位客人！」

楚天拍拍腦袋，擡手指著伊萬諾等人說道：「你看我這記性，我還以爲特洛嵐已經爲你介紹過了。來，這位是黑雕城神殿裏的伊萬諾羽爵，當初就是他接我進神殿的。後面那位讓兩隻白鴿武士扶著的是凱奇特翅爵大人。」

楚天拉著伊萬諾來到寒克萊面前，接著說道：「他也是跟我一起並肩斬殺腹子蛇的格古達羽爵的好朋友。」

伊萬諾不卑不亢地行禮，說道：「伊萬諾見過寒克萊大人！」

凱奇特站在後面，一臉的尷尬。按理說要是介紹，應該是由大到小，伊萬諾的爵位比他低，楚天怎麼也得先行介紹他才行，這下好了，不但沒有先介紹他，還將他晾在一邊，擺明鄙視人嘛！

寒克萊笑著說道：「不必客氣，你既然是楚老弟的朋友，那麼也是我的朋友了。」

他可不像楚天那樣，跟伊萬諾客套完了之後，走到凱奇特面前，雙手結集成各種手勢，一條縹緲的紫芒如遊龍一樣在他的指尖流溢，隨後他亮出身上的鶴族徽章，肅然地說道：「丹姿城，寒克萊翅爵！」

凱奇特推開扶著他的兩隻白鴿武士，艱難地雙手像寒克萊一般做出一系列的手勢，同樣複雜卻完全迥異，體內靈禽力運轉，璀璨的藍芒縈繞在他的手背上，形成一片光盾，隨後他從身上拿出一面徽章，那是個帶斜條的，有人巴掌大小銀色盾形紋章，斜條上疊加有寶劍的圖案，鄭重地放在手掌，凱奇特神情肅穆地說道：「黑雕城，凱奇特翅爵！」

楚天擡手碰碰身邊特洛嵐的胳膊小聲地問道：「他們這是做什麼？」

特洛嵐笑著同樣小聲地說道：「這是兩座不同的天空之城之間，擁有爵位的鳥人見面時的禮節，所表達的意思就是對彼此天空之城的問候和對萬能鳥神的祝福。」

楚天疑惑地說道：「那怎麼剛才寒克萊大哥沒有跟伊萬諾也那樣呢？」

早就習慣楚天的無知，特洛嵐又解釋道：「因爲只有翅爵以上爵位的鳥人才知道這些手勢，也算是一種高等外交禮節吧！」

楚天若有所思地用手敲擊著額頭說道：「原來是這樣，那就是說我要是當上了翅爵，也會知道這麼一套外交手勢了？」

特洛嵐點點頭，說道：「你要是在黑雕城接受冊封，那就表明你將效忠於黑雕城，你學的手勢也將是代表黑雕城的那一種。」

楚天腦中靈光一閃，雙手不由自主地做出了一套手勢，略有不同的是，他的手上氤氳著金色的光芒，幻化成一個個手印浮在空中。

特洛嵐本來含笑的臉上突然僵硬起來，掩飾不住眼神裏的驚慌之色，說道：「楚天，你怎麼會知道這一套手勢的？」

楚天別過頭，雙眼中透出一股讓人無法反抗的霸氣，說道：「我腦子好像本來就有的，你認識這是哪座天空之城的手勢嗎？」

特洛嵐搖搖頭，強笑著說道：「不認識，只是很奇怪爲什麼你身上散發出來的光芒是金色的。據我所知，幾乎沒有鳥人能將靈禽力修煉成這種顏色。」

楚天大大咧咧地一揮手，說道：「這就說明我的與眾不同啊！哈哈……」雖然對特洛嵐的神情比較奇怪，但心中得意的楚天並沒有懷疑他的話。

特洛嵐表面上恢復如初，心裏的震驚卻是絲毫都沒有減少。之前的猜測漸漸在他的大腦裏成形，他看了一旁同樣失神的伯蘭絲，心裏的那種猜測更加肯定了。

這時寒克萊和凱奇特都已經行完禮節，楚天走上前，從懷裏拿出寒克萊贈送給他的仙鶴徽章，笑著說道：「寒克萊大哥，我現在才知道你給我的徽章這麼重要啊！」

寒克萊笑著說道：「哈哈……楚老弟，我還是叫你楚天吧，這樣比較順口。擁有這塊徽章的就是我們丹姿城的貴賓，你若是去了丹姿城，就會知道這塊徽章的重要。」

說完又對凱奇特說道：「凱奇特大人，當年德努嘉大祭司去丹姿城時有過一面之緣，請代我問候大祭司德努嘉大人！下次如果有機會去丹姿城逛逛。」雖然他看得出楚天對這位翅爵並不喜歡，但畢竟要考慮自身的利益，所以寒克萊對凱奇特還是盡到禮儀了。

楚天在一旁插口道：「寒克萊大哥，現在你總該讓我看看到底帶來了什麼東西吧。」

寒克萊拍拍楚天的肩膀，說道：「這些東西必須你手下的天牛戰士回來才行！」

楚天眼珠一轉，大概知道寒克萊帶來的物品是什麼了，他臉色肅然地說道：「寒克萊大哥，就憑你這句話，我就已經是吃驚了。」

寒克萊大笑著說道：「那你還不去把獨眼他們叫出來。」

楚天看了凱奇特他們一眼道：「獨眼他們被我派出去搜查蛇族剩餘軍團去了。」又轉

過身，朝著寨子練兵場方向喊了一聲：「坎落金。」

一道黃色光芒從練兵場對面的一間小房子裏衝出來，中間幾重如閃電般的折射。眾鳥人只覺得眼前一花，再次恢復視覺時，便有一隻渾身黃色毛髮的豹子站在楚天面前。

楚天笑著說道：「坎落金，看來這幾天你們也有不小的進步啊！去把獨眼他們都召回來，就說我有事情找他們。」

坎落金低低地應了一聲，便化作一道黃色流光向寨子外奔去。

寒克萊突然歉然地說道：「楚天，這兩隻飧豹的修煉心法我不能從神殿裏帶出來。」

楚天看著仙鶴翅爵說道：「沒事，寒克萊大哥你這樣幫我，真不知道怎麼感謝你。」

寒克萊露出笑容佯怒道：「你這麼說可讓我不知道該說什麼了，現在你的力量這麼強了，以後老哥我恐怕會有很多事要你幫忙了。」

一直在旁邊沉默不語如聖女般的吉娜看著楚天在眾鳥人之間遊刃有餘，那爽朗的笑聲，舉手投足之間的灑脫自如，一時癡了。

楚天感覺一道目光集中在自己的身上，回身望去，見是吉娜，不由笑笑，調侃道：「我們的神侍怎麼不說話呀？難道神殿就是這麼讓神侍來封賞我的？」

吉娜正在想著心事，目光卻被楚天捕捉到，不由臉色通紅，期期艾艾地說道：「沒，沒呢！」

第三章 天牛戰甲

楚天還待要再調侃，就聽到外面傳來一陣破銅嗓子吼聲：「老大，我們回來了，這麼著急又出什麼大事了？」說著話，獨眼像一陣風一般飛進來，後面跟著一群有條不紊飛著的天牛戰士，雖然在空中急速飛著，但絲毫不見陣形有什麼混亂。

寒克萊讚歎道：「陣形整齊，氣勢如虹，就是在沒有出擊的時候也能保持著這麼旺盛的鬥志，要是配上好的裝備，絕對是一支強大的隊伍。」

楚天得意地笑道：「那當然，我楚天的天牛一隊，將來肯定是最強悍的部隊。」

獨眼飛到楚天的面前落下，很是興奮地說道，「老大，我好不容易成了血虻沼澤裏各個小村落村民心目中的英雄，正在說咱們的英雄事跡，被你這麼一叫全給打斷了。是不是又要打仗？我外面可沒看到情況啊！」

「打打打，整天打打殺殺有癮啊！」楚天笑罵著指了指寒克萊說道：「寒克萊大哥從

丹姿城給你們帶了點東西，想讓你們試試。」

獨眼一聽，一雙牛眼瞪得比銅鈴還大，向四周看了看嚷嚷道：「翅爵大人帶的肯定是好玩意兒，不過老子怎麼看不到在哪裏啊？」

一旁的楚天先吩咐早一步回來的坎落金回去修煉，才狠狠地瞪了獨眼一眼，隨後又笑著對寒克萊說道：「寒克萊大哥，手下不懂禮數，你可別見怪。」

寒克萊不以爲意地笑了笑，說道：「獨眼這是本性而爲，你老哥我是那麼小氣的人嗎？獨眼，你帶著你手下的天牛戰士過來。」

獨眼雖然是那樣說，但對寒克萊確實絲毫不敢怠慢，應了一聲，發出口令：「天牛一隊所有戰士空降！」

還在空中的天牛戰士整齊如一地搧動翅膀從空中降落，在獨眼身後排成整齊的隊伍。

就在這時，準備了半天的背背鳥們身前光芒突然大漲，他們的翅膀也在短短幾秒鐘之內脹大數倍，這讓楚天大是感歎：「方便是方便，但就是運用的時間太長，要不然絕對相當於那個世界的大型運輸機。」

楚天正想著，寒克萊擡手示意他們都離遠一點，想來是以便給背背鳥足夠的空間釋放物品。

所有的背背鳥彷彿連成了一線，光芒一下子全部展開，耀眼的強光刺得在場修爲低的鳥人紛紛瞇起了眼睛。
楚天則是使勁地瞪大眼睛，他現在的目力已經能穿透這耀眼的強光，將背背鳥如何利用種族異能看得清清楚楚。
寒克萊對這種強光是習以爲常，他見楚天出神地盯著背背鳥看，不由笑著說道：「楚天，怎麼，對這幾隻背背鳥感興趣了？那可不能送給你，現在所有的天空之城就只有丹姿城裏有這種奇異的種族了，是絕對不能向外贈送的。」
楚天一見寒克萊看穿了自己的想法，當下乾笑一聲說道：「既是這樣，那我就不爲難寒克萊大哥你了，嘿嘿。」雖然是這樣說，但他心中卻是暗暗道：「有便宜要占，沒便宜找便宜也要占，我就不信這麼強大的戰爭機器我還不能要下幾隻。」
寒克萊拍拍楚天的肩，大笑著說道：「等你去了丹姿城，一定會見識到更多你不曾見過，甚至連想都無法想像的東西，要是這也要那也要，那我們祭司大人可該愁死嘍。」
來自黑雕城的伊萬諾和凱奇特一直都插不上話，只能眼睜睜地看著寒克萊跟楚天兩個談笑風生。
不同的是伊萬諾想的是楚天不會隨他回神殿受封了。原以爲來到血虻沼澤見過楚天，楚天一定會很高興地接受翅爵這一爵位的冊封，隨他們回黑雕城的。
可現在，唉！當初大祭司恐怕也沒有想到丹姿城也會拉攏楚天，而且早就有了聯繫，

以至於他們什麼都沒有準備，這還怎麼讓楚天相信黑雕城的誠意！

楚天可不想就這樣被寒克萊的話給套住，於是避重就輕地說道：「這些背背鳥每次運的物品都要花這麼久的時間才能拿出來？他們一般能拿多少東西。」

寒克萊先是一愣，隨即看了伊萬諾他們一眼，心裏想道：「看來楚天不想在黑雕城來的幾位使者面前表示願意去丹姿城。這樣也好，反正他已經接受了丹姿城的仙鶴徽章，再加上有吉娜神侍，楚天一定會是我們丹姿城的盟友的。」

心中想著，面上卻是笑呵呵地說道：「赫納奇是背背鳥一族的長老，他能運大概一噸重的物品，而普通的背背鳥則只能運半噸以下的物品。至於時間的長短，則是由他們體內的靈禽力多少決定的。赫納奇身為長老，可以運用靈禽力幫其他的背背鳥加快打開空間的速度。」

「靈禽力多少？那修煉一下豈非就真成運輸機了，看來必須得弄幾隻了。」楚天暗暗盤算，表面上卻疑惑地問道，「不知道他們存放物品的空間能不能裝我們鳥人？」

寒克萊笑笑，說道：「要是能裝得下鳥人，背背鳥恐怕就是最強大的運輸器了。他們的種族異能只能裝納無生命的物品。」

楚天有些失望，但並沒有表現出來，而是很驚奇地說：「真是大開眼界啊。」

特洛嵐這時在旁笑著插言道：「大千世界，無奇不有。楚天，等你見識開闊了，自然就能瞭解更多的種族異能。」

說話之間，所有背背鳥身上的光芒已經全部散去，取而代之的是他們面前堆積如小山的物品。

獨眼幾乎要瞪掉眼珠地盯著擺在他面前的東西看，突然興奮地嚷嚷道：「勀鐵？我的天啊！這是用勀鐵製作而成的盔甲。還有還有，這是用鏵鐵製作成的長矛，哈哈……」

獨眼喜極，邊瘋狂地大笑，邊翻動著裝備，同時嘴裏大喊道：「所有的天牛弟兄們，每人都給我挑一套，馬上穿起來，讓那些來自什麼黑雕城的白鴿子們知道我們天牛一族的戰鬥力絕對不是蓋的！」

楚天望著寒克萊又是一陣苦笑，說道：「這些傢伙，都是小地方的，不懂什麼禮貌，老哥莫怪。」

寒克萊笑著說道：「老弟這是又見外了，你手下這群戰士雖然是蟲族，但經過兩次戰鬥，都成長成很厲害的戰士了。說起來老哥都羨慕你，他們這樣渴求好裝備，那說明是想成爲你最強大的親衛隊啊。」

寒克萊這麼說一來是因爲楚天的緣故，他自然看得出楚天對手下的天牛戰士很看重，二來也因爲他的確很欣賞這群天牛戰士能自強不屈。

獨眼本來在挑選裝備，聽到寒克萊的話，當即放下裝備，看著寒克萊半晌，接著又低

下頭去挑選裝備。

楚天把這一切都看在眼裏，心裏想道：「寒克萊還真能拉攏人心，這樣一來獨眼對他的印象大好，在我面前也肯定會表示對寒克萊的友好。不過寒克萊也不錯，如果能真心相交的話，那就更好了。」

伊萬諾望向凱奇特，眼神複雜，張口欲言又止。

凱奇特只能裝作沒有看見伊萬諾，他還能怎麼辦呢？在楚天的面前，他現在是一句話都說不上，只能眼睜睜看著來自丹姿城的這位寒克萊翅爵口若懸河。

楚天大聲地說道：「獨眼，挑好裝備之後，再把隊伍整理一番。」

獨眼心裏激動，天牛戰士裝備了這批裝備之後，戰鬥力肯定又上了一個層次，他迫不及待將盔甲穿在身上，威風凜凜地說道：「老大，你看我這身裝備拉風不拉風？這可是真正的蟲族戰衣啊！」

楚天大為汗顏，乾笑著說道：「獨眼，你快把這裏的東西全部清理一下，放在這裏礙著我們了。」對獨眼他可是真的沒話說了。

獨眼一個立正，高興地說道：「是！所有的天牛兄弟將裝備穿好，然後就把物品全部運進倉庫。」

這時半天不曾言語的伯蘭絲悄悄拉了拉特洛嵐，示意他跟著她離開一下。

特洛嵐會意，現在他的腦子裏一片混亂，對楚天的各種猜測急於找伯蘭絲對證，他點點頭，表示知道。

伯蘭絲說道：「楚天，你先抱會兒崽崽，我跟特洛嵐有點事，先行離開一會。」

楚天毫不在意，接過崽崽，親昵地說道：「崽崽，老爸可是很久都沒有抱你了，在老爸懷裏好好待著。」

伯蘭絲跟特洛嵐兩隻鴕鳥向在場的鳥人告了個罪，就向寨子外走去。

吉娜看著全身漆黑的崽崽，心裏一陣難受，心裏想道：「這小鳥跟楚大哥一樣黑，看起來長得好像，那位將小鳥交給楚大哥的不會是他的妻子吧！」

吉娜這樣想著，感覺心裏很痛，但本性善良的她又忍不住懊惱地想：「楚大哥有孩子了，我應該爲他高興才是，怎麼反而這個樣子了？」

楚天望望天，看向寒克萊問道：「天色也不晚了，寒克萊大哥跟吉娜就留在這裏待一個晚上再走吧！」

寒克萊臉色一正道：「我就不了，吉娜可以留在這裏，但我還有事，要趕回去。」

楚天盯著寒克萊看了兩眼，最終露齒一笑，說道：「既然有事，那我就不留老哥了。吉娜留下來也好，我們好久沒見，確實需要敘敘。」說著望向吉娜。

吉娜臉色窘迫，囁嚅道：「寒克萊大人……」

寒克萊阻止吉娜繼續說下去，笑著對楚天說道：「吉娜是神殿的神侍，」說著湊到楚天的耳邊又說道：「正好可以跟你們去聖鸞城。她在神殿可用功了，一直都很嚮往最神聖的聖鸞城。」

楚天先是一驚，寒克萊怎麼會知道他要去聖鸞城，隨即想起那天他太過於得意忘形，當著他和大雁戰士面前說出來的。他晃動了一下腦袋，壓低聲音說道：「寒克萊大哥，我們現在還不確定要不要去聖鸞城啊！」

寒克萊目光閃爍，意味深長地說道：「我手下的大雁戰士是我們家族對我最忠實的戰士！好了，現在也不早了，我先回丹姿城了。楚天，有時間去丹姿城，憑著仙鶴徽章，你可以很容易找到丹姿城的具體位置。」

楚天聽出寒克萊話裏的意思，面上神色不變，同樣小聲地說道：「寒克萊大哥，我能有今天的力量，全靠你傳給我的九重禽天變。換句話說，我們才算是真正的盟友關係。」

寒克萊哈哈大笑，說道：「那既然這樣，老哥我先回丹姿城了，吉娜就交給你了。」

楚天也是笑著說道：「寒克萊大哥你放心，吉娜是丹姿城的神侍，我怎麼也不會讓她有一點損傷的，更何況她還是我楚天的朋友。」

伊萬諾見他們悄悄地說話，並且不時地發出笑聲，心裏恐怕有負大祭司所托，在凱奇特翅爵的命令下，運起靈禽力凝神細聽他們的談話。

但是寒克萊與楚天說話時都運起了靈禽力，將聲音運到對方的耳朵。伊萬諾的靈禽力不斷撞擊到兩股強大的靈禽力上，非但沒有聽到，反而差點震傷耳朵。

寒克萊跟楚天說完話，有意無意地看了眼伊萬諾，眼中紫芒閃現，說道：「我們丹姿城高貴的爵位，是不會封給偷聽的鳥人的！」

伊萬諾一張臉漲得通紅，大聲地說道：「我知道我偷聽是我不對，但寒克萊大人你也不能侮辱我們黑雕城的尊嚴！」

寒克萊似乎沒有想到伊萬諾居然會直接承認自己偷聽，雙目中透出欣賞之色，想起楚天的話，也不願看到伊萬諾陷入尷尬境地，不由轉身看著楚天說道：「老哥我先走了。」

楚天眉頭一皺，他雖然知道是伊萬諾，但也不願意直面說出來，誰知道寒克萊居然會說出來，幸而寒克萊沒有計較，不然的話，恐怕自己夾在中間會很難說話。

他思念電轉，笑著說道：「那我就不送了，寨子裏還有很多事情要處理。」

寒克萊長笑一聲，幻化成仙鶴，帶著手下的背背鳥隨從飛向空中，漸漸消失不見。

楚天將懷裏的崽崽交到靜立在一旁一言不發的吉娜手裏，笑著說道：「吉娜，先幫我抱抱崽崽，等我處理完事情之後，你再跟我說我們分開之後你的經歷。」

吉娜抱著崽崽，強笑著說：「楚大哥，你去忙吧！我會照顧好崽崽的。」

楚天說完話，回過身對伊萬諾說道：「伊萬諾兄，你們就先回黑雕城，一切等我處理完這裏的事之後再說，畢竟蛇族殘餘軍團的實力還很強大。」

伊萬諾無奈之下只能笑了笑，說道：「楚兄，你這裏的情況我會去稟告銀羽大祭司，相信大祭司一定會給予你公正的封賞。」

他現在只想著楚天千萬別被寒克萊拉攏過去，所以才會拋出自己所能說的最後底線。

楚天怎麼會不知道伊萬諾話裏的意思，「嘿嘿，既然是這樣，就讓你們爭去吧！沒想到力量增強之後居然會有這麼多的好處。」楚天心裏暗暗高興，當然，這裏面還有兩隻鴕鳥背後孔雀家族勢力在起著重要的作用。

楚天露出個安慰的笑容，說道：「伊萬諾兄，我怎麼說也是黑雕城神殿冊封的羽爵，爲萬能的鳥神做這些事不求什麼封賞。」

他說這些話的言外之意，是自己還是算作黑雕城的羽爵，這讓伊萬諾心安不少，當即笑著說道：「那就這樣了，楚天兄，我這就馬上回黑雕城稟告大祭司。還要多謝你在修煉上的指點。」

楚天拍拍他的肩膀，說道：「說起來要不是格古達，我也不會去黑雕城。你既然是他的好朋友，也就是我的好朋友，哪用這麼客氣。」

伊萬諾點點頭，說道：「那我就先告辭了！」

楚天微笑著望向凱奇特，說道：「凱奇特大人，回去之後別忘了代我向寒梟翅爵問好。就說楚天在血虻沼澤非常好，叫他不要掛心！」

凱奇特雖心裏怨恨，但他心機深沉，之前一直被楚天牽著鼻子走，現在冷靜下來，面上不露一絲表情，淡淡回應道：「一定，本爵會將在這裏發生的事都跟寒梟大人說的。」

「咦，這個凱奇特也是個深沉的傢伙，看來我還是大意了。」楚天這樣想著，卻也沒怎麼放在心上，只是笑著說道，「那我就不送了，慢走！」

凱奇特在兩隻白鴿武士的扶持下，率著其他神殿武士和伊萬諾一起離開了寨子。

此時已是傍晚時分，金烏西落，殘霞映天，整個血虻沼澤瀰漫著神秘的色彩。

伯蘭絲跟特洛嵐來到寨子幾里外的一處小河旁。

臨水站著，伯蘭絲目光望向遠方，輕聲地說道：「特洛嵐，我們什麼時候能回到綠絲屏城呢？」

特洛嵐摟住她，柔聲說道：「很快的，等到楚天處理完這裏的事，我們就可以一起離開了。」

伯蘭絲的臉貼著特洛嵐的肩膀，有些不自信地問道：「我們真的要依靠楚天嗎？我現在越來越看不透他了。」

特洛嵐歎了口氣道：「綠絲屏城現在的情況我們都很清楚，就算崽崽回去了，憑著我

們的勢力，也根本不可能收回綠絲屏城。」

伯蘭絲面上現出哀傷神色，說道：「楚天的力量提升出乎我們的意料，當我們在黑雕城時，楚天因爲崽崽不在而陷入瘋狂狀態時的力量現在越來越明顯了。」

特洛嵐點點頭，說道：「嗯！我懷疑他體內有著『他』的力量。」

伯蘭絲臉上神情複雜，說道：「你也這麼說？」

特洛嵐撫摸著伯蘭絲的頭髮，說道：「開始只是懷疑，剛才看到他做出的那套手勢，分明就是天弋城裏所特有的手勢。」

伯蘭絲蹙起眉毛，說道：「那也有可能是他偷學的啊！他力量進展這麼快，可以說是個天才，偷學一座天空之城的外交手勢應該不成問題吧！」

特洛嵐眼中藍光閃現，說道：「伯蘭絲，不要自欺欺人，你應該知道一座天空之城的手勢可以模仿，但是他們做出手勢時上面所附有的獨特靈禽力變化是不能被其他鳥人模仿的。更何況，楚天怎麼會接觸到天弋城翅爵以上的爵士呢！」

伯蘭絲好像也認命了，她顫聲說道：「那天要不是鳥族歷史上最神秘的獅鷲將軍出來幫助我們將黑蛙蛟擊敗，現在我們已經死了。看他對楚天的態度，恐怕楚天體內真的有『他』的存在。」

特洛嵐用力地搖搖頭，彷彿想將大腦裏的念頭拋去，說道：「根據家族傳承的記憶，他的出現不知道是福是禍！」

伯蘭絲臉上現出堅毅之色，說道：「不管怎麼樣，楚天對崽崽的態度我們是看得非常清楚。只要他能幫助我們，恢復主上一族往日的輝煌，那就是福！現在整個鳥族表面上風平浪靜，實則是暗流洶湧，我看遲早會亂！」

特洛嵐仰頭望天，說道：「天禽！天禽！這個傳說中鳥族歷史上被譽爲天才的鳥人，究竟是什麼樣的風采呢？」

伯蘭絲捋捋頭髮，說道：「你就這麼肯定楚天體內存在天禽的力量？」

特洛嵐點點頭，隨即又搖搖頭，說道：「我曾多次探查他體內的靈禽力，在他力量還沒達到這個層次之前，我就已經不能完全地知道他體內的靈禽力到底有多麼強大了。現在想想，每次我探查的時候，都彷彿是被另一股力量在無形之中阻擋著，要不是這次，我還真察覺不出來，但我也不太肯定。」

伯蘭絲想了想，說道：「你說楚天知不知道他體內存在天禽的力量呢？」

特洛嵐搖搖頭，說道：「他應該不知道！從他時不時臉上透出的迷茫神色可以判定這點。」

伯蘭絲歎口氣，說道：「我們還是回去吧！楚天現在力量增強了也不是件壞事。」

特洛嵐點點頭，說道：「現在我們能做的就是儘快幫助楚天將聖鸞城下的寶藏取出來，其他的就不用想了。」

伯蘭絲靠著特洛嵐，用無聲的沉默表示了贊同。兩隻鴕鳥慢慢地向寨子走去。

獨眼整理完物品，興奮地跑出來，大聲地嚷嚷道：「老大，你看你的天牛一隊現在的氣勢強不強大？」

突然一愣，不滿地說道：「老大，他們人呢？老子還想讓他們看看我們現在的隊伍呢。」

楚天大笑著說道：「他們走了，這不是還有你老大我嗎？讓所有的天牛戰士在練兵場集合，讓老大我看看他們。」

獨眼看了眼楚天旁邊抱著崽崽的吉娜，奇怪地問道：「老大，這位美麗的小姐是？」

楚天一拍額頭，笑著說道：「我都忘了跟你介紹了，吉娜，來！這位是我手下的天牛一隊首領，你叫他獨眼就行了。」

獨眼大大咧咧地笑著說道：「獨眼見過老大夫人！」

吉娜臉色通紅，一時之間不知道怎麼說。楚天佯怒道：「獨眼，不要胡說，這位是丹姿城的神侍！可不是什麼老大夫人，還不快給吉娜道歉。」

獨眼咧咧嘴，憨憨地笑著說道：「吉娜小姐，我獨眼是個粗人，不知道說話，你可別見怪！」

吉娜搖搖頭，不知道怎的，她想楚天解釋，可是楚天解釋之後她反而心裏有點失落。

楚天笑著對吉娜說道：「獨眼性子憨直，不會說話，你別放在心上，你先陪著崽崽，我有些事要跟天牛弟兄們說，等等就過來。」

吉娜點點頭，溫順地小聲說道：「好的！」

殘陽餘暉，整個天地彷佛罩上一層紅彤彤的紗帳。

和吉娜說完話，楚天當先向練兵場走去，獨眼則去召集所有的天牛戰士來到練兵場。

楚天站在台上，望著下面鬥志昂揚的天牛戰士，臉上洋溢著無比的自信。

所有的天牛戰士，頭上戴著只露出眼睛的頭盔，頂上兩個洞口剛好將觸鬚伸出來，腦後伸出兩道尖刃，如牛角一般。

身上均是一套銀色的盔甲，表面上覆蓋著一層魚鱗一般的鐵片，一雙黑色的翅膀張開，鱗片剛好護住了背上柔軟的皮膚。手臂上的護甲柔軟而堅韌，便於雙手的自如活動。

獨眼戴上楚天送給他的墨鏡，站在最前面，顯得尤爲出眾。

所有的天牛戰士手上都拿著一杆長矛，好像波浪般的刃發出冷冷寒光。

楚天滿意地點點頭，寒克萊大哥速度還真快，短短的三天時間居然能爲天牛戰士做出

如此合身的盔甲。

他吸了口氣，豪壯地大聲說道：「弟兄們，現在你們擁有了可以說是放在鳥族中也不遜色的裝備，你們應該更加強大，是不是？」

獨眼率先喊道：「是，我們蟲族的天牛戰士並不比鳥族的戰士差！」

一時間，場上所有的天牛戰士齊聲喊起來，聲音如雷，幾乎將大地震動起來。

楚天揮揮手，他對各個種族並沒有什麼偏見，畢竟他自己也不能說是鳥族的，在他的眼裏，對這群忠實的天牛戰士的感情比鳥族更深。

他繼續高昂地喊道：「現在整個血虻沼澤都是我楚天的，你們可以在這片土地上自在翺翔。當然，這些都是短暫的，我相信，在不久的將來，你們將會在更廣闊的天地翺翔，你們有信心沒有？」

「有！有老大在，我們一定能行的！」所有天牛戰士的鬥志都被楚天的話調動起來，畢竟楚天當初擊殺蛇族軍團時的勇猛已經在他們心目中留下了不可磨滅的印象。

楚天渾身氣勢一漲，猶如一尊天神，周身金光圍繞。他大笑著說道：「你們是我手下的第一親衛隊，在我離開的這段時間，你們一定要在獨眼首領的帶領下，好好練兵，等我再回來的時候，就是你們隨我出去征伐之期！」

「我們一定會努力練兵，不會給老大丟臉的！」

楚天點點頭，說道：「好了，你們也去休息吧！」

獨眼一聲令下，所有的天牛戰士各自歸崗散去。

楚天走下台，找到吉娜說道：「吉娜，我們去寨子後面的綠地坐坐吧！」

吉娜甜甜地一笑，點點頭，說道：「好，楚大哥！」

剛才楚天在台上的時候，吉娜忍不住好奇心，問崽崽：「崽崽，你媽媽呢？」

崽崽很白癡地看著抱著他的美麗阿姨，指著楚天說道：「那就是我媽媽呀！」

吉娜一愣，親昵地拍拍小可愛的腦袋，說道：「那不是你爸爸嗎？楚大哥是男的，怎麼會是你媽媽呢？」

崽崽眨眨眼，歪著腦袋想了一會才說道：「那崽崽就不知道了，反正崽崽一直都叫他媽媽，他也老是叫崽崽叫他老爸，可是崽崽還是喜歡叫他媽媽。」

吉娜莫名其妙，又問道：「崽崽，那你媽媽的妻子呢？」

崽崽撓撓小腦袋，不解地問：「什麼妻子，媽媽可從來沒跟我說，他好像沒有哦！」

吉娜驚喜不已，在崽崽的小臉上親了一口，說道：「哦，崽崽好可愛。」

崽崽愣了愣，突然臉色一紅，伏在吉娜的懷裏不說話了。

楚天當然不知道這些，他見吉娜突然之間心情大好，還以爲是崽崽逗的，不禁笑著說道：「崽崽，你可真有辦法，你老爸可是逗了半天，吉娜阿姨都沒有這麼開心地笑過，你

個小子還真有本事啊！」

崽崽從吉娜的懷裏探出頭，不滿地說道：「媽媽，你別打擾崽崽跟吉娜姐姐說話行不行？」

楚天一愣，繼而笑罵道：「老爸有這麼老嗎？居然成了吉娜的長輩了。」

崽崽天真地說道：「吉娜姐姐這麼漂亮，崽崽當然得叫她姐姐了。」

吉娜笑著捏捏崽崽的小鼻子，說道：「崽崽好可愛，這麼會說話。」

楚天苦笑著說道：「吉娜，還是去那邊坐坐吧！順便說說你在丹姿城的事！」

吉娜點點頭，跟在楚天後面向寨子後的綠地走去。

傍晚時分的綠地別有一番美麗，殘陽的餘暉落在綠地上，灑落出點點光輝。

吉娜優雅地坐在綠地上的平石上，懷裏抱著崽崽，雙眼神采流轉，透出神聖的光芒，看著楚天。

「天吶！吉娜，你不用這麼直白地看著我吧，這樣我會很受刺激的。」楚天心裏很卑劣地狂喊，面上卻笑著說道，「吉娜，自從我們分開之後，你就去了丹姿城，在那裏過得還好吧！」

吉娜低下頭，柔順的秀髮流瀉而下，說道：「寒克萊大人送我去神殿，順利覲見了聖女和大祭司，就在神殿住下來了！」

楚天點了點頭，說道：「那還好，你在神殿裏沒被別人欺負吧？」

吉娜俏皮地吐了下舌頭說道：「我可是神殿裏的神侍了，除了聖女之外，就是大祭司也不能命令我做任何事！而且聖女待我很好，教了我許多術法，還有很多夏瑞祭司都不知道的祭祀萬能鳥神的禮儀。」

楚天挪動了下屁股，突然問道：「吉娜，你回去過白林鎮沒？」

吉娜搖搖頭，有些落寞地說道：「去了神殿的神侍是不能回原來居住的地方的。」

楚天拍拍額頭，做暈狀，笑著說道：「原來是這樣！我不知道，那這次神殿怎麼會派你下來呢？就算是你自己要求的，但你去神殿那麼短的時間，他們應該不會答應啊！」

吉娜俏臉一紅，說道：「當日寒克萊大人回到神殿之後，就向聖女和大祭司說了你在血虻沼澤擊敗黑蛭蛟，打退獨腳蛇軍團的事，聖女和大祭司都非常高興，後來又知道你就是那時送我來丹姿城的白林鎮啄衛，當即就讓寒克萊大人再來你這裏進行封賞。」

楚天「嘿嘿」直笑：「血虻沼澤處在這麼個位置還真是好，既有黑雕城的籠絡，又有丹姿城的拉攏，老子就可以在這裏坐地起價了。爺爺的，我再去多幹幾票，那鳳凰大祭司都要死而復生來拉攏我了。」

他越想越美，臉上的奸笑更加明顯，吉娜卻以爲楚天是笑話她說話扭扭捏捏，臉色更

是發紅，心裏暗暗著惱：「吉娜，你平日在神殿的時候可是落落大方的，聖女不止一次誇你，怎麼現在這麼害羞啊！」

楚天等了半天沒見吉娜接著往下說，不由望向吉娜：「暈了！怎麼我現在對這個世界的女鳥人越來越沒有抵抗力了，難道我真的已經被同化了？」

楚天看著吉娜一臉羞澀，長長的睫毛一顫一顫的，變為粉紅的皮膚在一身銀黑色的長裙印染下，顯得尤為紅嫩，不由吞了一口口水。

崽崽見楚天露出前所未見的表情，不由奇怪地問道：「媽媽，你這是什麼表情啊？感覺好色哦！」

楚天當時就頭大，心想：「崽崽，你不說話沒人當你是啞巴！」

吉娜也發現楚天正猛盯著她看，心中高興之餘，卻更感覺害羞得要死，她趕忙低下頭摟著崽崽一言不發。

楚天咳嗽兩聲，急忙轉移話題，說道：「吉娜你接著往下說。」

有了這樣的話題，曖昧氣氛稍緩，吉娜雖然仍是低著頭不敢看楚天，嘴裏卻開始說道：「寒克萊大人說話的時候我正在旁邊，從我們分開之後就再沒有你的消息了，也不知道你在外面過得怎麼樣，我就向聖女請求也讓我隨寒克萊大人一起下來。」

想到自己這種大膽的表示，吉娜有些羞澀地偷看了楚天一眼，見他正望著自己，趕緊又低下頭，說：「聖女正準備說話，寒克萊大人就笑著說爲了顯示我們丹姿城對楚天羽爵的重視，就派吉娜作爲萬能的鳥神的使者，親自對楚天進行封賞吧！」

「看來寒克萊大哥還真是有心了。」楚天心裏暗暗想著。

只聽吉娜接著說道：「聖女猶豫了一會兒，讓我先下去，說要與大祭司商議商議再作決定。等到寒克萊大人出來的時候，就笑著告訴我聖女跟大祭司都答應了讓我來。」

楚天大樂，笑著說道：「不用說，這其中肯定是寒克萊大哥說服了他們，這才讓吉娜你下來的。」

吉娜笑著點點頭，說道：「寒克萊大人平日就對我很照顧，說是你特意囑託他的，還說既然朋友要求，他就一定辦到。」

楚天心裏一陣感動，一時之間也不知道寒克萊究竟是出自真心，還是早就想拉攏他這個能修煉九重禽天變的人。吉娜見楚天沉默不語，問道：「楚大哥，你這段時間過得怎麼樣呢，有沒有回白林鎮啊？依莎現在過得好嗎？」

楚天搖搖頭，說道：「跟你分開之後，我就一直向血虻沼澤這邊走，收服了天牛戰士，又有了崽崽這個小可愛兒子。」

崽崽探出腦袋，說道：「剛才吉娜姐姐還問崽崽你有沒有妻子，依莎是你的妻子？」

話一說完，吉娜臉上本來稍降溫度的臉上立刻如火燒般，她輕拍崽崽的小腦袋掩飾。

「崽崽，你就不能安靜地待在吉娜的懷裏不說話？」楚天心裏暗恨，臉上卻是笑意盈盈，說道，「崽崽，大人說話，小孩子不要插嘴，你老爸我至今還是光棍一個，就是要找，也要找像你吉娜姐姐一樣漂亮溫柔的呀！」

吉娜羞紅了臉，低聲說道：「楚大哥就別拿吉娜開玩笑了。」

崽崽一臉不爽，說道：「媽媽，你長得這麼醜，吉娜姐姐會嫌棄你的。」

楚天心裏在嘔血：「崽崽，你沒看到你老爸正在泡妞嗎？你個小孩子在這裏插什麼嘴，還哪壺不開提哪壺，這不是打擊你老爸嗎？」

他臉上依舊掛著笑容，眼睛卻是狠狠盯著崽崽，說道：「崽崽，你累不累啊？老爸去叫伯蘭絲阿姨過來抱你去休息好不？」

崽崽一撇嘴，不滿地說道：「媽媽，你是不是也想要吉娜姐姐抱抱啊！這麼不想我待在這裏。」

「不是吧！這崽崽才多大，小腦袋裏居然想這麼多。」楚天額頭都滲出汗了，偷偷地看了吉娜一眼，見她滿臉通紅地低下頭一言不發，不禁心猿意馬地想道，「這小丫頭是不是對我這位驚天地的偉男有意思啊？」

吉娜聽到崽崽毫無遮攔的話，心裏又羞又急，低下頭心頭直跳，偷偷看了眼楚天，只覺得他笑得讓人既是害怕又是疑惑的，隨即注意到楚天已經幻化得幾近完美的身軀，心神不由又是一黯，想道：「畢竟我跟楚大哥還是有著這麼大的差距，我……」

崽崽仰起頭，剛好看到吉娜黯然傷神的神情，不由好奇地說道：「吉娜姐姐，你怎麼這麼傷心啊？」

楚天一見不妙，趕緊說道：「崽崽，還不是你剛才說的話讓吉娜姐姐傷心了，還不快哄哄她，要是你吉娜姐姐不笑起來，看我不打你屁股。」

崽崽可憐兮兮地望著吉娜，眼巴巴地說道：「吉娜姐姐，崽崽說錯話了，你不要生氣，下次崽崽怎麼也不說了，你快笑起來啊！不然媽媽會打崽崽屁股的，崽崽倒還寧願吉娜姐姐打崽崽的屁股。」

吉娜破羞爲笑，拍著崽崽的小腦袋，輕聲地說道：「姐姐怎麼會生小可愛的氣呢！」

說完，吉娜努力忘記先前的尷尬，笑著問道：「楚大哥，你還沒跟我說我們分開之後你的事呢，你怎麼會變成現在這個樣子?你現在的力量變得很強了哦，我在神殿這段時間已經非常努力了，可是還是只幻化成現在這個樣子。」

楚天一拍額頭，笑著說道：「我都忘了向吉娜彙報我這段時間的情況了，那可是萬分驚險刺激的，你楚大哥我現在可是要被封爲翊爵了呢，哈哈……」

說著他從與吉娜分開時說起，一直講到他在血虻沼澤擊敗黑蝰蛟，當然，這其中該隱瞞的他都隱瞞過去，因爲怕崽崽亂說話，跟崽崽在一起的事沒有一點隱瞞。

第四章 天禽再變

楚天前世作爲大盜，騙人誇張的口才可不是蓋的，這一路說來，聽得吉娜是又驚又新奇的，說到關鍵處不由掩嘴驚呼。

楚天心裏暗暗好笑，因爲對這個世界幻化成人形的美女所見不多，而且吉娜又是傾城的美人胚子，才會讓楚天不知道如何去面對。現在他已經恢復前世大盜時泡妞的從容與優雅，對付像吉娜這樣未經世事的女子當然不在話下。

「爺爺的，老子終於有一點恢復往日的風采了。咦?怎麼以前從沒有發現我的口才這麼好，簡直可以去做個說書的了。」楚天見吉娜一臉擔心地看著他，心裏暗想道。

吉娜一直聽到楚天說完他的遭遇，早已出了一身細汗。她強笑著說道：「楚大哥，都是我害得你幾次差點死掉，要不是我要去神殿裏接受神侍冊封，你也就不會護送我出了白林鎮，肯定不會有事的。」說著，一臉黯然地低下了頭。

楚天忙安慰著說道：「吉娜你這是哪裏的話，要不是你，我哪有現在的成就，你看我現在不是好好的嗎？」

「笑話，就是沒有吉娜你，我也會出去的。難道讓我在白林鎮那個小地方待上一輩子，對著一群連腦袋都沒有幻化成人形的鳥人？那還不如讓老子直接去死了算了。」

他見吉娜還是一臉的傷心，不由調侃地說道：「吉娜，你這麼擔心我受傷，莫非……咳咳，我這個人雖然沒什麼太大的本事，但是絕對屬於一等一的鳥才，也不會太委屈你這名神侍吧！」

吉娜聽著楚天說話，心頭如鹿撞，她羞答答地輕聲罵道：「這麼久不見，楚大哥你怎麼還是油腔滑調的，一點都不正經。」

楚天敲擊著額頭，笑著說道：「吉娜你可不要冤枉人啊！凡事總得拿出個證據，你就說說我什麼時候不正經了？要是沒有，可就別怪我對你亂說話做出懲罰。」

崽崽也不失時宜地插上幾句話：「是啊！媽媽什麼時候不正經了，崽崽也想知道。」

吉娜心裏想道：「什麼時候不正經，楚大哥你就沒有正經的時候，可是這些話讓我怎麼說得出口呢，那還不丟死人了，要是說不出來，不知道楚大哥會怎麼懲罰我……」

楚天見吉娜半天不說話，知道她害羞，「嘿嘿，老子奸計得逞。」心裏雖然狂笑，表面上卻是一本正經地說道：「吉娜，既然你說不出來，可就別怪楚大哥懲罰你了。」

說著，楚天站起來，慢慢向吉娜走去。

吉娜心裏「撲通」直跳：「楚大哥到底要怎麼懲罰我？他走過來做什麼？我要不要反抗？」

楚天走到吉娜的面前，邪邪地笑看著吉娜。

崽崽很奇怪地看著吉娜姐姐心跳加速，臉色酡紅，又看了看媽媽一臉的壞笑，心裏不是很明白發生了什麼事，大聲地說道：「媽媽，你走這麼近做什麼？難道你想對吉娜姐姐做什麼壞事？」

楚天當即就想吐血，好不容易有了這麼個輕薄調戲的機會，卻被崽崽的一句話給破壞了，「崽崽，你能不能識時務一點，在老爸泡妞的時候能不能不說話啊！」

用楚天的話來說，就是一場勾引的行爲就這樣夭折了，他一臉鬱悶地向後退幾步，坐在綠地上，訕訕地說道：「沒呢！跟你吉娜姐姐開個玩笑！」

吉娜坐在平石上，見楚天沒有過來，心裏鬆了口氣，卻也有另一種失落漸漸上湧。

一時之間，兩鳥人之間的氣氛頗爲怪異。崽崽瞪大眼睛仰頭看向吉娜，說道：「吉娜姐姐，崽崽在你懷裏待著很舒服呢，今天晚上崽崽陪吉娜姐姐睡好不好？」

楚天心裏暗罵：「崽崽，你這個重色輕友的兒子，算老子看錯你了。」

吉娜愣了一下，繼而笑著說道：「崽崽，這樣可不好，你媽媽說你要跟你伯蘭絲阿姨睡在一起的。」

崽崽當即帶著哭腔說道：「吉娜姐姐不喜歡崽崽了。」

「爺爺的，崽崽你個小子還會玩陰的，居然知道利用自己的天真來讓吉娜心軟。」楚天目瞪口呆地看著崽崽躺在吉娜懷裏撒嬌。

吉娜一臉的不知所措，求助似的看著楚天。

楚天陰笑著對崽崽說道：「崽崽，你別忘了你說過要努力修煉的，修煉可是不能偷懶的，我想你伯蘭絲阿姨也不會同意的。」

崽崽看著楚天一臉威脅的樣子，心裏發虛，說道：「媽媽，你這個樣子很容易讓崽崽想到獨眼叔叔所說的大盜哦！」

「什麼叫像，本來就是。」楚天不禁開始反省自己的人生，「老子前世做人的時候是大盜，沒想到現在做鳥人居然還像大盜！」

他並不說話，繼續用那種眼神盯著崽崽看。

崽崽被看得心裏發怵，心不甘情不願地說道：「好啦好啦！崽崽不跟吉娜姐姐睡就是了。媽媽，你這麼做肯定是有什麼居心，以前可從來沒有對崽崽這樣的。」

楚天心裏陰陰一笑：「小崽子，你這手在你老子面前不管用。」接著很認真地說道：「崽崽乖，老爸怎麼會有什麼居心呢，要說有，也是爲了崽崽日後能像你老爸我一樣高大

雄偉，英俊瀟灑，無敵天下。」

吉娜掩口輕笑：「楚大哥臉皮也太厚了，雖然現在是變得比以前好看了，但也沒到英俊瀟灑這個地步啊！」

楚天見吉娜發笑，知道她是笑話自己，但卻也是臉不紅心不跳，盯著神侍問道：「吉娜，你這樣笑，莫非是承認我說得不錯？」

吉娜笑著說道：「是啊，楚大哥你說的這話著實不錯，就是有一點還沒說。」

楚天心裏暗笑，說道：「還有哪一點沒說，難道我還有什麼其他的優點自己沒有發覺？唉，這人太優秀也不太好，優點太多了，還要別人告訴我，這多不好意思啊！」

「那就是臉皮太厚。」吐出舌頭，吉娜「咯咯」地笑了起來。

崽崽聽了這話，一摸自己的臉，說道：「崽崽臉皮也厚，所以一定能和媽媽一樣厲害。伯蘭絲阿姨怎麼還不來接崽崽啊！崽崽要去修煉了。」

楚天雖然被吉娜嬌憨的樣子搞得心癢癢，但想得更多的卻是崽崽的事情：「暈！早知道這麼說有用的話，老子現在就不會這麼鬱悶了。」他是極其懊惱，真恨不得朝自己腦殼拍一磚頭。

吉娜輕笑著說道：「崽崽，你這麼小就這麼有志氣，以後一定比楚大哥還有成就。」

崽崽一挺胸膛，大聲地說道：「崽崽不要超過媽媽，只要能跟媽媽一樣就好了。」

這時伯蘭絲的聲音自天空傳了過來：「崽崽，你心裏要想著超過你老爸才能有動力，你老爸可是天下少見的奇才，你不努力可是趕不上他的喲！」

緊接著特洛嵐的聲音也隨之響起：「不錯，崽崽，你可要努力啊！」

楚天還從來沒有被兩隻鴕鳥這麼誇過，他現在心情大好，也就照單全收，得意地笑著說道：「那是啊！我楚天是什麼人，怎麼也要成爲這個世界的頂尖人物才行！」

一說完，楚天心裏就後悔了：「完了，又得意忘形了！囂張遭『雷劈』，我已經親身試驗過不少次了。」

還好事情被崽崽轉移了，這小傢伙仰起頭很認真地瞪大眼睛對吉娜說道：「吉娜姐姐，崽崽要跟著伯蘭絲阿姨去修煉了，明天再來陪你玩。」

吉娜笑著說道：「好的，崽崽加油！」

崽崽從吉娜的懷裏鑽出來，拍打著翅膀飛到伯蘭絲的那裏。

特洛嵐這個時候才笑罵道：「楚天，在你這裏還真找不到謙虛這個詞啊！」

楚天擺出個勇猛的造型說道：「謙虛只是那些沒有自信的人才會說的！我有這個自信，自然就不要謙虛了。」

伯蘭絲抱過崽崽，微笑著說道：「楚天，你也要記住不要太自負了。當年……你現在力量增長這麼快，也一定要多加努力修煉才行，我們去的聖鸞城可是高手如雲，像我們這

種級別的多不勝數，那寶……地方也一定有著無窮的危險。」伯蘭絲想起現在還不是跟楚天說這個的時候，又見吉娜在場，也不便把寶藏的事說出來。

楚天敲擊著額頭，看了神侍一眼說道：「吉娜不是外人，我還打算也帶她去的，反正寒克萊大哥已經知道我們要去聖鸞城了。」

特洛嵐一驚，說道：「他怎麼會知道的，會不會有問題？」

楚天搖搖頭，說道：「那天我一時忘形說出的時候，寒克萊大哥雖然隔得遠又在療傷，但還是聽見了。他既然不在神殿點破，應該就不會有事。吉娜是我很好的朋友，也不會說，我們總是要帶她去的，現在告訴她也好。」

特洛嵐鬆了口氣，但還是憂慮地說道：「這件事還是越少人知道對我們就越好，要是各方人物都知道了，那這次肯定是險難重重。」

伯蘭絲點點頭說道：「楚天，這畢竟關係到你以後的發展，一定要謹慎才行。」

「這個我當然知道，怎麼說老子前世也是一大盜，要是這點常識都沒有，還不死了幾百遍了。」楚天也點點頭道，「這我知道，除了幾個知心的，我還沒有告訴其他人。」

吉娜心裏一陣驚喜，沒想到楚大哥這麼信任她。

伯蘭絲笑著說道：「好了，我們也要去教崽崽修煉了，你們聊！」

楚天巴不得他們早點走，趕緊說道：「好好好，你們慢走！」

特洛嵐一臉笑意，看著楚天說道：「楚天，你這可不厚道了，我們還沒準備走啊！呵呵，別用這種曖昧的眼神看著我，不打擾你們敘舊了，伯蘭絲，我們走吧！」

楚天真恨不得在特洛嵐奸笑的臉上打個窟窿，特洛嵐你好歹也是個男的，難道不知道分場合對女人說話嗎？你這樣讓我們單獨相處的時候很難溝通啊！

看著特洛嵐他們下去，楚天心裏樂開了花，就要回過頭跟吉娜說話。

崽崽突然大聲地說道：「媽媽，你可不許欺負吉娜姐姐。吉娜姐姐，要是媽媽欺負你了，你明天跟崽崽說，崽崽一個月不理他。」

聽了這話，在場的人都笑得東倒西歪。楚天一臉的鬱悶：「崽崽，我養你這麼大容易嘛我，爲了你，我都多久沒泡妞了，技術下降不說，你現在居然還這麼威脅你老子。」

吉娜笑著說道：「崽崽好好修煉哦，要是楚大哥欺負我，姐姐會告訴你的。」

崽崽哼哼幾聲，鑽進了伯蘭絲的懷裏。

等到崽崽他們都走了，楚天繼續坐在離吉娜不遠的地方，看著吉娜笑著說道：「吉娜，你現在的靈禽力好像只到了靈變初期，應該快到後期了吧？」

吉娜羞澀地一笑，說道：「我沒有楚大哥你這麼高的天分，現在才練到靈變初期。」

楚天安慰吉娜道：「我修煉到這個境界也是因爲很多巧合才有的，吉娜你能在這麼短的時間內練到這個境界已經是很好了。現在你跟我們在一起，要是在修煉靈禽力方面有什麼疑問就提出來，特洛嵐和伯蘭絲都是這方面的高手，會對你有很大的幫助的。」

吉娜點點頭，說道：「嗯，我會努力的，楚大哥，你說去聖鸞城是怎麼回事啊？」

楚天頓了頓才說道：「我們這兩天就要動身去聖鸞城了，去那裏取點東西。」

吉娜「哦」的一聲，說道：「這樣啊！我最想去的就是聖鸞城了，聽說那裏才是最接近萬能的鳥神的地方，也只有那裏才有鳳巢，金冠兩個級別的大祭司。聽說被他們祝福的鳥人，力量提升會很快。」

「哼！總有一天，我要他們全部在我的面前臣服。」楚天腦海又一次冒出這個驚世駭俗的念頭。楚天也不知道怎麼搞的，只要一聽到那些這個世界上最頂尖的人物的名字，他的心裏就會不由自主地起著波動，彷彿只有將他們都踩在腳下，才能平息這種感覺。

吉娜察覺楚天渾身的氣勢一漲，不由得鼓起勇氣擡頭望向楚天，卻發現他眼中紅黑兩芒不斷變幻，周邊還有一圈若有若無的金芒透出，彷彿有一股吸力緊緊地攝著她的目光。她心一慌，急忙偏過頭，不敢看楚天，說道：「楚大哥，是不是吉娜說錯什麼了？」

楚天一驚，回過神來，說道：「什麼？沒有啊，我只是在想些事，有些出神了。」

吉娜點點頭，說道：「沒有就好，楚大哥，你剛才的眼神好凶。」

楚天右手敲擊著額頭，輕不可微地一歎：「怎麼搞的，現在腦子裏越來越亂了，我怎麼會多出這麼多的記憶？也不知道那獅鷲將軍在我腦子裏做了什麼。」

他歉然地說道：「吉娜，沒嚇著你吧？」他不願意在這個問題上深說，見吉娜點頭就岔開話題：「吉娜，你在神殿裏都學了些什麼啊？」

吉娜身子動了一下，說道：「剛去的時候是學習禮儀以及虔誠，然後就慢慢由聖女教我們學習作爲鳥神使者所必需的一些能力。」

楚天望著那張絕美的臉蛋說道：「那你這麼冰雪聰明，一定是最快學好的。」

吉娜不好意思地說道：「我是最後一個去的，哪有那麼厲害，不過聖女說我學得很好，再過一段時間就要給我加祝福了。」

楚天哈哈大笑，說道：「我就說嘛！像我楚天這麼出色，吉娜怎麼會差呢，嘿嘿，怎麼說在我這裏接受薰陶那麼久，肯定能行的。」

吉娜嗔怪地看了他一眼，笑著說道：「楚大哥，你這臉皮上的功夫可跟你的力量一樣強啊！」

楚天拱拱手，賊笑著說道：「過獎，過獎，我這臉皮上的功夫才只有我的力量一半強，還有待加強，還有待加強！」說著擠眉弄眼地看著吉娜。

吉娜要不是因爲顧及身分，早就笑得趴在地上了，她拚命地掩飾著臉上的笑意，一張小臉憋得通紅。

楚天見狀，有心調笑，說道：「吉娜，你這嬌羞無限的樣子還真誘人啊！」說著做出

色色的樣子盯著吉娜猛看。

吉娜被他肆無忌憚的目光看得渾身不自在，臉色羞紅，低下頭一語不發，哪裏還有一點神侍的樣子。

「這小鴿子，都當了這麼久的神侍，怎麼還是這麼害羞，不會是因爲跟我在一起才這樣吧！」楚天很騷包地想著，不過這也很正常，像我這麼優秀的鳥才還真找不到。

吉娜輕聲地說道：「楚大哥，現在也晚了，我也要去休息了，你也早點休息吧！」

楚天笑著說道：「你的住處我已經安排好了，你從丹姿城飛過來也夠累的，早點休息也好，我帶你去。」

安排吉娜休息後，楚天再一次來到綠地，躺在草地上，擡起頭看著天上的三個月亮。

他之所以這麼快就讓吉娜去休息，是因爲他的腦海裏開始不斷浮現關於修煉方面的心得，急於消化。

楚天幻化成禿鷹身體，攤開翅膀，雙爪與身體垂直立起，體內靈禽力運轉，將九重禽天變心法由第一重蛻焱金剛變開始練到第五重辟元耀虛變，周身一團金光環繞，越轉越快。

楚天的身體漸漸浮起，天空上三個月亮的光輝彷彿被這一團金光所吸引，銀色的月光從空而降，集中照在楚天的身上。

此時，一隻天牛戰士正好守夜過來，看到這樣的情景不由目瞪口呆。

楚天身上金光形成一道像楚天一樣的形狀，浮現在楚天身體的上空，貪婪地吸收著月亮的精華，然後通過金光與楚天之間的一道金色光柱傳到楚天的體內。

那隻天牛戰士頓時將楚天敬爲神人，跪下膜拜。

楚天腦海裏九重禽天變心法不斷閃現，他現在已經完全領會第五重辟元耀虛變的要旨，快要突破前期到達後期了。

一番修煉，一夜時光不知不覺溜走，傻乎乎的單純天牛戰士早就回自己的工作崗位了。感受到陽光的熱度，楚天瞇著眼享受著那份柔和，他懶洋洋地躺在地上，蹺起二郎腿，一晃一晃地。

現在他已經習慣了每天晚上在這片綠地上睡，用體內那莫名其妙出現的話，就是只有與大自然完全融合，才能體悟九重禽天變的真正力量。

正想著事，特洛嵐飛落在綠地上，感歎地說道：「楚天，你現在真的是一天一個變化啊！現在明顯地感覺到你的靈禽力又有所增長。」

自從昨天跟伯蘭絲推測之後，特洛嵐對楚天力量的變化已經見怪不怪。有天禽在他體內留的東西，要是每天沒有增長那才是奇怪的事。

楚天笑笑，他現在渾身自有一種難以明言的氣勢，說道：「特洛嵐，你這麼早就起來了，怎麼，有事找我？」

特洛嵐笑著說道：「沒事就不能在這裏來跟你聊天嗎？」

楚天笑罵道：「特洛嵐，你這性格我還不知道，要是沒事的話，你不跟你的伯蘭絲黏在一起，會這麼好心跑過來找我聊天？」

特洛嵐「嘿嘿」一笑，說道：「我來是想問問，你究竟怎麼能在這麼短的時間內將力量提升得這麼快的？」

楚天敲擊著額頭，說道：「那當然是我楚天天資聰慧，是個修煉的奇才啦！當然，還有你跟伯蘭絲的教導功勞。」

特洛嵐哭笑不得，無奈地說道：「你就不能正經一點？楚天，你現在可是越來越玩世不恭了。」

楚天裝出一副很奇怪的樣子，說道：「難道不是你們的功勞？哦，那就是我天資超人，天生就是這方面的鳥才吧！」

特洛嵐大笑，說道：「好好好，就算是這樣，哦不，是本來就是這樣。」他見楚天瞪著他，忙改口，接著說道：「我也不問你這個了，我們什麼時候出發？」

楚天正色道：「就今天吧！我把寨子的事已經全部跟獨眼交代清楚了，而且我們去聖鸞城的事也讓他們保密，絕對不讓外人知道。」

特洛嵐點點頭，說道：「這樣最好，現在整個血虻沼澤都是你的了，應該不會再有什麼意外了。不過你還是再囑託一下獨眼，這件事關係重大，千萬不能有一絲馬虎。」

楚天笑著拍拍特洛嵐的肩膀，說道：「要是這麼點小事都辦不好，那我楚天以後還怎麼混啊！」

特洛嵐大笑，心裏卻是很驚奇，因爲楚天剛才拍他的肩膀時，他竟然感覺有點受寵若驚。這可是從來都沒有的感覺啊！

一行人出了血虻沼澤，已經是傍晚時分，前面就是一片綠意迴然的森林，藤蔓纏繞著參天的大樹，柵欄一般的雜草塡滿了大樹之間的空隙，只能聽見裏面嘩嘩的流水聲，還有細細碎碎的動靜。

楚天大大咧咧地說道：「我們就在這裏休息一個晚上吧！唉，可惜寒克萊大哥不能送我一隻背背鳥，要不然就讓他背間房子過來，讓我們好好休息休息。」

坎落金、坎落黑馬上放下背上的包袱，向楚天簡單地行了個禮之後就鑽進森林裏尋找野味。

楚天看了一眼二豹消失的地方，說道：「坎落金和坎落黑兩兄弟還真是敬業，他們體

內的力量又增進不少。」

特洛嵐接過伯蘭絲懷裏的崽崽，讓他跨坐在自己的脖子上，笑著說道：「楚天，你能收服這兩隻飧豹，可是件好事啊。看他們體內力量的變化就知道這兩隻一定也是獸族之中天資極高的了。」

楚天嘻嘻一笑，說道：「那是，我一向都是以德服人的，要不是這樣，怎麼能收服這兩隻性情猛烈的飧豹呢！」

幾個人正聊著飧豹兄弟的事情，坎落金、坎落黑竟然已經抓了些野味回來，在楚天等人的驚歎中，迅速地開始升篝火烤食物。

眾人都忙碌起來，楚天則靠在石頭旁邊，仰頭望著漸黑的天空，心裏突然升起一絲苦澀，什麼時候我能完全變成人身呢？唉，也不知道變成人身之後能不能回去。

楚天懊惱地想著，卻發現自己現在對回不回原來的世界已經不是那麼在意了，現在想著如何提升自己的能力只是爲了日後在這個世界裏稱霸。

「唉！我們這一次去聖鸞城也不知道到底是福是禍！」旁邊突然傳來特洛嵐的聲音。

楚天不滿地說道，「特洛嵐，你是屬鬼的嗎？怎麼走過來無聲無息的，老子沒被你嚇死已經是很走運了。」

特洛嵐訕訕地笑著說道：「楚天你現在的力量這麼強，哪個接近你你還能不知道的，說，想什麼去了？」

「沒什麼，瞎想而已。」應付了一句，楚天皮笑肉不笑地說道：「特洛嵐，你們準備跟我一起找到寶藏之後就回綠絲屏城？」

特洛嵐躺在他身邊，看著不遠處的熊熊篝火，說道：「現在你也知道了崽崽的身世，他有他的使命，綠絲屏城畢竟還是他的家，不管怎麼樣，那裏的事終究還是得他回去做個了斷。」

楚天點點頭，說道：「這個我知道，可是我們這次去尋寶也是艱難萬分，我擔心崽崽的安全。」

特洛嵐歎了口氣，說道：「這個我們同樣擔心，我跟伯蘭絲尋了近十年才找到崽崽，我們最希望的就是崽崽能趕快強大起來，我跟伯蘭絲也好功成身退。」

見特洛嵐話裏的倦意，楚天本要說些什麼，那邊坎落金過來，用生硬的語調說道：「主上，肉！」

楚天點點頭，笑著對他說道：「坎落金，你們先吃吧！我就過去。」他仰天一笑，又說道：「這些都是以後的事了，先不管了，吃肉去，走了這麼遠的路，都累死了。」

特洛嵐覺得楚天現在性格越來越捉摸不定，但是有些地方還是跟以前沒什麼兩樣。他娘的，這不會是楚天體內天禽力量起的作用吧！特洛嵐跟著站起來，心裏也禁不住罵了一句粗話。

楚天走到篝火旁邊坐好，接過坎落黑遞過來的烤腿，大大咧咧地咬了一口，說道：「坎落金，你們的燒烤水平有待提高啊！」

伯蘭絲白了他一眼，說道：「有得吃就不錯了，有本事你烤試試？」

楚天笑著說道：「玩笑，玩笑，伯蘭絲你也不用這麼針對我吧！開個玩笑活躍一下氣氛，你看你，現在我們的氣氛要多沉悶有多沉悶，本來我的話可以起到輕鬆的作用，可是你卻總是要打斷，你這不是存心讓我們都憋死嗎？」

他這番話說得是理直氣壯，所以啃起烤腿來也是特別用力。

伯蘭絲別過頭，不去看他那神氣的樣子，嘴裏恨恨地說道：「狗嘴吐不出象牙！」

楚天這下出奇的沒有反駁，卻是盯著伯蘭絲的嘴巴看。

伯蘭絲準備塞進嘴裏的烤肉停頓下來，毫不示弱地看著楚天，說道：「看著我幹嗎，找打是不是？」

楚天不答，再看了一會，才搖搖頭，狠狠地咬了口肉才說道：「原來也沒象牙啊！」

特洛嵐「噗」地一口噴出嘴裏嚼著的肉，臉上肌肉抽動，正要發笑，發現伯蘭絲狠狠地看著他，連忙正襟坐好，一臉嚴肅地說道：「這肉有點鹹了，一不小心就吐出來了。」

楚天可沒這麼多的顧忌，指著特洛嵐和伯蘭絲兩隻鴕鳥，當即便笑得前仰後合。

吉娜坐在楚天的旁邊，一小口一小口地吃著，這時也是忍俊不禁。

伯蘭絲心裏氣極，大聲地說道：「笑什麼笑，當心吃肉噎死你！」

楚天身子左右搖晃，一不小心就靠到吉娜的身上，突然聞著吉娜身上淡淡的體香，楚天一副沉醉的樣子，說道：「吉娜，你身上怎麼香噴噴的？」

「調戲像吉娜這樣的純潔女人，最好的辦法就是裝作什麼都不知道。」楚天心裏「純潔」地想著。

吉娜頓時小臉緋紅，在篝火映照下豔麗得讓人心驚。

伯蘭絲心裏想道：「楚天你想跟吉娜好，我偏偏要壞你的事。」

她笑著說道：「吉娜，過來坐，楚天他爲人不老實，你可別被他給騙了。」

吉娜紅著臉說道：「是，伯蘭絲姐姐。」

「好你個伯蘭絲，老子好好地跟吉娜說話關你什麼事，你在這裏插什麼嘴，還誹謗我的名譽，這不是明顯地對我進行人身攻擊的嗎？」

楚天心裏咒罵著，臉上卻是笑意盈盈，說道：「伯蘭絲，你這麼說可就是打擊我了，像我這麼老實的鳥人我自己都從來沒有見過，你就說說，我什麼時候不老實了？」

伯蘭絲眉頭一挑，似笑非笑地望著楚天，說道：「哦？楚天，你可要我一一列舉？要知道從你去黑雕城到現在，我和特洛嵐兩個可都是跟你在一起的啊！」

楚天聽到她將黑雕城三個字咬得特別重，心裏就暗恨：「老子不就是在黑雕城裏多看了幾眼妓鳥，流了幾次鼻血嘛，你用得著拿這個出來威脅我嗎？」

楚天心裏暗恨的時候，吉娜已經好奇地問道：「伯蘭絲姐姐，楚大哥在黑雕城做了什麼事呢？」

伯蘭絲看了眼楚天，露出狡黠的笑容道：「你自己問楚天，看他怎麼說。」

楚天面不改色地說道：「也沒什麼，就是大公無私地幫了一些鳥人，還有義正辭嚴地拒絕了其他的賄賂，我說伯蘭絲，你也不用這麼嫉妒我的能力吧？」

伯蘭絲和特洛嵐相視一眼，都是一臉的愕然，不過隨後了然，這楚天本就臉皮厚，現在不過是多了一項無恥而已，也沒什麼大問題。

伯蘭絲也不跟他計較，笑著說道：「楚天，從明天開始就由你負責烤肉了，你剛才不是說坎落金他們烤得不好嗎，那就你來好了！」

楚天看著伯蘭絲眼神帶有的威脅目光，心裏恨得牙癢癢：「爺爺的，什麼時候你要是有把柄在老子手上，我就叫你每天給我端馬桶。」

他面上笑著說道：「好，我楚天非常樂意！」說得是咬牙切齒。

伯蘭絲心裏解恨，暢快地笑著說道：「楚天，那可真要感謝你了。」

一頓晚餐就在楚天將手中烤腿當做伯蘭絲的肉的臆想中度過了。

第五章 墮落王族

隔天一早，特洛嵐指著前面，說道：「那裏就是暗黑森林了。」

楚天眼力超凡，又是運足靈禽力向前面瀰漫著黑色霧氣的森林望去，隨後他一臉震驚地收回目光道：「以我現在的目力，居然也只能看進去不到十米的範圍，看來這暗黑森林真的有些古怪啊！」

暗黑森林看起來明明是近在眼前，偏偏給人的感覺卻又是遠在天涯，在外層的黑色霧氣不斷地形成波動，將陽光蕩漾反射而出，根本就看不清裏面的情況。整體的感覺就跟是另外一個空間一樣，一種奇怪的力量從裏面散發出來，讓上面的空氣形成好似熾熱陽光下的波動。

伯蘭絲摟著崽崽，說道：「暗黑森林夾在黑雕城和聖鸞城之間，傳說裏面危險重重，一般的鳥族就是飛也不能從它的上空飛過去，只能從暗黑森林裏通過。」

特洛嵐問道：「楚天，你看到裏面什麼情況？」

楚天右手敲擊著額頭，皺著眉說道：「裏面近十米的樹都彷彿被一層淡淡的熒光給包裹起來，最令人奇怪的就是裏面沒有什麼藤蔓之類的附生植物，彷彿就只有樹了。」

特洛嵐點了下頭解釋道：「暗黑森林裏就是這樣的，你說的那種樹叫魎櫻樹，能吸收大地的精華發出淡淡的熒光，是種很奇特的樹種。」

楚天心中生出一絲不安，不由皺眉問道：「特洛嵐，你們以前有沒有進去過這裏？」

特洛嵐點點頭，也有些擔憂地說道：「我跟伯蘭絲早在五十年之前就已經達到了熔器的階段，再加上我們合體力量增強，所以能安全從裏面出來。現在這裏除了我們三個擁有超過翅爵的力量，吉娜和坎落金兩兄弟頂多只有靈變的階段，要我們去照護他們的安全，恐怕要費些力氣。」

楚天鼻子裏「哼」了一聲，眼中精芒四射，雙目之中紅黑兩色不斷變幻，一縷金芒在雙瞳邊緣閃現。

這次他運足了靈禽力，勉強能看清暗黑森林裏十五米距離的事物。

楚天沉聲說道：「森林裏面路面平坦，看不出有什麼令人可怖的地方。」

特洛嵐皺起眉頭說道：「裏面的情況總是在變化的，你不知道下一步會遇到什麼。要是有人能利用裏面的優勢進行偷襲的話，往往都能達到意想不到的效果。」

「爺爺的，難怪這麼平坦的森林居然被稱爲暗黑森林，還真他媽的變態。」楚天心裏鬱悶地想道。

特洛嵐接著說道：「楚天，我們現在進不進去？」聽他現在的口氣，儼然把楚天當做他們這群人的首領了。

楚天心裏一陣大爽，隨後斬釘截鐵地說道：「進去，誰說不進去，只有在極險之中的力量才能提升迅速。」

特洛嵐也是豪氣一沖，笑著望向伯蘭絲，說道：「幾十年前我們能闖出去，現在也一定能帶著他們闖出去。」

伯蘭絲看著特洛嵐，一臉的柔情，輕輕地撫摸著崽崽的小腦袋，說道：「你說怎麼辦就怎麼辦！」

楚天運轉體內靈禽力，將第一重蛻焱金剛變運用到極致，頓時周身一圈金芒轉出，整個身子也脹大不少。

他對身邊的吉娜說道，「吉娜，你在我身邊，不要離開三步之內。」

吉娜點點頭，翅膀一旋轉，一道白芒從她翅膀裏飄然而出，轉眼便將自己周身包裹住。

楚天驚訝地看著吉娜，此時的吉娜身穿一套白色的高領緊身連衣裙，只露出一張精緻

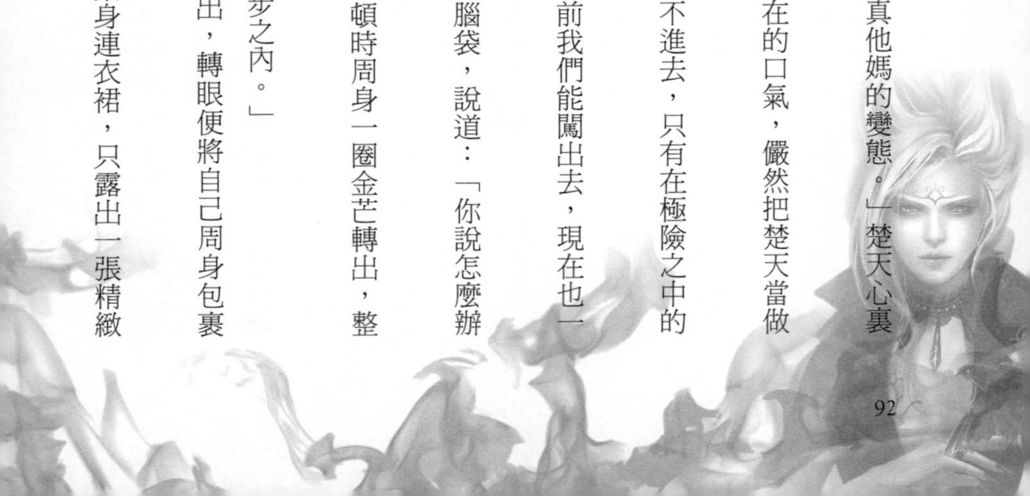

完美的臉龐，在周身的白芒映襯下，臉上散發出聖潔的光芒。

他不由一呆：「吉娜這小鴿子看起來越來越美了，太有誘惑力了。」

吉娜見楚天目不轉睛地看著她，心裏又羞又喜，低下頭輕輕拍打著翅膀。

特洛嵐就不爽了，都什麼時候了，楚天這小子怎麼還這麼不正經，他咳嗽兩聲，說道：「楚天，我們進去吧！」

楚天回過神，看到兩隻鴕鳥不懷好意地看著他，神色不變，很正經地說道：「特洛嵐，你熟悉路，就走在最前面，伯蘭絲和坎落金、坎落黑兩兄弟在中間，我斷後。」

伯蘭絲神情鄭重地說道：「楚天，剛才特洛嵐說的只是其中的一個方面，我們那時進去也只是經歷過這一種情況，但是從我們的家傳記憶裏，還有很多其他的異象。」

「爺爺的，不早說，這可是關係到老子的性命問題啊！」楚天額頭大汗，又不能在這個時候得罪伯蘭絲，他擠出一臉的微笑，說道：「伯蘭絲，還有什麼情況，先說出來，也好讓我們有個防備。」

伯蘭絲點頭說道：「剛才跟你們說的魎櫻樹也是暗黑森林裏的殺手，只不過它們每十年才會醒過來一次。它們樹身表面的熒光是一種致命的毒光，一旦魎櫻樹醒過來，熒光就能自動攻擊一切有呼吸的生物。」

楚天咂舌道：「這樣的變態植物也有啊！天吶，這是什麼世界。」

伯蘭絲歎了口氣，說道：「我們鴕鳥一族的祖先把這種有自主意識的植物稱爲植族，它們不能移動，傳說這個暗黑森林裏只要是樹，就有自己的意識。」

楚天這下頭都暈了，他狠狠地瞪了特洛嵐一眼：「爺爺的，要不是伯蘭絲及時說起，老子進去之後死都不知道是怎麼死的。」

特洛嵐訕訕地說道：「忘了忘了，剛才就是一時激動，好久沒這樣豪氣了，有點過頭，呵呵。」

楚天直翻白眼，說道：「你這一激動，我們的小命就懸了。」

伯蘭絲打斷他們，說道：「我們進去之後一定要小心，裏面的任何東西都不要碰。」

楚天點點頭，大聲吩咐說道：「都聽到伯蘭絲大姐的話了，那麼好，我們進去。」

特洛嵐一馬當先，跨進了這片陸地上的死亡森林。

暗黑森林面跟外面呈現出巨大的反差，不止沒有想像中的陰森，更是華美無比，各種樹木的樹身綻放出不同的光芒，當先的就是魑櫻樹，熒光呈現出耀眼的黃色。

放眼望去，不同形狀的樹木閃現出不同的光芒，猶如身處在一個巨大的宴會上。

楚天心裏感慨，這暗黑森林裏面居然是這麼的美，身邊的吉娜早已是陶醉其中。

前面的伯蘭絲聲音裏掩飾不住驚訝：「暗黑森林什麼時候變成這個樣子了！特洛嵐，

我們上次來的時候，裏面很陰森恐怖的。」

走在最前面的特洛嵐嚴肅地說道：「暗黑森林奇幻莫測，千萬不可掉以輕心！」

一行人向前走了幾步，楚天右手敲擊著額頭，露出思索的神情，說道：「特洛嵐，你先一個人向前走幾步，自己一定要小心！我們在這裏等候。」

伯蘭絲奇怪地問道：「楚天，你感覺到什麼了？」

楚天搖搖頭，說道：「我也不知道，只是感覺不會那麼簡單，特洛嵐，你自己小心，先往前走。」

特洛嵐聽出楚天話裏的鄭重，他知道楚天體內天禽的力量，對他的判斷深信不疑，當下點點頭，說道：「好！我先向前走。」

特洛嵐將體內的靈禽力運到巔峰，身上的黑色戰甲張開，戰甲上黑色的光芒有如實質地覆蓋了他周身半米的空間。

他小心地向前慢慢走著，高級羽器虯鼉翼也從背後伸出，長達數十米的銀色羽翼展開，護住他的後背。

楚天在同時運轉體內的靈禽力，辟元耀虛變心法開始湧動，準備隨時相助特洛嵐。

特洛嵐向前跨出了幾步，突然聽到他大喊道：「楚天，伯蘭絲，你們所看到的暗黑森林現在是不是陰森一片？」

楚天一愣，腦子裏靈光一閃，說道：「特洛嵐，你先退回來！」

特洛嵐依言向後退，虯鼊翼微微波動。他的眼前依稀只能見到一米之外的情況，那裏景色迷濛，不斷傳出的呼嘯的聲音，不像是風，倒像是一群飛禽在空中搧動著翅膀。

心裏一驚，虯鼊翼依照主上心意不斷地揮舞，翅膀上覆著的靈禽力發出「嗡嗡」聲。

「嗡！」

一聲聲響，一隻巨大的身影俯衝向特洛嵐。

特洛嵐暗罵一聲，虯鼊翼暴漲數米，上面覆著的羽毛根根如刀刃，漸漸變大，從空中劃開，白芒向外延伸著斬向突如其來的身影。

楚天腦海裏突然有種很熟悉的感覺，彷彿空氣中有一股讓他頗爲親切的氣息。

前面的特洛嵐虯鼊翼不斷舞動，也能看到他向後退的身形，卻怎麼也看不到他退回來，楚天心裏一驚，好像捕捉到腦海裏的什麼，卻又一閃而逝。

他輕喊一聲：「伯蘭絲，照顧好吉娜和坎落金他們，我去幫特洛嵐！」

話一說完，楚天運起辟元耀虛變，憑空消失，突然出現在特洛嵐的旁邊。

特洛嵐背上高級羽器虯鼊翼正在空中不斷夾擊，羽器的威力發揮到極致，銀白色羽器猶如銀龍在空，以特洛嵐位中心的二十米之內，銀芒佈滿空間。

週邊的空中黑壓壓的一大片獠牙豬鼻的巨大蝙蝠！

楚天心裏驚訝，問道：「特洛嵐，這是怎麼回事？」

特洛嵐苦苦支撐，說道：「快點幫忙，我也不知道怎麼回事，應該是這些蝙蝠早就在這裏守候了。」

楚天渾身氣勢一漲，幻化成禿鷹模樣，飛到空中，一對翅膀突然脹大，變得跟特洛嵐的虯鼉翼一樣的翅膀，只不過是金芒布體。

蝙蝠群居然也懂得避重就輕的道理，見楚天鋒芒畢露，不由都紛紛後退，主要去攻擊站在地面上的特洛嵐。

就在這時楚天腦海裏不斷閃現出各種模糊的片段，那是當初阿爾弗雷德幫他打開的記憶，心中一驚，他突然大聲地說道：「特洛嵐，這是蝙蝠軍團！」

特洛嵐腦中的家族記憶也浮現出一段影像，他大聲地回應道：「蝙蝠一族不是萬年前消失不見的鴨嘴獸一族的附庸嗎？怎麼會出現在這裏？」

一道碧芒從特洛嵐背後衝出，跟虯鼉翼的銀芒兩相呼應，斬殺著空中的蝙蝠。

伯蘭絲和吉娜他們也跟過來了，伯蘭絲的高級羽器碧波粼羽刀不斷脹大，轉眼便脹大幾米。

楚天急切地說道：「伯蘭絲，你們怎麼也來了？這裏被人布下了外障，一旦向前走，就不能後退了。」

伯蘭絲看了他一眼，說道：「你保護吉娜他們，這些蝙蝠就交給我跟特洛嵐了。」

楚天應了一聲，他也的確擔心吉娜的安全，他沉聲說道：「好，你們自己小心！」

崽崽在伯蘭絲的懷裏安靜地待著，一雙眼睛瞪著楚天，心裏暗暗說道：「崽崽也一定要像媽媽一樣厲害！」

楚天飛身下來，接過伯蘭絲懷裏的崽崽，向後退到吉娜身邊，翅膀張開，將吉娜護在翅膀之下。

伯蘭絲雙手騰出，往特洛嵐身邊一靠，兩人相視一笑，彷彿又回復到當年，碧波粼羽刀碧芒大漲，與虯鼉翼一白一碧。

虯鼉翼銀芒當空，漸漸越轉越大，就要突破暗黑森林週邊的那一道黑色霧氣。

地面上蝙蝠的屍體逐漸增多，腥臭的味道瀰漫在空中。

楚天全意地護著吉娜和兩隻飧豹，腦子裏那種熟悉的感覺卻是越來越強烈。

他只感覺身子越來越重，一雙翅膀也漸漸不能平衡，他努力運起體內靈禽力，支撐著翅膀不下落。

吉娜小臉發白，她從來沒有見過這麼血腥的場面，無數的蝙蝠身首異處，猩紅的顏色讓她胃裏一陣翻騰。

楚天越感越不對勁，突然大聲地喊道：「特洛嵐伯蘭絲，你們小心，鴨嘴獸一族有人要出來了，這種力量，起碼是傳說中的王級境界才能發出的。」

前面的兩隻鴕鳥早已感覺一種無形的壓力，讓他們不得不分出一部分靈禽力去抵抗那股力量。

特洛嵐心裏暗暗吃驚，就是面對獅鷲將軍阿爾弗雷德也沒有這麼吃力。

伯蘭絲額頭上滲出了汗，體內的靈禽力消耗急劇，分出抵抗那股力量的靈禽力也是越來越多，碧波粼羽刀的光芒更是漸漸暗淡下來。

楚天心裏大急，現在他又不能騰出手來幫助特洛嵐他們，他自己體內那股躁動不安的力量開始洶湧起來，這讓他不得不運起靈禽力去壓制那股力量。

「哼！」

一聲若有若無的聲音清晰地傳進他們的耳朵裏。

楚天只覺得耳膜疼痛不堪，那聲音雖然極小，卻有如實質地鑽進他的耳膜裏。

他顧不得自己，看了看旁邊的吉娜，卻見吉娜根本就沒有感覺到什麼，仍是一臉蒼白地看著場上的血腥。

楚天大聲地喊道：「鴨嘴獸一族怎麼說也是當年的幾大王族，現在怎麼做起了藏頭露尾的小賊來了。」

特洛嵐和伯蘭絲突然向後退了幾步，直靠在楚天的翅膀上才停下。

特洛嵐駭然地說道：「楚天，鴨嘴獸一族早已不現鳥世萬年，怎麼會突然出現！」
楚天悶哼一聲，說道：「鬼才知道現在的鴨嘴獸一族怎麼會變得鬼鬼祟祟的。」
他雖是這麼說，但是體內卻很期盼鴨嘴獸的出現，彷彿他們是多年未見的朋友一般。
一股巨大的壓力突然出現，有如實質般將楚天他們逼迫得向後退，緊接著一個高大的身影從蝙蝠群中出現。
楚天目力超群，透過陰暗看去，這一看，楚天只感覺大腦如被電擊，這個人好熟悉。
寬大方正的臉龐露出霸者的氣息，如利劍般的眼神帶著目空一切的傲氣，高聳的鼻梁襯托出他的高貴，隨意披散的頭髮無風張起，使得他本人顯得更加狂放。
一身火紅的戰甲流暢成一體，堅硬的領子以一種不知名的金屬支撐，散發出冷冷的光芒，領子上一環一環的圓圈，鑲嵌著一顆顆名貴的玉石。
肩膀上的圓扣與肩膀完美結合，伸出些許的護甲呈現出不同其他地方的黑色。
胸前卻是露出在外，火紅的戰甲包裹著古銅色的皮膚，一條條向下的溝痕組合成一幅奇異的畫像。
手臂上的護甲從手肘處開始就是金黃色，延伸出來的部分呈現出半圓形，直到手背，上面清晰地刻著一個大字，卻是不認識。
楚天突然就向前一站，將所有的人都護在身後，挺起胸膛，體內靈禽力勃發而出，渾

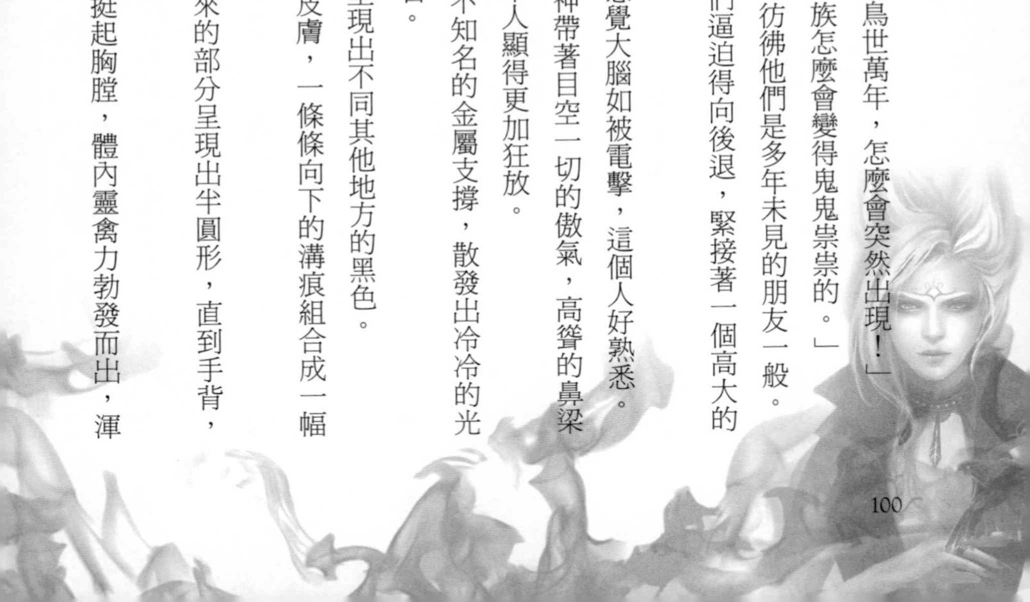

身的氣勢頓時大漲，與那人遙遙相對。

明明他們的距離很近，卻像是兩個站在相隔萬里的巨峰上的天神。

那人眉頭一皺，開口說道：「你們怎麼會在暗黑森林裏？居然還殺了我這麼多的手下。」他說話自有一股難以讓人抗拒的威嚴。

楚天在他強大的氣勢壓迫下，就是站穩都很困難，更別說開口說話了。

特洛嵐和伯蘭絲相視一眼，彼此都能看到對方眼中的驚奇，先前出現的獅鷲將軍已經讓他們吃驚不已，現在居然又來了個萬年不見鳥世的鴨嘴獸，這怎麼能不讓他們驚奇呢！

兩隻鴕鳥同時運轉體內靈禽力，幫楚天分擔部分壓力，這才使楚天得以開口說話：「我們要從暗黑森林過去，沒想到才一進來就被這群蝙蝠襲擊。在下還想問問你，爲什麼縱容手下無緣無故襲擊我們。」

那人放聲大笑，聲音直透黑色霧氣，竟然硬生生將那霧氣給擊出一個窟窿，他雙眼金芒突現，冷冷地盯著楚天，說道：「萬年來，你還是第一個敢這麼跟本王說話的鳥族，你想知道爲什麼？哈哈……那就讓本王的羽器告訴你吧！」

楚天被他的眼神盯著，渾身的靈禽力頓時被抽空，這也激發了楚天不屈的性格，他強自提起心神，昂然不懼。

那人冷冷地說道：「記住，我是鴨嘴獸一族的王者，本王叫奧斯汀。」話一說完，他右手虛空一擲。

特洛嵐顫聲說道：「這是鴨嘴獸一族的頂級羽器靈嶠落日珠！」

隨著奧斯汀右手的動作，空中突然出現一顆圓潤透亮的金色珠子，最外層的光芒是淡淡的乳白色，中心包裹著如太陽一般的圓珠，金光透出，層層向外擴散，從裏到外呈現出七彩光芒，那光芒彷彿只局限在珠子的裏面，外面感覺不到一絲力量的波動。

楚天指著珠子大笑，說道：「看起來倒蠻值錢的，不知道有沒有用啊！」

特洛嵐和伯蘭絲相視苦笑，這楚天，都這個時候了，還沒個正經的。

奧斯汀微微一笑，右手虛空一旋轉，同時笑著說道：「有意思，本王不得不欣賞你的幽默了。」

金色珠子突然光芒大盛，表層的乳白色光芒消失不見，裏面的金芒湧出，頓時，本來陰森的暗黑森林一下子被金光充斥，佈滿上空的黑色霧氣也被照得消失不見。

那珠子越變越大，漸漸有排球大小，攜帶萬丈光芒向楚天他們壓來。

吉娜輕呼一聲，她體質最弱，身子不堪重力，向後退了幾步，就要倒下。

楚天體內靈禽力自如運轉，就想運起辟元耀虛變遁走，隨即一想到自己要是走了的話，後面的崽崽他們都會死！

楚天一咬牙，金色翅膀展開，護在眾人前面。

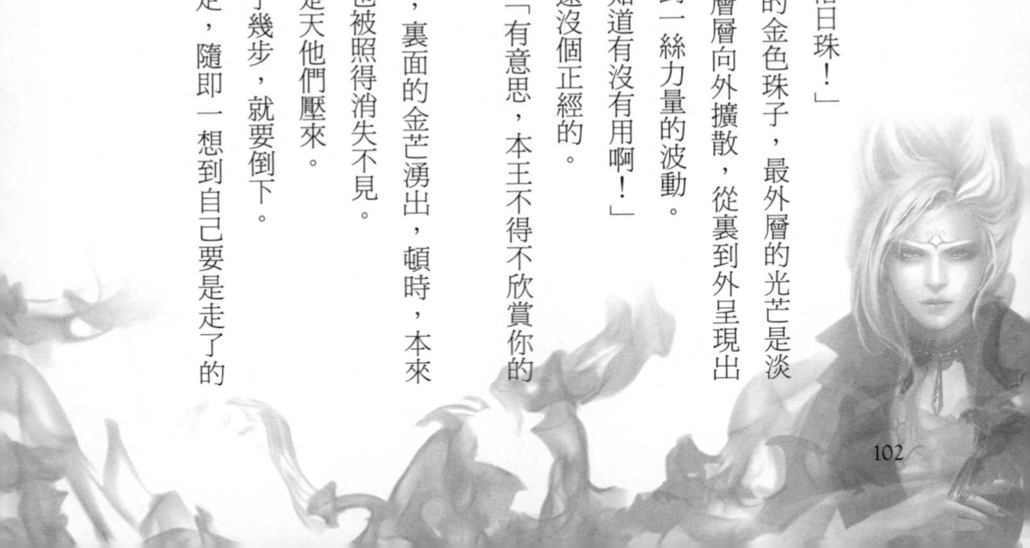

特洛嵐和伯蘭絲同時運起自己的羽器，抵擋著靈嶠落日珠。

金芒透過楚天的翅膀向裏面射來，楚天只感覺肌膚如同刀割，身上的衣服寸寸斷裂，裸露出他強健的胸膛。

特洛嵐額頭上大汗流下，虯竈翼的光芒完全被靈嶠落日珠給壓下，搖擺不定向回收縮。

楚天他們個個都痛苦不堪，眼見珠子就要砸下來，楚天腦子一痛，他不由閉上眼睛。

特洛嵐在楚天的身後驚訝地看著楚天身體的變化，他們都覺得剛才的壓力突然消失，繼接而來的是一種前所未有的舒爽。

楚天全身金芒畢現，翅膀回收幻化成人形，而他的身子也慢慢地浮上空中。

堅毅的臉龐在金芒裏顯得更加狂放，雙眼紅黑兩芒變幻，冷冷地注視著奧斯汀。

雙手自然下垂，手掌張開。一團陰影自他的腦袋飛出，在他頭頂上漸漸出現一件似環非環的物體，它有臉盆大小，好似被一層黑霧包裹著，隨著霧氣的翻騰，隱隱露出金色的光華。

與珠子發出相同的金芒，正在猛烈地吸收靈嶠落日珠散發出來的光芒。

靈嶠落日珠此時的大小剛好是它中心空出的圓心大小，珠子落到它的面前被托住，便再也不能動彈。

奧斯汀驚聲喊道：「大日金烏？怎麼可能！」

他右手急速旋轉著，靈嶠落日珠在主上的召喚下掙脫大日金烏的控制飛回奧斯汀的手下。

奧斯汀沉聲問道：「天禽的大日金烏怎麼會在你這裏？」

楚天也不知道頭頂上這個被鴨嘴獸稱爲大日金烏的是個什麼東西，但他看出奧斯汀對它頗爲忌憚，不由笑著說道：「這是在下的羽器，怎麼，你怕了？」

奧斯汀狂笑幾聲，說道：「可惜這大日金烏落在你手裏跟廢品沒什麼兩樣，本王就讓你們嘗嘗什麼叫怕！」

奧斯汀雙手握成拳頭，向後一拉，口中輕喝道：「百倍重力，釋！」

空氣紛紛凝現，有如實質般向下落。

楚天浮在空中正自得意，突然感覺身子一重，便自從空中落下，重重地摔在地上。

吉娜輕呼一聲：「楚大哥！」

楚天惱怒地揉著屁股，說道：「爺爺的，老子好不容易忘了這摔屁股的痛，現在又挨了，鄙視！」

等到他要爬起來，卻怎麼都感覺身子比平時重上百倍，就是以手支地都難以起來，每一動都是力逾千鈞。

特洛嵐身子漸漸下降，他看著楚天說道：「楚天，這是鴨嘴獸一族的種族異能百倍重力，這一片空間都成了一個重力場，像奧斯汀這樣的王者更是能隨心所欲地控制，我們這次算是栽了。」

坎落金和坎落黑兩隻飧豹雖然身體強悍，卻是依舊不能承受這種前所未見的異能壓迫，他們臉上兇悍神色不減，以手支地想要再站起來，卻也是無能爲力。

伯蘭絲緊緊將崽崽抱在懷裏，不讓他受到一點傷害，可是自己卻也是身心疲憊，身子不斷下壓。

吉娜在他們之中體質最弱，早已不堪重力伏在地面，神情痛苦。

奧斯汀慢慢浮向空中，眼神冰冷地看著楚天，心裏卻在不斷思索著他怎麼會有當年天禽的頂級羽器大日金烏。

楚天體內那股躁動不安的力量又在蠢蠢欲動，不斷地衝擊著楚天。

楚天心裏極其鬱悶，本來想去了聖鸞城取到寶藏之後，就能在這個世界縱橫，沒想到還沒出發一天就要死在鴨嘴獸手裏，當真算是出師未捷身先死啊。

他心裏突然生出一道怒火：「爺爺的，外面的壓力也就算了，偏偏體內這股力量居然也開始欺負老子。」

楚天將心一橫，體內靈禽力運轉開始與那股躁動的力量衝擊。外人看來，楚天的神情有如神魔附體，金芒爆炸一般地向外發泄。

楚天意識開始有點模糊了，緊急之中腦海裏浮現出九重禽天變心法的第六重酃鑾戰空變，楚天身子不由自主地變幻出腦海裏所想的姿勢，覺得體內的那股躁動的力量漸漸有屈服的勢頭。

楚天大喜，神志一清，心裏默念心法，雙手抱胸，像初生的嬰兒一般縮成一團，頭頂上的大日金烏像是受到什麼感應一樣，金芒大展，將楚天緊緊罩住。

奧斯汀奇異地看著這一切，以他這麼廣博的見識也不曾見過這樣的場面，不由心裏一驚，想到當年天禽的話：「我會回來的，那時我將奪回屬於我的一切！」

莫非天禽現在就在這人體內？奧斯汀分明感覺到楚天體內的那股熟悉的力量。

楚天體內的靈禽力漸漸將躁動的力量同化，在酃鑾戰空變心法的誘導下，兩股力量融爲一體。

楚天長嘯一聲，整個人浮起來，仰起頭，雙手緊握成拳頭，向後伸展，身體彷彿透明，體內的經脈若隱若現，天地之間的光芒全部集中在他的身上，不斷地充實著他體內的靈禽力。

大日金烏也隨之變大，漸漸地形成一個如環一般的羽器，與眾不同的是在分成四段弧形的金屬，中間由金芒連在一起。

奧斯汀清楚地感覺到楚天體內的天禽，他驚駭莫名，輕喝一聲：「百倍重力，去！」

頓時，特洛嵐他們身上千鈞的力量撤去，每個人都是滿頭大汗，像是虛脫了一樣。

楚天浮在空中，面色淡淡，但是卻自有一股讓人臣服的霸氣，雙眼紅黑兩芒變幻，眼瞼邊緣金芒盡顯，嘴角帶著一絲若有若無的笑意，卻更添他的狂放不羈。

胸膛裸露，幾近完美的肌肉顯示出他強健的體格，下半身已經完全成人形。

他冷眼望著奧斯汀，說道：「奧斯汀，你現在變強了，居然敢對我這樣！」說出這樣的話，楚天自己也覺得吃驚，但臉上的神情卻是絲毫不見有何波瀾。

奧斯汀心裏的想法被證實，頓時歡喜萬分，說道：「本王不知道是禽皇在世，剛才得罪之處，還請禽皇原諒！」

楚天一陣震驚，臉上露出吃驚的神色，說道：「你說什麼？禽皇？我可不是什麼禽皇，我是楚天！」

「爺爺的，現在老子的腦子也有問題了，居然時不時蹦出連我都吃驚的話，要是得罪了眼前這位極道高手，那還不死了都不知道自己怎麼死的。」

繼而楚天發現自己居然完全幻化成人了，不由大喜，雙手直搓，又是拍胸膛又是拍腿的，大笑著說道：「爺爺的，老子終於變成人了，哈哈……他媽的太爽了。」

特洛嵐和伯蘭絲搖頭苦笑，這楚天，每每都能讓他們有意外的驚喜。

奧斯汀感覺到楚天氣勢的變化，不由運轉靈禽力探查楚天，只覺得現在他的力量還僅僅只在翎爵初期，絲毫沒有當年天禽力量的十分之一。

他眉頭微皺，運起鴨嘴獸一族的另一種族異能，天心神遊術。

天心神遊術是鴨嘴獸一族只有歷代王者才能修煉的獨特心法，能看穿一切比修煉者本身力量低的對手的思想。

奧斯汀眉頭微皺，繼而代之的是激動的神情，他在楚天的腦海深處察覺到了天禽的思想，一想到萬年前的雄心又要再次雄起，不由仰天長嘯。

奧斯汀的體格與楚天相若，這下更是顯示出他一代霸主的氣魄。

他長嘯之後，看著楚天微笑著說道：「楚天，你可知道自己腦海裏有著萬年前這個世界的一代天才雄主的思想？」

本來奧斯汀的天心神遊術能夠看穿楚天的一切思想，包括他的來歷，但是楚天因爲心裏激動，心裏只想著自己變成了人，而且天禽的思想也適時地冒出來，奧斯汀心裏激動之餘竟然沒有進一步探查。

特洛嵐和伯蘭絲相視一眼，從奧斯汀的嘴裏，他們的推測得到了證實，雖然早已是意料之中的事，但是他們還是難以置信。

崽崽滿臉的激動之色，望著楚天，一張小臉漲得通紅，這才是崽崽的媽媽，就像是天神一樣，崽崽以後也一定要像媽媽一樣，成爲這個世界上的王者。

楚天聽了奧斯汀的話，大吃一驚，拍拍自己的腦袋，驚慌地說道：「什麼！天禽在我的腦子裏？出來出來，完了，老子的腦子裏怎麼會有別人思想的存在呢？」

奧斯汀微微一笑，說道：「禽皇，哦不，楚天，我不知道你知不知道我們以前的事，但是我現在要與你重新結盟！」

楚天被奧斯汀的話搞得驚慌不已，居然有別人的思想在自己的腦子裏，爺爺的，老子這麼高尚純潔的思想萬一被玷污了怎麼辦？

楚天心裏雜七雜八地想著，聽到奧斯汀的話，不由好奇地問道：「什麼從前的事？」

奧斯汀大笑幾聲，說道：「那時你據有天弋城，我鴨嘴獸一族擁有昏鴉城，統一了本來混亂的北大陸，與海東青一族所在的棲鶻城結成同盟，共以你爲尊，又跟海上的縹緲城的城主始祖鳥一族結成聯盟。」

楚天腦子似乎有一點這方面的記憶，他現在是完全肯定了奧斯汀的說法，自己的腦子裏的確有天禽的思想，自己以前在修煉時不時出現的修煉心得就是天禽思想在作怪了。

難怪當時獅鷲將軍看到他時會說出主上天禽這樣的話，原來我體內還有那個好像挺厲害的人物的思想啊！

楚天想起前世去尋找那寶藏時碰到的奇怪遭遇，那強悍的鳥居然就是這個世界萬年來最天才的傢伙，「爺爺的，老子就說嘛，自己做人時是個天才，現在做鳥了，就連萬年前的天禽也要鑽進自己的大腦裏沾一下光。」

楚天經歷的一切事情都是那麼的不可思議，現在的他就算是有條龍在他體內也不會覺得奇怪，更何況現在只是有一隻這個世界裏最天才的鳥的思想在他腦子裏。

有天禽的思想也不錯，起碼老子以後修煉不會那麼痛苦了，時不時就有心法總是在最鬱悶的時候出現，多爽啊！楚天心安理得地接受了這一切。

只聽見奧斯汀繼續說道：「我們四城的城主再加上我手下的附庸族蝙蝠一族的蝙蝠王，合起來成爲五王，共尊天禽爲禽皇，那時南大陸神王兩權已經開始露出對決的跡象，禽皇不願見天下的鳥族因爲他們的爭權而不得安寧，毅然率著我們對南大陸的神王兩權提出合一！」

他歎了口氣，說道：「其實禽皇當時就想著天下的鳥族能安寧祥和地住在這一片美好的大陸上，沒想到神王兩權卻誣陷禽皇叛變，鯤鵬王和鳳凰大祭司不分青紅皂白就進攻北大陸。」

楚天心裏突然一陣激動，問道：「後來怎麼樣？」

奧斯汀神情肅穆，說道：「我們北大陸本來團結爲一體，沒想到棲鶻城海東青一族的王安格斯被族下的鷹族給奪了權，轉而支援南大陸的鯤鵬王，這樣一來我們腹背受敵，蝙蝠王艾伯特被鯤鵬王擊殺，始祖鳥遠遁異世，禽皇被俘，鳳凰大祭司以鳥神之力將他送往不知名的地方，而我就帶著蝙蝠王手下的蝙蝠王者軍團逃到地底世界。」

楚天強制壓下腦子裏天禽的意識，說道：「奧斯汀，你剛才說的結盟是指？」

奧斯汀神情嚴肅，一張臉上充滿著威嚴，看著楚天說道：「我是說，我鴨嘴獸一族依舊是要跟你，楚天，也就是過去的禽皇結盟，就像萬年前一樣！」

「嘿嘿，這鴨嘴獸看起來蠻有誠意的，老子現在是楚天，早已就不是什麼禽皇了。不過既然你這麼說了，我多一個跟獅鷲將軍一個等級的極道高手做盟友好像也不錯，而且他後面的那一群蝙蝠軍團看起來也很強悍的樣子，怎麼我也不吃虧啊！」

楚天心裏暗笑，表面確是莊嚴肅穆地說道：「奧斯汀，我是楚天，你要知道，你現在結盟的對象叫楚天，不是禽皇！」

奧斯汀微微一笑，說道：「這個我知道，楚天，我說的就是要跟你結盟！」

楚天心裏樂開了花，表情嚴肅地說道：「好！我楚天就跟你結盟！」

奧斯汀仰天長笑，等待萬年，終於又可以一展當年雄風了！

第六章 靈禽契約

兩隻同樣粗大的手互按，一團瑩碧的金黑雙色光團在二人手上升起，直達天際，最終消失不見。

「這是靈禽契約，整個世界最神秘的契約，據說可直通萬能的鳥神。」特洛嵐和伯蘭絲看著這些心裏又驚又喜，沒想到現在又多了鴨嘴獸這種王者一級的高手。

在剛才打完架大日金烏就自動回到楚天的體內，對於這個突然出現並不能控制的東西他很鬱悶，見奧斯汀好像知道的樣子，他不恥下問道：「這個大日金烏是什麼東西？怎麼我不能控制它？」

「那是當年天禽最先用的頂級法器，據說已經和他的生命融合一體，之所以在你身體裏，可能是天禽思想與你融合時進入你體內的，而你不能控制，可能是因爲你還沒完全融合天禽的思想和力量。」奧斯汀很仔細地解釋了他所知道的。

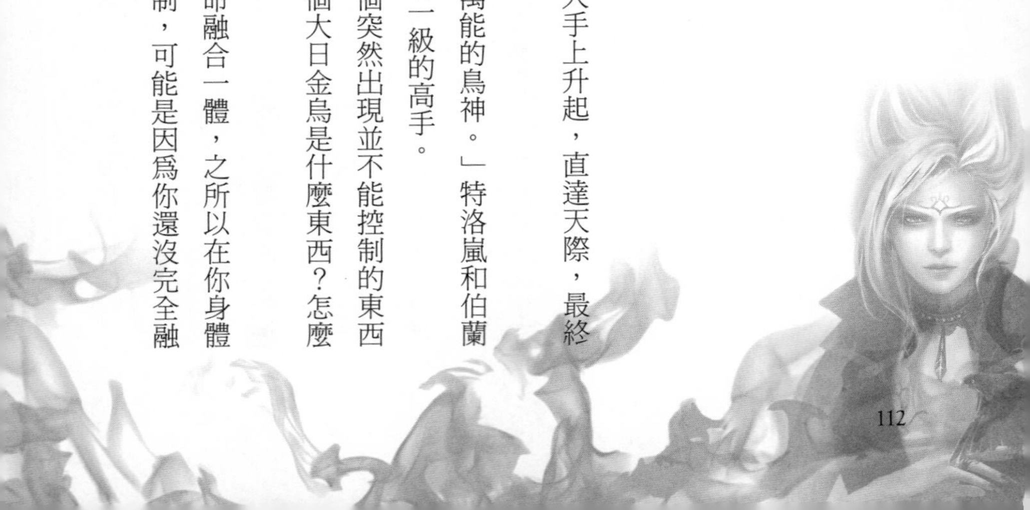

「哦。」點點頭，楚天又問起他其他的疑問，「奧斯汀，你們怎麼會在這暗黑森林裏，而且還襲擊我們？」

奧斯汀笑著說道：「我帶著手下的蝙蝠軍團蟄伏在地底世界，這次出來是要去支援血虻沼澤的黑蝰蛟墨索里尼，不過來到暗黑森林裏才知道墨索里尼和所有的蟲族兵團都已經覆沒了，就留在暗黑森林觀察情況，這暗黑森林雖然恐怖，但是在我眼裏也跟平常陸地沒什麼兩樣。」

「爺爺的，幸虧早點解決了黑蝰蛟，不然多了像奧斯汀這樣的極道高手，那老子手下的天牛戰士不是一個都不在了！」

楚天心驚一場，掃了眼四周說道：「以奧斯汀你這身力量，這暗黑森林還不是任你操縱？」

奧斯汀對楚天直接叫他名字一點也不介意，點點頭說道：「還是楚天見識過人，這個暗黑森林現在的確被我操縱，裏面的一切都是按照我的意願而改變。」

楚天右手敲擊著額頭，突然笑了起來說道：「也幸虧你沒去，那黑蝰蛟就是被我給滅的，你要是去了，豈不是自己人打自己人？」

奧斯汀一怔，不相信地搖搖頭說道：「不會是你，你現在的力量根本就不足以滅掉黑蝰蛟！」

楚天並沒有因爲奧斯汀的話而心生不滿，他笑著說：「有獅鷲族左將軍阿爾弗雷德在一旁幫忙，那又怎麼樣呢？」

奧斯汀一驚，說道：「你已經見過阿爾弗雷德了？」

楚天點點頭，說道：「嗯，就是他開啓了我的部分靈智。」

他們二人在空中懸浮著，談笑風生，地面上的特洛嵐他們卻是苦不堪言，楚天也就算了，那奧斯汀說話時不時渾身的氣勢就暴漲，壓迫得他們連呼吸都困難。

奧斯汀臉上露出滿意的表情說道：「阿爾弗雷德很強大，獅鷲一族雖然人丁稀少，但卻是我們鳥人大陸上最神秘的種族，擁有強大的力量，被禽皇收服之後就作爲禽皇最貼身的護衛存在。」

「最貼身？那難道禽皇洗澡泡妹妹也有獅鷲高手在一旁？」楚天心裏生出齷齪的思想，「原來這個世界也有鳥人偷窺這回事啊！」

隨即想起阿爾弗雷德臨走的時候說的話：「日後，你去北大陸，我們獅鷲一族會暗中保全你的安全！」

「完了，那老子以後豈不是一點個人隱私都沒有了？」楚天雖然是這麼想的，但是阿爾弗雷德的實力他是親眼目睹的，聽到奧斯汀這麼尊貴的身分，提及獅鷲一族，居然也是推崇備至，不禁好奇地問道：「奧斯汀，獅鷲一族真的有這麼強？」

奧斯汀歎了口氣，說道：「獅鷲一族裏有一王，爲獅鷲王，除了禽皇，其他還沒有人見過。下面有左右兩將軍，左將軍就是阿爾弗雷德，他的力量就跟我不相上下，另外還有一個右將軍，據說比阿爾弗雷德還要強上幾分。」

這話一出，特洛嵐和伯蘭絲相視大驚失色，他們的家族記憶裏除了一個左將軍阿爾弗雷德之外，沒有其他獅鷲的一點記憶。

楚天右手敲擊著額頭，笑著說道：「阿爾弗雷德的力量我見識過，比起奧斯汀你，還是要弱些的。」

奧斯汀笑笑，不置可否，接著說道：「獅鷲一族只要是出世的，個個都是頂尖的高手，據說就是最弱的一個，也有著不弱於翎爵的力量。」

特洛嵐和伯蘭絲現在已經是無地自容了，聽到奧斯汀這麼推崇，心裏不由對自己鴕鳥一族深感汗顏，同樣都是家臣，獅鷲一族居然有著這麼強橫的實力，要是隨便出來幾個，恐怕就能改變這個世界的局面了，而自己卻依舊在爲綠絲屏城的復興而苦苦奔波。

奧斯汀虎目一掃，看了兩隻鴕鳥一眼，淡淡地說道：「孔雀一族的家臣！」

楚天深怕奧斯汀對他們不利，趕緊說道：「這兩位從我去黑雕城開始，就一直護衛著我，說起來也算是我的盟友。」

奧斯汀眼中厲芒一閃，不怒自威，嘴裏淡淡地說道：「他們應該是鴕鳥一族的族主了，現在孔雀一族雖然由於三千年的作亂而被貶爲賤籍，但是他們的勢力仍然是不可小覷，楚天，你能跟他們結盟，就你現在而言，也算是件好事了。」

楚天看著伯蘭絲二人說道：「那是當然，我有現在的力量，他們的幫助非常大。」

奧斯汀笑著說道：「當年孔雀一族興盛的時候，也正是鴕鳥一族最鼎盛的時期。我記得那時鴕鳥一族的族主是安德魯，在他的治理之下，鴕鳥一族出現了六個幾乎與王級並肩的高手。」

奧斯汀作爲鴨嘴獸一族的王者，從來都是威嚴不苟言笑，今天因爲見到楚天身體內的禽皇，想到可以重現萬年前的輝煌，不禁心情大好。

奧斯汀望著楚天，說道：「楚天，你的九重禽天變現在已經到了第六重酃鑾戰空變的境界，以後的修煉力量提升會比現在更快，相信你已經知道了這一重境界的特點，一定要勤加練習。禽皇天縱之資，獨創出這套驚世的心法，你要好好把握啊！」

暗黑森林上空的黑色霧氣已經被奧斯汀和楚天的力量衝擊得消失殆盡，外面的日光照耀下來，到了楚天上空十米之外就開始凝結成一團金色的球狀，有如實質地鑽進楚天的體內，而大地也不斷地湧出層層元氣，由足底湧進楚天的身體。

「爺爺的，老子以後站著不動就這個樣子，那我以後還怎麼出去見人啊！往那裏一站，光芒就往我身上鑽，這也太過於拉風了吧！」

楚天正在衡量著兩者的利弊，奧斯汀卻像是看出了他心裏的想法，微微一笑，說道：「你這鄙鑾戰空變還只是初期，不能將吸收的能源隱藏，等到了一定的時期，你就能將這心法收發自如，那時天地元氣就會按照你的意思吸收！」

楚天大喜，笑著說道：「奧斯汀，我們這次去聖鸞城，主要是想得到聖鸞城下大天池附近的寶藏，哈哈……既然你在，那我們豈不是又得了一個強大的助力！太爽了。」

奧斯汀搖搖頭，說道：「我現在是神王兩權眼中的叛徒，只要他們一聽說我的存在，肯定會糾纏，到時你們就不能去神殿了。」說著他有意無意地望向站在伯蘭絲旁的吉娜。

楚天敲擊著額頭，笑著說道：「我們是去取寶藏，大不了不去聖鸞城，取了寶藏就去北大陸。」

奧斯汀一揮手說道：「難道你不知道進入寶藏的入口？」

楚天自信地笑笑，說道：「別的不說，對於尋找寶藏，我是有絕對的自信的。」

奧斯汀忍著運用天心神遊術探查楚天思想的衝動，楚天腦子裏有禽皇的思想，當年他就是不服禽皇，所以才運起天心神遊術，想一覽禽皇腦子裏的想法，結果被反噬，終身不能再探查擁有九重禽天變心法的鳥人，否則必定會引起體內力量的反噬。

奧斯汀突然轉開話題，右手虛指，望著丹姿城的神侍吉娜，說道：「那位不是丹姿城的神殿神侍嗎？怎麼會跟你在一起？」

吉娜的身體隨著奧斯汀的右手旋轉，不由自主地騰空而起，向前慢慢飛去，從來沒有見過這種強大力量的她一臉的驚慌，求助似的看著楚天，雪白的小臉漲得通紅。

楚天心裏一沉，右手一揮，一道金芒護在吉娜身上，嘴裏說道：「奧斯汀，如果不是這位神侍，恐怕我現在還在丹姿城下的一個小小城鎮裏苟且生活，所以還請奧斯汀你不要傷害她。」

「爺爺的，等老子也有了你這樣的力量，不，要有超過你的力量，那禽皇的九重禽天變不是很強的嗎?老子一定能比你更強，看到時誰看誰的臉色行事。」

奧斯汀眼中不露出半點波動，看著楚天，說道：「楚天，你現在的力量根本就不能與神王兩權抗衡，萬一他們知道你體內的禽皇存在，肯定會不惜一切代價殺了你，以絕後患的。這個女子留不得！」

楚天急切地說道：「不行，吉娜不能殺，她是不會洩漏我們的事的。」

奧斯汀搖搖頭，說道：「禽皇當年也是這種性格，對女子總是多情，現在你還未能成長，不行，這個女子我一定要殺！」

楚天突然眼神一愣，渾身散發出的氣勢就是奧斯汀也驚訝莫名，他的眼神裏透出不可抗拒的威嚴，說道：「我相信吉娜是不會出賣我的，如果你一定要殺的話，雖然我的力量遠遠不及你，但還是會跟你一戰的！」

吉娜聽到楚天的話，兩行清淚流出，怔怔地看著楚天，彷彿忘了自己還身在險境。

奧斯汀虎目一亮，精光暴現，看著楚天，半晌才苦笑著說道：「沒想到萬年了，你還是這個脾氣，算了，這個女子我就不殺了，楚天，你要記住，我們的秘密現在一定不能讓外人知道。」

楚天點頭道：「這個我知道，你先把吉娜放下，她體質不好，這樣會很難受的！」

「爺爺的，跟大人物說話還真他媽累，老子怎麼在這個鴨嘴獸王者的面前居然還能發飆，看來腦子裏禽皇的思想還真強！」

楚天心裏暗暗想著，面上卻笑著說道：「奧斯汀，你剛才說的寶藏的事，難道你也知道關於寶藏的事情？」

奧斯汀點點頭，說道：「我們當年的五王都知道寶藏的事！只不過因爲被神王兩權誣陷爲叛徒，所以才不能去取寶藏！」

楚天心裏更加驚奇，說道：「取寶藏似乎跟他們沒什麼關係吧！」

奧斯汀歎了口氣，說道：「這次你們去取了寶藏，對我們的勢力提升也是很有幫助的，我就告訴你們一些關於寶藏的事吧！」

頓了頓，又接著說道：「這個寶藏的入口就在聖鸞城神殿裏的鳥神雕像下面！」

全場皆驚，楚天咋舌說道：「怪不得萬年來你們都沒有去取，聖鸞城的神殿，那裏怎麼說也是神權力量最強大的地方，那我們去了豈不是也會很危險？」

奧斯汀心裏也是有些焦急，畢竟聖鸞城的神殿裏有著鳳巢、金冠兩種力量達到王級的大祭司存在，楚天現在的力量去了，肯定會被察覺出體內的力量跟萬年前的禽皇如出一轍，要是鳳巢祭司再以術法探查，恐怕連他腦子裏有禽皇的存在也會知道。

他面上卻是不露一絲痕跡，看著楚天說道：「楚天，現在你的力量去了聖鸞城恐怕也不行，九重禽天變練到第六重後期之後，就算是比你力量高上十倍的對手，也看不出你力量的強弱，也就是說，你練到酆鑾戰空變後期，就可以隨意控制體內靈禽力的強弱了。」

楚天一拍額頭，恍然大悟，明白奧斯汀話裏的意思。等到他的力量達到了酆鑾戰空變後期，就可以大搖大擺地去聖鸞城了，當即笑著說道：「不愧是一代王者，想得這麼周到，楚天佩服！」

奧斯汀大笑，說道：「所以你們現在不必急著去尋找寶藏，我現在也不用急著回去地底世界，這片暗黑森林正好是你修煉的好地方，相信以你的天資，不出半個月就能練到酆鑾戰空變的後期了。」

楚天轉過頭，看著特洛嵐，詢問他的意見。

特洛嵐已經從剛才的失落之中恢復過來，楚天和奧斯汀之間的對話他是聽得一清二楚。楚天力量提升，對他們來說也是件好事，他點點頭，說道：「這樣也好，現在去聖鸞

城是有點不妥。」

這個時候奧斯汀眼光淡然卻凌厲地掃視了跟著楚天來的幾個鳥獸身上，看到兩隻飧豹的時候他眼神一亮，說道：「楚天，那兩隻飧豹也是你的手下？」

楚天擡起頭，笑著說道：「是啊！我在黑雕城的時候收服的！」

「對啊！奧斯汀是鴨嘴獸一族的王者，肯定知道這兩隻飧豹的種族異能，既然我們是盟友，這個便宜不占白不占。」

楚天心裏想著，嘴裏趕緊又說道：「奧斯汀，他們兩個都對我忠心耿耿，只是現在獸族的心法完全失落，他們的力量得不到提升，你有沒有什麼辦法開發他們的種族異能？」

奧斯汀傲然一笑，也不見他如何動作，憑空出現在兩隻飧豹的面前，說道：「他們的血統很高貴，應該是飧豹一族的貴族！」

獸族體格魁梧，比鳥族要高出很多，坎落金超過兩米的體形站在奧斯汀的面前卻彷彿要矮上半截。

楚天一個閃身，來到奧斯汀旁邊，與他並肩而站，兩人的氣勢頓時相互助長，楚天身上金光沖天，與陽光遙遙相輝映，形成一團放光的柱子。

奧斯汀身上則是淡淡的金芒，雖淡卻是無孔不入，凡是楚天光柱照耀的空隙，他的金芒都能達到。

坎落金和坎落黑兩兄弟不由自主地身子一矮，就要跪下，但是他們家族的驕傲不允許，他們相視一眼，眼中暴戾之氣盡現，居然能在奧斯汀和楚天的氣勢下站直身子。

奧斯汀眼中讚賞之色一閃而過，體內靈禽力一收，恢復平日的威嚴，說道：「他們應該練過獸族的入門心法，以他們的資質，應該是早已融會貫通，看起來還有突破的勢頭，不錯不錯。獸族的心法比我們鳥族的要簡單很多，他們的力量稱爲獸靈力，跟我們鳥族的靈禽力大同小異，也是催動本身力量的原動力。」

楚天驚訝地說道，「那照你這麼說，我們鳥族的修煉心法豈不是也可以應用在獸族的身上？」

奧斯汀搖搖頭，說道：「這個不行，我們鳥族在這個世界是最早探索出靈禽力的種族。後來獸族覺醒，得到我們鳥族修煉的心法之後，開始修煉，可是無一例外的失敗了。據說百萬年前，獸族出現了一位天才，他將鳥族的修煉方法與獸族中獸的體質結合，創出獸族獨有的心法，從此獸族開始崛起，他們的心法更加適合獸族的體質。」

楚天聽得心情激動，看不出來，原來這個世界的文明是由鳥族創建的啊！

奧斯汀看著兩隻飧豹，點點頭，說道：「獸族發展之快，出乎我們鳥族的意料，那時獸族有四大王，分別爲寒犀王、猞猁王、血豹王、羆象王，如果我沒有猜錯，這兩隻飧豹應該就是其中血豹王的後裔旁支，算是很高貴的種族了。」

「廢話，要是在你們的意料之中，那就不會有萬年前的鳥獸大戰了！」楚天心裏暗暗鄙視奧斯汀說話的水平，他驚喜地說道：「原來坎落金兄弟居然有這麼大的後台啊！」

奧斯汀看了他一眼，繼續說道：「當年鳥獸大戰，獸族大部分都已經被我們鳥族消滅，剩餘的一部分逃往極北之地，現在經過萬年的發展，應該也擁有了強大的實力吧！另一部分隱藏在南大陸的各個草原上。」

楚天敲擊著額頭，說道：「斬草應該除根的！讓他們留在南大陸，難道就不怕他們再叛變殺了在陸地上居住的鳥族嗎？」

奧斯汀心裏想道：「這語氣，跟當年的禽皇一模一樣。看來禽皇的思想正在影響著楚天。」他微微一笑，說道：「鳥獸大戰雖然是我們鳥族勝出，但是也付出極大的代價。那時雷鵬亟世，已經造成了太多的損傷，同樣是萬能的鳥神締造的生命，既然已經懲罰了他們，也就不必要趕盡殺絕了。」

「說得好聽，恐怕與獸族一戰，鳥族已經無力再興起另一場掃蕩世界的戰爭了吧！」楚天自然是深諳這個道理。

他笑著說道：「幸好我們鳥族仁慈，不然坎落金和坎落黑現在就不是我的手下了。」

奧斯汀大笑，說道：「你還真跟當年的禽皇一樣，禽皇交友，只看志趣。當年我有幸與禽皇一起見過在北大陸極北之地的血豹王科茲莫。雖然是敵對兩族，但是禽皇絲毫不失鳥族風度，獨闖獸族在極北之地的血豹城堡，爲的就是與血豹王的一個諾言，最終飲酒談笑而去，這讓獸族對我們鳥族雖敵尤敬！」

楚天大腦裏一陣洶湧，彷彿有什麼東西要衝出，他強制壓住腦子裏的衝動，恢復平靜，對禽皇當年的豪氣之舉也是激動不已，說道：「好一個禽皇！」

坎落金和坎落黑聽到科茲莫這個名字，臉上現出激動神色，不斷地用獸語說著什麼。

楚天聽不懂獸語，也就不知道坎落金和坎落黑兩隻飧豹爲什麼這麼激動了，他望向奧斯汀，詢問他兩隻飧豹怎麼了？

奧斯汀笑著對楚天說道：「這兩隻飧豹說科茲莫是他們家族的王！他們住在草原上的時候就聽說了他們的王轟轟烈烈的故事，他們就是王的後裔，當初王帶著豹族的勇士去了極北之地，他們的祖先與王失落，所以才會留在南大陸。」

楚天大喜，拍著坎落金兄弟倆的肩膀，笑著說道：「你們放心，我取了寶藏就會儘快去北大陸，你們到時就能見到自己的族人了！」

坎落金神情激動，眼裏流出幾滴淚，看著楚天不停地說道：「主上，主上，主上！」

坎落黑比他哥哥性格要更能隱忍，雖然激動，但卻強將心情壓下，只是雙眼裏露出感激的光芒。

楚天拍拍他的肩膀，笑罵道：「男兒有淚不輕彈，別這麼沒出息，讓別人看笑話，還以爲我這老大來欺負你了。」

坎落金雙手握成拳頭，一言不發地退在一邊。

奧斯汀看在眼裏，意味深長地看了楚天一眼，說道：「禽皇的確是一代霸主，你現在也算是繼承了他的風骨，等你完全領悟了九重禽天變心法，日後前途必定不可限量。」

楚天打個哈哈，「爺爺的，老子才不想讓思想裏的天禽控制我，我就是自己，什麼人也不能控制我的思想，就是禽皇也不能！」他轉移話題，笑著說道：「奧斯汀，你有沒有辦法開發坎落金他們的種族異能，也好讓我日後能多一個臂力。」

奧斯汀眼中精光一閃，點點頭，說道：「當年我是隨禽皇一起去的，那時我還只是剛剛達到王級的力量，看到獸族也有這麼強的力量的人，就一時忍不住運用天心神遊術探查血豹王的思想。」

楚天心裏一驚，說道：「奧斯汀，你方才是不是探查了我的思想？」

奧斯汀點點頭，對此直認不諱，說道：「你放心，我只是想探查你大腦裏禽皇的思想。你是萬年難得一見的分心體，就是沒有九重禽天變心法的保護，我也是不能探查出你自己的想法的。」

楚天驚疑不定，看著奧斯汀，心裏卻在打鼓：「老子來自地球，要是讓他知道我的身分，豈不是死都不知道怎麼死的，也不知道他是真不知道還是裝給我看的，爺爺的，先探探口風再說。」

楚天裝作漫不經心地問道：「分心體，是什麼？你的天心神遊術又是怎麼回事呢？」

奧斯汀解釋道：「我們鴨嘴獸一族只有王者才能修煉這天心神遊術，這種術法能探知一切生物的思想，這也是我能控制這片暗黑森林的重要原因。這種心法唯一的一個缺陷，就是不能探知分心體的生物。」

楚天看他說得鄭重，不像說謊，不由好奇心起，問道：「那分心體是怎麼回事？」

只聽奧斯汀繼續說道：「我們鳥族有一些鳥人，他們的思想飄忽不定，別人很難跟上他們的想法。換句話說，他們的思想在我們看來是不連續的，讓我們不能捕捉，這就是所謂的分心體。」

楚天恍然，看著奧斯汀，心裏思量著他話裏的真實性。這也不能怪楚天，他的身分是個絕密，要是被這個世界的鳥人知道了，一個一口唾沫就能淹死他。

奧斯汀人老成精，怎會看不出楚天眼裏的懷疑，他不由苦笑著說道：「就算你不是分心體，當年我意氣用事，曾經運用天心神遊術想要探查禽皇的思想。禽皇也是分心體，他察覺到了之後，利用術法反噬，使我終身不得對修煉九重禽天變的鳥族使用這門術法。」

楚天奇怪地問道：「那禽皇可以不這樣啊！他既然是分心體，不能被你察覺，也沒必要這麼做啊！」

奧斯汀看了他一眼，仰首望天，說道：「禽皇深謀遠慮，只有他欽定的傳人才能修煉九重禽天變心法。禽皇是分心體，可是不能保證他的傳人也是，爲了以防萬一，禽皇不得不這麼做。只要我不對修煉九重禽天變心法的使用，就不會有事！」

看來禽皇籠絡人心還真是有一手，居然懲罰了別人還讓他感恩戴德的。楚天心裏想著，不由又起了一個疑問，他亟亟說道：「那我早就練了九重禽天變，你怎麼能探查我的思想的？」

奧斯汀坦率地說道：「那時你的思想極其混亂。因爲激動所致，所以你體內的靈禽力極其混亂，我的天心神遊術也只能探查出有禽皇的思想就要退出來，否則必會被反噬。」

楚天鬆了口氣，沒發現就什麼都好說了，他心裏輕鬆，笑著說道：「剛才你說到哪了?接著說，我還想聽。」

奧斯汀其實說這麼多就是想喚醒楚天腦子裏禽皇的記憶，當下接著說道：「我當時探查血豹王的思想，他也是豪邁之人，思想裏的修煉心法全部被我知道了。禽皇知道之後，嚴令我不得對外提及，現在既然是你說的，那也算是禽皇的吩咐了，也罷！我就傳給他們吧，也算是還給故人。」

楚天點點頭，說道：「那就謝謝你了。」

奧斯汀笑著說道：「現在我們是盟友關係，對你的勢力有幫助的事，也算是對我有幫助，所以也算是幫了我自己，不用這麼客氣。」

楚天大笑，說道：「那倒也是，哈哈……」

奧斯汀當即傳給坎落金和坎落黑兩兄弟血豹王的心法，也不見他怎麼動作，兩股金色的光芒已印入兩隻飱豹的額頭。眼見二兄弟興奮的神色和身上時而爆發的氣勢，楚天知道他們已經學會這心法了。

坎落金雖然不太會說鳥語，但是卻能聽懂楚天他們的對話，對楚天的相助之恩自然更是感激涕零。

奧斯汀傳完心法，本想再說什麼，突然看到伯蘭絲懷裏的崽崽，他面色猛地一變，說道：「楚天，你怎麼會跟孔雀一族王者的後裔在一起？」

崽崽一直都很安靜地待在伯蘭絲懷裏，不說一句話，應該是被伯蘭絲施用了安心訣。

楚天看著崽崽，眼裏流露出寵溺的神情，微笑著說道：「他是我的兒子！」

此言一出，奧斯汀面上震驚之色顯露，問道：「這是怎麼一回事？」

楚天將自己與崽崽在一起的事情全部說給奧斯汀聽。

奧斯汀聽後眼睛放光地盯著楚天看了會兒，隨後才語帶感歎地說道：「這小傢伙可是孔雀王族的嫡傳後裔，哈哈，你身邊的每一個都不是小人物啊！只是現在他們都還沒有覺醒，就是這兩隻鴕鳥，他們的力量都遠非如此。要是能找到鴕鳥一族在孔雀一族被貶之後遺失的心法，肯定能有所大進。」

特洛嵐和伯蘭絲相視一眼，同時走到奧斯汀面前，齊齊彎腰恭敬地說道：「還請奧斯汀王賜教我們鴕鳥一族遺失的心法！」

奧斯汀看著他們，大笑道：「本王可不是萬能的，鴕鳥一族忠心耿耿，如果行的話，本王也很想幫助你們，可是本王確實是無能爲力。」

特洛嵐他們來到陸地，除了要尋找失落的孔雀王族後裔崽崽之外，還有就是尋找當年鴕鳥族主遺落在南大陸上的鴕鳥心法。

聽到奧斯汀說的話，他們一陣失望，滿臉的失落。

奧斯汀笑著說道：「楚天有這些經歷，已證明他是個福星，你們跟著他，說不定就能找到。」

楚天皺著眉，突然插口說出了心中的疑問：「奧斯汀，剛才你說你萬年前就有了王級的力量，爲何經歷萬載，你的力量還是這個樣子呢？」

奧斯汀歎了口氣，說道：「萬年前的那一場戰爭，我被鳳凰祭司重創，歷經千年才恢復過來。雖然過了萬年，但是我的力量只有一點點的提升，我萬年未出地底世界，也沒有出來尋找禽皇的下落，這個就是最主要的原因。」

楚天渾身氣勢一漲，堅毅地說道：「奧斯汀，我一定會拿回屬於我的東西，你的也是。」

奧斯汀一掃黯然神色，王者霸氣自然而出，大笑著說道：「當然，等待萬年，我要的就是你的這句話！」楚天同樣是大笑，說道：「好了，現在我們就在暗黑森林待著，爲去聖鸞城作準備。奧斯汀，你就等著我取回寶藏，去北大陸與你一起重振當年雄風吧！」

奧斯汀身上氣勢盡出，猶若實質地影響著周圍的空氣，他說道：「那時我們就不用待在地底世界了，哈哈……萬年等待，禽皇你終究還是沒有失信啊！」

「這是我說的，跟那禽皇有什麼關係。」楚天心裏暗暗憤憤，「好不容易跟你找到了共同的話題，你這不是打擊我的積極性嘛。」

楚天大手一揮，說道：「坎落金、坎落黑，你們下去修煉鴨嘴獸王傳給你們的獸族心法吧！我跟奧斯汀萬年沒見，要好好敘敘。」

坎落金和坎落黑兩隻剛將心法完全消化的飧豹這次並沒有聽楚天的話，而是表情神聖地伏下身，親吻著楚天的足趾，身子匍匐在地，做出各種莊重的動作，時而換下位置。

「不是吧！難道這兩隻飧豹對老子有那方面的想法？嘿嘿，想來事情肯定不會有我想的這樣齷齪，但這種禮儀我實在受不了。」經過現代教育的楚天如何受得了這樣的折磨，他只感後脊梁發麻，抽身就想讓開。

奧斯汀擺擺手，說道：「楚天，這是獸族的最高禮節，是表示要對你永遠忠誠，如果

你讓開的話，他們只有兩個選擇，要麼就自殺在你面前，要麼就殺了你！」

楚天嚇了一跳，看著奧斯汀，似乎是想確定他有沒有嚇唬自己：「這個世界真是什麼變態規矩都有，我不就是比別人優秀一點，誠懇一點，怎麼就給了我這麼忠心的兩隻飧豹呢，而且還是血豹王的後裔，嘿嘿，哈哈。」

楚天忍著一腳將兩隻飧豹蹬開的欲望，站著一直等他們行完禮，看著他們，真誠地說道：「你們既然是我楚天的手下，也就是我的兄弟，原本不用行這麼大的禮，我相信你們對我的忠誠，就像是相信我自己不會背叛自己一樣！」

坎落金面現激動神色，看著楚天，堅定地用鳥語說道：「坎落金，永遠效忠楚天主上！」他鳥語生澀，但這兩句話卻是吐字清晰，直震入在場所有人的心裏。

坎落黑雖然沒有說話，但是從他的表情中可以看出他心裏是跟坎落金一樣的堅定。

楚天怔怔半晌才大笑著說道：「好！好！」

兩隻飧豹退到一邊，恭恭敬敬地站著不動。

奧斯汀一直在旁邊看著楚天的表演，等到這時才笑著說道：「楚天，你們去聖鸞城，要不要把他們帶上去？」

楚天想也不想就回答道：「肯定要帶上去！我不但要把他們帶上去，這裏想去的我都要帶上去！」

第七章 蝙蝠軍團

一直站在伯蘭絲身邊的吉娜，怔怔地看著楚天，她發現現在的楚天跟以前的楚大哥不一樣了，多了幾分威嚴，少了幾分玩笑，卻是這點改變，使他看起來就像是陌生人一般。

楚天感覺到吉娜的目光，心裏「咯噔」一跳：「完了，說話的時候沒有想到吉娜是神殿的神侍，我這麼說肯定會讓她反感的。」

他走到吉娜面前，笑著說道：「吉娜，怎麼不說話呢？」

吉娜咬咬牙，澀聲說道：「楚大哥，我不會說出你們的事，但是你剛才說的話我一點都不喜歡聽，希望你以後不要在吉娜面前說起了。」

楚天聽出吉娜話裏堅決，不由歎了口氣，看來吉娜這小鴿子已經把神殿的思想深入心底了。他正色說道：「方才那些話也是出於激憤，獸族固然不對，但是我們鳥族也不能一味地對獸族趕盡殺絕，畢竟大家都是這個世界的生靈。如果有人殺了你全家，然後對你說

他不會計較你以前的事，讓你跟他們在一起生活，你會怎麼做？」

「天呀！老子真是太有才了，居然能說出這麼有水準的話。」驚歎於自己文學水平和思想覺悟之高的楚天，面上依舊是正色地望著吉娜，等待著她的回答。

吉娜看著楚天，清澈的雙眸透出無法決斷的神情，半晌才說道：「我不知道，我從小就接受夏瑞祭司的教導，神殿是天下鳥族最神聖的地方，祭司說出的話，就代表著萬能的鳥神，是不容置疑的。我到了神殿，很努力地修煉，就是想著有一天能像銀羽大祭司一樣，跟萬能的鳥神溝通，爲天下的鳥族造福，可是不斷發生的事情讓我不止一次懷疑神殿做出的決定。」

楚天突然歎口氣，神情無比的落寞，望著天空，說道：「有些事不是鳥神可以作出決定的，還是要靠我們自己去決定。」

吉娜不知道楚大哥爲什麼會突然發出這樣的感慨，只是看到他的眼神有著與年齡無法相稱的滄桑，一時之間也不知道說些什麼。

楚天想到自己由地球來到這個鳥人主宰的世界，是命運還是什麼，他不知道，可能這一輩子都無法回去了。雖然現在在這個世界比在地球時還要好，起碼自己的力量足夠讓自己一輩子榮華富貴。

可是他滿足的不是這些，他腦子裏禽皇的思想已經在潛移默化地改變著他的人生觀，再加上他體內有著大盜天生愛冒險的因子，他現在想的是如何征服這個世界，讓這個世界上的神王兩權都對他俯首稱臣。

奧斯汀能感覺到楚天體內靈禽力的劇烈變化，雖然不知道是什麼原因，但他對楚天的話深有感觸，走上前拍拍楚天的肩膀，他說道：「我命由我不由天！楚天，現在也晚了，我讓手下的蝙蝠軍團安排你的朋友們休息，我們再聊聊！」

楚天低下腦袋深吸了口氣後才點點頭，說道：「好，奧斯汀，我也想聽聽這萬年來你的情況。」

奧斯汀一招手，頭也不回地說道：「元離羅，你去安排一下，讓我們的朋友先休息好！」

遠處掛在樹上的蝙蝠軍團中飛出一隻體形比常人還大，身穿黑色斗篷裝的半人蝙蝠，消瘦的臉龐是沒有血色的蒼白，一雙漆黑的眼珠透出沉著和冷靜，背上的翅膀一收一縮。他躬身說道：「是，殿下！」隨後來到特洛嵐他們的面前，優雅地一彎腰，說道：「眾位請隨我來！」

奧斯汀大手一揮，暗黑森林上空的黑色霧氣彷彿是在一隻無形大手的催動下聚攏，重新將這座神秘的森林籠罩。

隨後，奧斯汀看著楚天，笑著說道：「萬年來，我還沒有這麼開心地笑過！」

楚天盯著這位王者，摸了摸光頭說道：「也是時候了，奧斯汀，在這一萬年，你在地底世界的勢力應該也有了足夠的發展吧？」

奧斯汀虎目中厲芒一閃，說道：「我們不如換個地方說話！我喜歡在高峰之上跟禽皇談話，那樣才能顯示我們鳥族的雄風！」

楚天點點頭，心中暗道：「我怎麼也有這種變態的想法，爺爺的，現在我腦子裏時不時就有禽皇的思想在影響著我，但願不要被他同化才好。」

奧斯汀騰空而起，大笑著說道：「萬年前，禽皇與我並肩上頂峰，萬年後，他的傳人隨我上頂峰，真不知道這是不是蒼天弄人！」

楚天緊隨其後，大笑著回應道：「我楚天一不信命二不信天，能主宰自己的始終是自己。奧斯汀，別萬年就將你當年的鋒芒給磨去了，那樣的話，本王會很失望的！」

楚天對自己嘴裏時不時出現這樣囂張的話語現在是絲毫都不感到稀奇，相反地，他自己說話時的語氣也越來越霸氣，雖然其中還是夾雜著玩世不恭。

奧斯汀並不回頭，只是笑著說道：「萬年的隱忍，現在有機會爆發，楚天你說我現在的鋒芒會不會弱呢？」

楚天前世作爲大盜，最明白隱忍背後的含義，他放聲大笑，說道：「鋒芒畢露只是愚人的做法，真正的鋒芒是從始至終都保持著尖銳的心。」

奧斯汀眼中讚賞之色一閃而過，畢竟還是禽皇親自挑選的鳥人啊，果然見解獨到，他笑著說道：「楚天，不如我們就到那座山峰上閒談！」奧斯汀自然不知道楚天心裏隱藏著的那一段不爲人知的秘密。

那是一座孤傲的山峰，聳立在萬米之外，與暗黑森林完全迥異，樹稀而寒，在月光的照耀下仿若俯望世間的天神，只是不知道，它是否感應到未來的兩大強者將登它望世，一層朦朧的霧氣漸漸升起。

奧斯汀倒背雙手，好像觀景賞花般踏走在空氣之上，重量對於他這個擁有百倍重力種族異能的王者根本不值一提，他身上淡淡地圈起金色的光芒，火紅的戰甲在光芒下顯出一種華美的霸氣。

楚天運轉辟元耀虛變，緊緊跟在奧斯汀身後，現在他的力量達到翎爵初期，又有霸鑾戰空變心法獨特吸收元力的方法，根本就不存在靈禽力不足的問題。

他的目力超群，雖然沒有奧斯汀這般王級的力量，但是方圓百里之內，在他的眼裏就像是白天一樣。

兩人並肩虛空站在頂峰上空，奧斯汀頗爲讚賞地說道：「楚天，萬年來，你是除禽皇之外，第二個與我共登頂峰之人！」他話裏的傲然自負一覽無遺。

話是這樣，但楚天知道眼前這位鴨嘴獸一族的王者萬年來只敬服禽皇一人，至於自己，則完全是因爲腦中有著天禽的思想才會得到他的垂青。

他不卑不亢地說道：「奧斯汀，你是唯一一個陪我登上頂峰的人！」他的話裏不但回答奧斯汀話裏的意思，而且將自己的性格彰顯無遺。

奧斯汀放聲長嘯，負手站在頂峰的峭壁邊緣，雙眼極目望去，臉上露出自信的神情。

楚天靜靜地站在一邊，等到奧斯汀長嘯完畢，才說道：「奧斯汀，當年的五王，除了蝙蝠王被殺，剩下的始祖鳥王，海東青王呢？」

奧斯汀面上露出苦笑，說道：「始祖鳥居住在海上的縹緲城，那裏有著海族的殘餘勢力，鳥族怎麼也不能將縹緲城收回，這也就成了叛徒的天堂，海族的附庸海燕一族，海鷗一族都在縹緲城上，始祖鳥自稱是鳥族的始祖，一直都不願意承認神權所說的萬能的鳥神，當年與禽皇聯合，他們的要求就是摒棄神權！」

頓了頓，又歎了口氣，說道：「禽皇的本意是想建立一個以王權爲主的世界，那樣的話就不會存在神王兩權的爭執了。始祖鳥一族在那一戰上精銳盡出，始祖鳥王安東尼擁有一身強得變態的力量，較之禽皇也僅僅只是弱上幾分，戰敗之後，始祖鳥王利用始祖鳥一族王者獨有的種族異能，將他們的殘餘力量轉移到另一個空間，至今沒聽到有再次出現的消息。」

楚天皺皺眉，說道：「聽你的口吻，禽皇在那時就是這個世界力量最強的？」

奧斯汀鄭重地點點頭，望著楚天堅定地說道：「是！禽皇當年的力量是最強大的。」

楚天淡淡地說道：「那他怎麼還會敗！我們鳥族不向來就是以強者爲尊的嗎？」

奧斯汀眼中閃過憤怒，臉上的肌肉抽動，顯然萬年前的事至今還讓他氣憤不平。他努力壓制住自己激動的聲音，說道：「大雷鵬神雖然號稱戰神，但他的力量比起禽皇還差得多。爲了保住他的聲譽，他以詭計誘禽皇去鯤鵬城決鬥，卻暗使自己的親信在路上劫殺，縱然禽皇力量通天，也不能在鯤鵬高手的圍攻下不受傷，就那樣被大雷鵬神擊敗。」

楚天體內血液澎湃，眼中紅黑兩芒變幻不定，邊緣一圈的金芒更加銳目。嘴裏冷冷吐出兩個字：「卑鄙！」雖然只是奧斯汀的一面之辭，楚天仍然是憤怒不已。

楚天放眼望著遠處的天地，嘴角彎起一絲微笑，冷冷地說道：「禽皇會敗！我不會，論起玩陰謀詭計，我是祖宗級的人物！」

這話倒也不假，楚天前世作爲大盜，對玩弄陰謀詭計，恐怕在這個世界上沒有人能比得過他。

冰冷的話語，讓奧斯汀這個活了萬年的王者從心裏升起一股冰涼，但是他也從楚天的話裏聽到了強大的自信。

感慨發完，奧斯汀突然說道：「現在極北之地的獸族，海洋裏的海族經過萬年的發

展，恐怕已積蓄了強大的力量，他們一向都對鳥族的統治不滿，再加上現在鳥族內部神王兩權的爭鬥日益明顯，恐怕不久就會亂，我們一定要在大亂來臨之前擁有自己的勢力。」

楚天點點頭，表示明白，卻沒有說話。

奧斯汀發現自己都有點看不懂眼前的年輕鳥人了，他繼續說道：「當年我受蝙蝠王遺托，帶著手下的蝙蝠軍團逃到地底世界，其中的一個原因是不想昏鴉城的城民受我連累，另一個原因就是昏鴉城裏還有著我留下的勢力，我不能帶著鴨嘴獸一族過著永不見寧日的生活，所以將他們遺棄。」

在鳥族裏，族主遺棄自己的族人是不可饒恕的罪過。

楚天不知道這個，他用詢問的目光看著奧斯汀，示意他繼續說下去。

奧斯汀眼中透出哀傷，但一閃而過，取而代之的是漠然。他接著說道：「雖然是那樣，但是我的族人並沒有抱怨我，他們一直隱忍，爲的就是等待著我的再次出現。昏鴉城現在雖然是一片混亂，但是我相信只要我回去，他們一定都會重新臣服的。」

楚天敲擊著額頭，眉頭蹙成一團，說道：「北大陸，北大陸，一片混亂的北大陸，我去了北大陸首先應該是去天禽故地天弋城，阿爾弗雷德將軍他也會選擇先帶我去那裏吧，他說等我找到寶藏，就會來找我。」

奧斯汀點點頭示意明白，口中卻說道：「我在地底世界的時候，蟲族也是蠢蠢欲動。

說起來，在四族之中只有蟲族最弱，但是不可小看，他們的勢力遍佈世界各個角落，就是我們鳥族也沒有他們那麼強大的情報網。」

楚天「哦」一聲，對奧斯汀的話產生了極濃的興趣，說道：「奧斯汀，這怎麼說？」

奧斯汀笑著說道：「我們鳥族天生就是蟲族的剋星，但他們實力並不差。而最爲主要的，是他們數量太龐大。他們是沒有一個完整的統一制度，太多的蟲族種類都是各自爲政，但只要有蟲子的地方，那裏的消息就瞞不過蟲族裏的幾大巨頭，所以他們總是能最早得到這個世界的資訊。」

楚天自然知道強大的情報網對於想要征服這個世界的他來說是多麼重要：「嘿嘿，不如叫獨眼他們去征服蟲族，也好爲我以後統治這個世界打下堅實的情報基礎。」

不過這種念頭也是一閃而過，畢竟獨眼他們現在的實力對於龐大的地底世界來說，連個屁都算不上。

奧斯汀見楚天目光閃爍，顯然是在想著什麼，便沒有再說話，站在一邊望著遠處微微出神。

楚天回過神來，笑著說道：「奧斯汀，你接著說呀！」

奧斯汀微微一笑，自己萬年來一直都是高高在上的王者角色，沒想到跟這個楚天說話居然能這麼輕鬆。他繼續說道：「自從鳥獸大戰之後，蟲族也一舉被趕到地底世界，留在陸地上的蟲族也被鳥族的訓蟲師練成我們鳥族的奴隸。蟲族現在勢力膨脹，迫切地想回到陸地上享受陽光的照耀。」

楚天本身不是鳥族的鳥人，所以他對於這個世界的四大種族並沒有特別的偏見，頂多就是對鳥族的感情要深厚一點。

他聽到奧斯汀的話，並不做過多的表示，只是淡淡地一笑，說道：「生命總是渴望陽光下的溫暖！」

他們談笑風生，不知不覺之間，東方已經泛白。

奧斯汀看著將升起的朝陽，笑著說道：「初生的太陽總是那麼柔和，我們下去吧！」

楚天看著奧斯汀，笑著說道：「你有多久沒有見過日出了？」

奧斯汀默然，半晌才說道：「不記得了，萬年沒有出過地底世界，怕是有萬年吧！」

楚天大笑，說道：「那麼今天，我楚天就陪你這個老男人看一回日出吧！」

奧斯汀一愣，還從來沒有人敢在他面前這麼叫他，不由笑著說道：「好！反正現在知道了滅黑蝰蛟的是誰，也沒必要再觀望情況了。」

楚天大手一揮，手上金芒一閃，山峰頓時被削平一片，他席地而坐，看著遠處的一線紅彤，又想起自己，眼神中的滄桑之意更濃，一言不發。

奧斯汀坐在他的旁邊，問道：「剛才我忘了問你，禽皇在哪裏？」

楚天不防他會問出這樣的話，一時之間不知道怎麼回答，乾脆就不說了，你不提還好，老子要不是因爲禽皇，也不會來到這個世界成爲一隻鳥人，什麼享受都沒有了。

他想著的時候，眼神裏自然流露出對自己遭遇的不平和哀傷，哪知道這些看在奧斯汀的眼裏，卻變成了禽皇已逝，不然楚天這個禽皇的傳人也不會這麼哀傷了。

奧斯汀一直都把楚天當做禽皇的傳人，見他這樣，不由安慰地說道：「楚天，禽皇雖然仙去，但是你將會完成他未完的事。」

楚天到現在也只能將錯就錯，含含糊糊地說道：「這個我知道，畢竟禽皇的思想還是有部分在我的腦子裏，他也算是我的一部分了。」

奧斯汀說道：「不提這個了，看日出！」

初生的太陽暖而不烈，帶著點點的紅暈升起，雲彩環繞間氣象萬千，在太陽的周圍竟然出現了一圈圈由裏到外的七彩波瀾，一層層地向外蕩開。

奧斯汀驚奇地站起來，指著天空說道：「這可是萬年難得一見的七彩助波奇觀啊！」

要不是奧斯汀是個活了萬年的王級高手，楚天真的會一腳把他給踹下去，不就是朝露帶起的彩虹嗎，用得著這麼激動？

楚天懶洋洋地繼續坐著，只是看著那極美的朝陽東升，並沒有表現出太多的驚喜。

奧斯汀回頭一看，見楚天無所謂地坐著，不由笑道：「楚天，你知道七彩助波嗎？」

楚天很老實地搖搖頭，說道：「奧斯汀，這個有什麼意義嗎？」

「靠，老子要是以很科學的原理跟你們解釋這個問題，你聽得懂嗎？」

奧斯汀指著太陽，笑著說道：「楚天，你以爲太陽象徵著什麼？」

楚天想也不想就說道：「太陽象徵著高高在上的王者！」

奧斯汀拍掌笑著說道：「說得對，這七彩助波的奇觀只有在恰當的場合，恰當的時機才能看到。你知道我第一次看到七彩助波是什麼時候嗎？」

楚天心裏已經大概明瞭奧斯汀話裏所包含的意思，但是他仍然裝作不知道，一副饒有興趣地看著奧斯汀。

奧斯汀露出沉思的神色，眼神飄遠而深邃，說道：「是禽皇與我第一次結盟後，登上北大陸最高的山峰時看到的。」

楚天也不驚奇，說道：「你還沒說七彩助波到底是個什麼預兆呢！」

奧斯汀看著楚天，說道：「七彩助波，衆雲環主，表明天下即將大亂，天下間的臣民將會再選擇一個王！」

楚天似乎是提不起興致，淡淡地說道：「那萬年你們還不是敗了，就算是看到了又怎麼樣呢？」

奧斯汀卻不理會楚天的話，心裏想道：「萬年前跟禽皇見過這種情況，萬年後又跟禽皇的傳人見到這個情景，看來我選擇與楚天結盟是對的！」

楚天不知道這個在他眼裏再簡單不過的自然現象，卻成了鴨嘴獸王臣服他的一個極大的理由。

他站起來，拍拍屁股，說道：「朝陽都已經東升，我們也應該下去了。」

奧斯汀點點頭，二人踏空而下，隨後楚天去見了特洛嵐等人，商議了下暗黑森林的事宜，安排好後他們就在暗黑森林裏待下了。

隨後的日子，楚天每天都勤加練習九重禽天變心法的第六重酃鑾戰空變，吸收八倍於自己體內力量的天地靈氣。在奧斯汀的指導下，他的酃鑾戰空變已經達到了將靈氣隱於無形的地步。

唯一一點不解的地方就是，楚天的力量一直停滯在翎爵初期的水平，不管怎麼修煉，都沒辦法突破。

奧斯汀也是百思不得其解，最後只能說道：「一切都進展得太過於順利了，恐怕你得經歷一次巨大的挑戰，你的力量才能得到突破，這也算是一個瓶頸狀態吧！」

楚天後悔不已，早知道就不找這個鴨嘴獸幫忙了，自己以前練的時候怎麼就沒有出現過這種情況呢！

坎落金和坎落黑兩隻飧豹修煉的心法名字叫獸動八方，是豹族的獨特心法。豹族萬年出現一個天才，將獸族的心法練到頂峰之後，又根據自己族人的特點創出這套獸動八方心法，使豹族一躍而上，成爲獸族的四大王族之一。

獸動八方心法分爲七重，跟豹族的種族異能緊密結合在一起。豹族的種族異能主要是以速度稱霸的疾風禦和以神力稱雄的千斤頂。

兩隻飧豹因爲已將鳲鳩婆婆教授給他們的獸族基本心法練得登峰造極，修煉起這獸動八方心法也是事半功倍，只花了兩天的時間就突破第一重的獸速境界，到達第二重的獸變境界。

他們兩個現在已經能在人形和獸形之間自如轉換，奧斯汀在看了他們的修煉之後，說道：「等到他們練到四重的獸靈境界，就能馱著別人穿越任何障礙物了。」

楚天本就對坎落金和坎落黑的力量增進很滿意，聽了奧斯汀的話更是心裏樂開了花，照這樣下去，不出幾個月，他身邊又會多兩個擁有翅爵實力的高手了。

特洛嵐和伯蘭絲就修煉時所遇上的難題虛心請教奧斯汀，奧斯汀雖然高傲，但是看在楚天的面子上，還是不遺餘力地指點他們。

兩隻鴕鳥的修爲進展雖然沒有那麼快，但是也有了明顯的提高。

崽崽在特洛嵐和伯蘭絲的教導之下也漸漸在修煉孔雀一族的心法，擁有王族血統的他修煉起來自然快絕，體形已經出現了不小的變化，身上的黑色羽毛也開始變色，漸漸有了羽彩。

楚天看著崽崽一天天長大，不由感歎：「真沒有想到崽崽居然會是孔雀一族的後裔，怎麼孔雀一族初生時這麼醜呢？不過那蛋倒是蠻漂亮的，幸好當初沒吃了。」

特洛嵐聽到之後白眼一翻，說道：「也就崽崽一隻孔雀出生這麼久了還是黑不溜秋的，估計也是你這一身黑毛所引起。」

「不是吧！這也要算到我頭上。」楚天欲哭無淚，「長得一身黑毛又不是我想的，誰叫我前世是個做大盜的呢，這身黑毛長在我身上不是很有做大盜的韻味嗎？」

轉眼十幾天過去了，楚天的鄷鑾戰空變也已經能收發自如，該動身去聖鑾城了。

這日，楚天站在暗黑森林的另一個出口，與他並肩而站的是鴨嘴獸王奧斯汀。

楚天拍拍奧斯汀的肩膀，笑著說道：「奧斯汀，我去聖鑾城之後，你有什麼打算？」

奧斯汀傲然一笑，說道：「我帶著蝙蝠軍團回北大陸，看你力量與實力都到了的時候，就會再見！」

楚天一挺胸膛，豪氣地說道：「奧斯汀，你就等著看我是怎麼成長的吧！」

奧斯汀則是神色冷峻，恢復他作爲一代王者的氣勢，說道：「希望那天不會太久！」

楚天大手一揮，說道：「坎落金、坎落黑，你們兩個現在的速度應該能比上特洛嵐和伯蘭絲了，我們得儘快趕到聖鸞城，不然獨眼那邊瞞不了多久！」

坎落金和坎落黑伏身幻化成獸身，楚天說道：「吉娜，你抱著崽崽坐在坎落金身上。」說完，他飄然坐在了坎落黑的背上。

等到吉娜坐在坎落金背上，楚天朝著奧斯汀揮揮手，說道：「我們北大陸再見！」

行走了兩天，楚天他們終於來到了進入聖鸞城的一處蒼茫山峰前。

楚天站在山峰腳下，擡頭望著山峰，只見孤峰入雲，陽光照耀在山峰頂端的白雪，反射出層層耀眼的七彩光芒。

孤峭的山峰幾乎沒有一絲攀爬的地方，楚天皺著眉，問道：「這就是聖鸞城的入口嗎？怎麼上去啊？」

可能是因爲要進入聖鸞城的緣故，特洛嵐的臉上莊嚴肅穆，說道：「聖鸞城作爲我們鳥族最神聖的天空之城，只有擁有翅爵以上力量的鳥人才能進去，這座山峰的周圍都被神殿裏的祭司下了禁咒，這本就是一個考驗。」

楚天臉上卻一如往常的嬉笑，他對特洛嵐道：「我們要的是進去的方法，不是你這樣的長篇大論，嘿嘿，你們鴕鳥一族肯定是進去過，快說，也省得我們再去找。」

特洛嵐對楚天這麼不在乎聖鸞城的態度也只能苦笑，他指著山峰說道：「每時每刻上去的方法都是不一樣的，我也沒有辦法。」

「爺爺的，那你還說那麼多廢話。」楚天沒好氣地翻了個白眼，一邊眼見如此的伯蘭絲望著山峰接口道：「聖鸞城上去的方法是用彩虹嫁接成的虹橋托著我們上去，我們可以先上去一段距離再說。」

「好像也只有這個辦法了。」如此想著，楚天不顧崽崽的反對，將其交給特洛嵐，轉頭輕聲地對一臉神聖嚮往的吉娜說道，「吉娜，我背你上去吧！」

吉娜滿臉通紅，都到了聖鸞城下，楚大哥居然還是這麼不正經。

這段時間可謂是她最矛盾的一段時間，她深信不疑的楚大哥居然是萬年前叛亂的禽皇傳人，還有在鴨嘴獸王者的嘴裏，神權和王權居然是這麼的不堪。

楚天不容吉娜的輕微反抗，抱起她運轉體內靈禽力後來而先上，一瞬間即超越特洛嵐，身形沒有一絲停滯地向峰頂飛去。

吉娜在楚天的懷裏微微掙扎一下就放棄了，一張小臉漲得通紅，不敢正眼看楚天。

山峰高萬丈有餘，又沒有什麼可以借足的地方，除了楚天能隨時吸收天地元氣補充體內靈禽力之外，其他鳥獸根本就不能飛多高。

特洛嵐和伯蘭絲因爲在暗黑森林得到鴨嘴獸王者奧斯汀的指點，體內的靈禽力得到最完美的充分利用，還能堅持在楚天身後向上繼續飛去。

坎落金和坎落黑開始還能在山峰上留下爪痕，可是越到高處山峰上的石質就越堅硬，痕跡越來越淺，只能好半天才向上縱躍一段距離。

楚天憑藉著辟元耀虛變能上天下地，所以絲毫不在意山峰的高度。他在吉娜耳邊輕輕說道：「怎麼樣？吉娜是不是從來都沒有在這麼高的山峰上飛翔過！」

吉娜俏臉通紅，別過臉輕聲「嗯」了句，隨後說道：「吉娜想到即將到達神聖的聖鸞城，心裏好高興。」

楚天眉頭一皺，身子向下一墜，落到坎落金和坎落黑兩兄弟身邊，渾身金芒一展，有如實質的光芒將兩隻飧豹托著向上疾奔。

峰頂就像是他們在山底仰望時一般高，彷彿他們飛奔這麼高都沒有什麼作用一般。

楚天低吼一聲，就要開罵。

特洛嵐突然指著前面說道：「看！」

處在頂峰上的太陽突然釋放出七彩光芒，形成一道弧形的彩虹橋，慢慢向下延伸著。整座雪白的山峰也漸漸變得七彩斑斕起來，倒映著彩虹橋的炫目。頂峰上的白雲聚集，在彩虹橋的周圍不斷地變幻著形狀。

楚天驚訝地看著眼前出現的一切，不可思議地問道：「這就是進入聖鸞城的彩虹？」

特洛嵐點點頭，說道：「不錯，聖鸞城以神聖的太陽七彩光芒作爲迎接來者的階梯，既表示了對來者的敬意，又有著神權至上的意思。」

「神權至上？嘿嘿，總有一天它會在我的腳下。」楚天眼神裏透出深邃的光芒，再沒有跟吉娜調笑時的無賴。

彩虹橋延伸到特洛嵐的面前便停下，特洛嵐和伯蘭絲一躍身已站在彩虹橋，楚天向上衝起，渾身散發出的金芒將兩隻飧豹托起送到彩虹橋上。

吉娜一上彩虹橋，就趕緊從楚天的懷裏掙脫。滿臉的聖潔光芒，再加上她羞澀之後的俏臉，簡直就是迷死人不償命嘛！楚天看得口水差點沒有流出來，恐怕也就只有他才能在聖鸞城這座鳥族最神聖的天空之城面前想那些事了。

崽崽從楚天懷裏飛下來，踩在彩虹橋上，笑著對楚天說道：「媽媽，這彩虹橋好舒服啊！崽崽感覺就像是踩在水裏的沙子上一樣。」

楚天大笑，拍拍崽崽的小腦袋，說道：「特洛嵐，這可比黑雕城還要高級一點啊！」

特洛嵐一臉所以然的表情說道：「那是當然，這彩虹橋可是萬年前的鳳凰大祭司以無上神力運用聖光權杖製造出來的，絕對不是黑雕城所能比擬的。」

楚天眼裏露出殺意，表面卻點了下頭說道：「這倒也是，除了鳳凰祭司之外，我還真想不出能有誰有這麼強的力量。」

「說起來，那個世界的鳳凰可都是高貴美女的預示，要是勾引一個鳳凰回去，那也爽歪歪啊。」楚天心裏邪惡地想著，嘴裏不由自主地問道，「特洛嵐，現在鳳凰一族還有多少鳳凰在啊？」

特洛嵐不知道楚天心裏的想法，說道：「這個我也不是很清楚，鳳凰一族向來都是神權的代表，一直都是居住在聖鸞城，有許多的翅爵一輩子都沒有見過鳳凰，他們的存在就像是鳥族的神一樣！」

「神?那就更好玩了！」楚天心裏充斥著對神聖的褻瀆，他不由邪邪地笑了幾聲，說道，「哦，那你說我們這次上聖鸞城有沒有機會見到鳳凰呢？」

特洛嵐笑著說道：「如果你有機會進入神殿的話就能見到，歷來的鳳巢大祭司只有鳳凰一族的才能擔任。」說著，特洛嵐朝伯蘭絲望了一眼。

爲了能讓楚天接近神殿，兩隻鴕鳥利用種族異能將他要去聖鸞城的消息，特意傳給想拉攏楚天的神權銀羽大祭司。

伯蘭絲給他一個放心的表情，對於本族的種族異能，她是絕對有自信的。

楚天敲擊著額頭，笑著道：「有吉娜這個神侍在，我們肯定會有機會進去神殿的。」

第八章

鳳鸞聖城

七彩流轉的彩虹橋放眼望不到頭，七種顏色鋪展成一排晶瑩透明的平面，從上面能清晰地看到下面的陸地。

楚天站在上面，彩虹橋能自如向上伸縮。楚天心裏好笑，簡直就跟地球上的電梯一摸一樣，這鳳凰祭司還真是有創意啊！

不多時，彩虹橋就到了盡頭。楚天擡起頭，仰望著聖鸞城的入口，心裏頓生感歎：「真是雄偉壯觀，比那些世界奇跡可強太多了。」

巨大的白玉雕石砌成的高大柱子，矗立在彩虹橋的盡頭，筆直伸向雲霄，上面雕刻著各種神聖的圖案，正中央是一顆巨大的圓珠，正不斷吸收著彩虹橋的七彩光芒，外面呈現出乳白色的淡淡白芒，中間一團幾乎透明的彩色光球流轉著光芒。

楚天感慨道：「真不愧是聖鸞城，光是這入口就將聖鸞城的神聖高貴彰顯無遺。」

特洛嵐點點頭，笑著說道：「聖鸞城能稱爲鳥族最神聖的地方絕對不是浪得虛名，大家進去之後就會知道什麼叫做恢弘神聖。」

楚天現在儼然成了他們中間的老大，毫不客氣地走在最前面，穿過正門向裏走去。

寬度足有十米的地面鋪著古樸的欽耀石，其上各種浮雕精緻而完美，延伸的盡頭是一座恢弘的宮殿。

路的兩邊並沒有楚天想像中的熱鬧場景，種植的各種樹木也是在陸地上不曾見過的銀質筆直，一排排的白色房子建在樹木之上，設計得與整個聖鸞城渾然一體，充滿著互相映襯的藝術感。

崽崽跨坐在楚天的肩膀上，似乎也是感受到這種神聖的氛圍，一張小臉沒有往日的嬉笑，取而代之的是一種嚴肅，讓人感覺他現在也在開始慢慢長大。

特洛嵐和伯蘭絲一左一右走在楚天身邊，兩人的臉上充滿了對聖鸞城的敬意。

坎落金和坎落黑則是興奮之中帶點畏懼，能進入聖鸞城的外族恐怕也就只有他們兩個了，但也無法掩飾他們對這座鳥族最神聖地域的恐懼。他們心裏暗暗感激能帶給他們這種待遇的楚天。

吉娜走在楚天的右邊，虔誠地看著路的盡頭，臉上神采煥發，彷彿有著一層聖潔的光環罩在她的臉上。

楚天大大咧咧地向前走著，嘴裏說道：「這就奇怪了，怎麼就沒有看到有鳥人呢？這麼大的天空之城不會沒鳥人吧！」

「這天下恐怕也就你一隻鳥人能在這裏囂張了。」特洛嵐心裏疑惑著楚天到底是從哪裏來的，居然還能這麼嬉笑，嘴裏說道，「這裏居民極少，你以爲隨隨便便就能進入聖鸞城在這裏居住的嗎？那天下的鳥人還不一窩蜂地全跑來了。」

楚天「哦」了一聲就不再答應，專心欣賞起周圍的環境來。

特洛嵐指著前面說道：「聖鸞城的神殿建築在最顯眼的地方，我能感覺到前面那座宮殿裏超強的神聖氣息。」

楚天用力地用鼻子嗅了嗅，然後揉著鼻子說道：「聞不到，特洛嵐，你的鼻子還真靈啊！嘿嘿，不過說回來，這聖鸞城規劃得還真有特點，神殿就建在門口不遠處，只要一進門，就要立刻朝聖，有意境，有意境。」

幾個人不理楚天的胡言亂語，都快速地向神殿走去，路邊稀稀鬆鬆地走過幾隻鳥人，對他們這隊奇怪的組合並沒有表現出太多的驚訝。

崽崽坐在楚天的肩膀上，小聲地說道：「媽媽，你看這裏的鳥全部都是跟你以前差不多的樣子啊！」

聖鸞城裏的鳥人都是上半身已經幻化成人形的翅爵模樣，楚天因爲在黑雕城聽兩隻鴕鳥說過，天空之城裏的種族高貴，也就不那麼在意這些了。

一股強大的聖潔之氣在神殿前面五十米以內延展，阻止著任何一個沒有經過允許想進去的鳥人。

楚天皺皺眉，體內獨特的力量對這股聖潔之氣自然而然生出反感，腦子一陣激蕩：「萬年了，我終於還是來到了這個地方。」

楚天眼中金芒綻出，但瞬間即融進無形，冷冷地盯著神殿一語不發。

特洛嵐和伯蘭絲兩隻鴕鳥知道楚天體內天禽跟鳳凰的恩怨，如果不是那時神權在背後支援，大雷鵬神是不可能擊敗禽皇將他流放的。

想到這裏，他們不由緊張地看著楚天，希望不要有什麼狀況發生啊！

在聖鸞城裏，超過翎爵力量的極道高手雖然不多，但是也足夠讓他們瞬間死亡。

特洛嵐感受到楚天體內力量的湧動，他忙輕聲說道：「楚天，你現在是楚天，我們來的目的是爲了得到寶藏，其他的現在不是我們能做的。」

楚天站定不動，腦子裏禽皇的思想不斷地掙扎，而他也在不斷地壓制著那股衝動，而兩種思想在爭鬥中卻意外地漸漸融合。

這個時候的楚天才漸漸有了禽皇的氣勢，他腦子裏的禽皇思想已經部分甦醒，與他的思想結爲一體。

楚天的腦海裏不斷地閃現出萬年前的一些片段：

鳳凰大祭司浮在神殿的頂端，頭頂上的金冠在陽光下閃爍著聖潔的光芒，完美無瑕的臉龐有著與平日神聖不相稱的冷酷，周身白芒膨脹千米，手持碧翎煮海弩，遙遙鎖定著鯤鵬城方向。

一個面部輪廓寬正剛毅的男子踏足走進呼嘯著閃現金芒的土築裏，那金色土築直沖天穹，他頭頂無髮，使他顯得更加狂放，渾身覆蓋在一層金色的戰甲裏，戰甲上血跡斑斑。

鯤鵬城頂！

大雷鵬神嘴角彎起一絲冷笑，看著男子上了鯤鵬城向他走來。

一瞬間，楚天的靈魂彷彿飛進了那男子的體內。

「卑鄙的鳳凰大祭司，你曾以萬能的鳥神起誓讓我和雷鵬公平一戰，現在居然用強大的精神力量配合神級羽器壓迫我的力量，哼！爲了她，我一定會贏的！」男子心裏暗暗說道，渾身的氣勢一漲，眼中紅黑兩芒閃爍，透出嗜血的光芒。

彷彿是感覺到男子的氣勢，浮在空中的鳳凰大祭司心神一凜，不再猶豫，白芒透進碧翎煮海弩，一股無形的力量瞬間即將男子背後包裹。

男子的意識已有點模糊，從北大陸來到南大陸鯤鵬城的路上，他已擊殺二十幾個鯤鵬城的頂尖鵬衛，十幾個聖鸞城的鳳凰神武士，以他的力量之強也是渾身浴血，傷痕累累。

一名素衣女子站在鯤鵬城王殿，長長的頭髮披撒在肩上，背對著男子，看不清楚容貌，只能從她身子不停地顫抖知道她內心的激動。

男子站定，柔聲喊道：「依雅！」

大雷鵬神站在王殿之上，聲音如殷雷滾滾：「依雅已經被我制住，只要你能贏我，不但天下歸你，她，你也可以帶走。」

結果，男子戰敗！被擒。

楚天怔怔不動，直到靈魂再次回到體內，他長長地歎了口氣，終於知道禽皇當年戰敗的經過。

特洛嵐見楚天渾身暴漲的氣勢一出而沒，心裏鬆了口氣，與伯蘭絲相視一眼，心裏均想道：「這楚天，終究還是能隱忍之人。」

他們可是見識了楚天在黑雕城的囂張，雖然與在聖鸞城不言而喻，但那時的他根本就沒有什麼勢力，現在他背後的勢力更足以讓整個鳥族陷入一場危機。

楚天低低地說道：「特洛嵐，這樣怎麼進去？」

特洛嵐說道：「吉娜，你走在前面，憑著你身上散發出來的聖潔氣息，應該能讓我們進去。」

吉娜一臉的激動，在丹姿城的神殿的時候，聖女就跟她講了一個鳥族終身都是以能進入聖鸞城的神殿，得到鳳巢大祭司的接見爲畢生的榮耀。

她雖然在與楚天相處之後，對神王兩權沒有什麼好感，但是能進入神殿，對於她來說也是一種極大的衝擊。

吉娜調整呼吸，體內的靈禽力運轉，將聖女傳授給她的心法運起，渾身散發著淡淡的白芒，瞬間即與神殿的聖潔之氣融合爲一體。

吉娜翅膀交叉之後慢慢張開，身上散發的氣息將楚天他們覆蓋，一步步向裏面走去。

楚天本能地對那股氣息反感，他強烈壓制著心裏的煩躁，運轉酃鑾戰空變心法將自己獨特的力量隱藏，跟在吉娜後面向神殿走去。

楚天站在兩個巨大的石柱面前，仰起頭向上看去，上千步的台階彷彿延展到了天際，足足有二十米寬，每百來步就有一個巨大的休息平台。

兩邊是用乳白色的大理石精心雕刻出各種象徵著神權畫面的欄杆，每個平台兩邊的欄杆都有一個散發著白光的圓球，晶瑩剔透。

頂上的宮殿美輪美奐，有如鳥翼一般向兩邊分散著房屋，卻依稀看不清具體的模樣。

楚天低聲罵道：「爺爺的，又不能飛又不能跑的，還要一步一步向上走到神殿門口，這還要不要人活了。」

崽崽也被特洛嵐抱下楚天的肩膀，站在楚天的旁邊，翅膀輕輕抖動著，突然往楚天身上一靠，說道：「老子還不上去了，媽媽，我們就坐在這裏，看神殿怎麼著！」

特洛嵐瞅著兩父子，苦笑著說道：「你們還真是一對，崽崽，你可別學你老爸。」

伯蘭絲輕聲怒道：「楚天，這裏可是天下鳥族的聖地，你別太放肆了，我們來的目的不是參拜，是要尋找寶藏。」

楚天歎了口氣，說道：「吉娜，還是你在前面帶路，我們上去吧！」

千級台階上，崽崽喘著氣，靠在楚天的腿上，小臉上滿是憤憤不平的神色，小嘴一噘，說道：「媽媽，我們以後也建這麼一座宮殿，讓他們爬上來，哼！」

楚天啞然失笑，低身捏捏小可愛的臉蛋道：「崽崽，你可跟你老爸想到一塊去了。」

伯蘭絲在一旁沒好氣地說道：「楚天，你自己不正經就算了，別把崽崽也帶壞了。」

楚天笑著說道：「崽崽，你伯蘭絲阿姨說我把你帶壞了，你就說說，你老爸教過你這些嗎？」

崽崽轉動著眼珠，想了想才說道：「媽媽沒教，可是媽媽老是一個人這麼自言自語地說著話。」

楚天的臉瞬間變黑了，訕訕地笑著說道：「意外，純屬意外！」

「伊格納茨，怎麼有時間出神殿啊，也不跟我說聲，我陪你出去啊？」一聲輕佻的話語突然自前面響起。

楚天循著聲音望去，頓時驚住。

一名白衣素裹的女子站在神殿門口，臉上寒冰未去，對身邊的男子輕佻的話語既不回答也沒有生氣。

高高盤起的烏黑秀髮束成彎月形，戴著銀白色的羽冠，反射著純淨的白光。沁雪一般的肌膚透出一抹嫣紅，明眸善睞，雙眼透出純潔和高貴，就是在羽冠下，也絲毫不能讓人忽視，輕巧的鼻子下丹唇外朗，脖子一片雪白，胸前掛著一串項鏈，映射著她雪白的肌膚。白衣無縫，修剪合身，恰到好處地遮掩住她高挑而完美的身材。

「媽呀！這才是極品的美女啊，渾身散發出聖潔而高貴的氣質，簡直就是仙子。」天心裏暗暗驚歎著，鳥人中居然有這麼美的女子。

吉娜看到楚天驚喜的神情，心裏一陣黯然，低頭看著自己還沒成人形的身子，不禁雙眼紅漲，眼淚差點奪眶而出。

特洛嵐碰了碰楚天，小聲地說道：「楚天，這隻紅頂鵰應該是神殿裏的聖女，不過看來她有麻煩了！你看那隻鳳凰，明顯就在調戲聖女。」

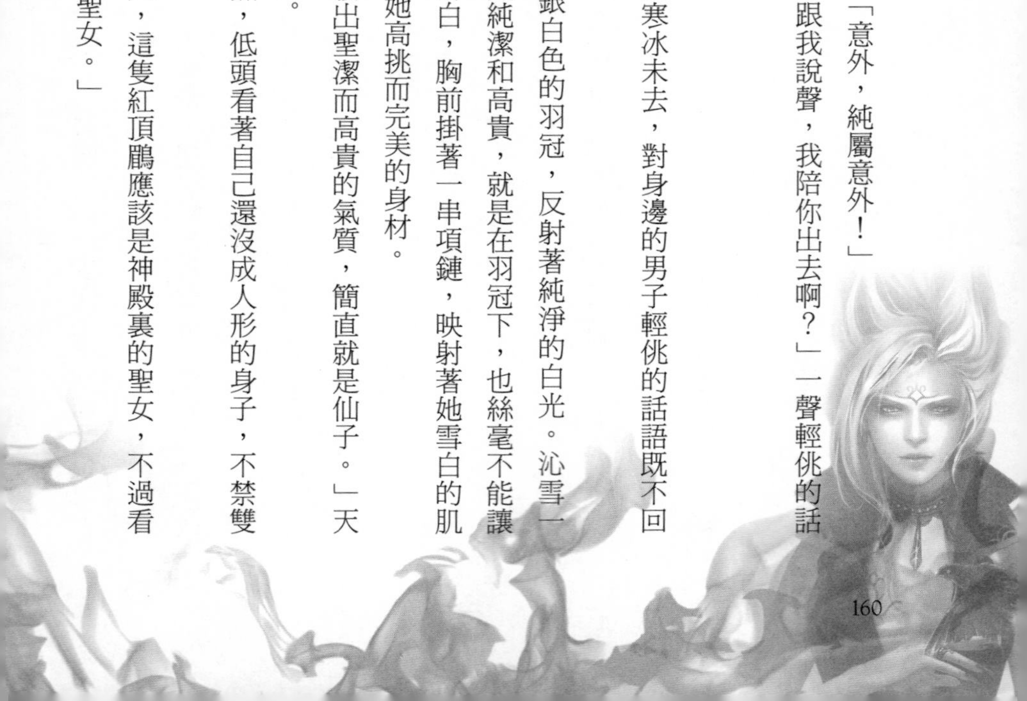

楚天看了看聖女身邊的男子，驚異地說道：「他是隻鳳凰？」

特洛嵐點點頭，說道：「鳳凰一族最明顯的特徵，就是他們的眉心有一顆圓潤的黃珠，跟他們的原始形態身上的羽毛一個顏色。」楚天不禁仔細觀察那個男子。

那男子金色的長髮斜束彎向右邊，刀鋒一般的眉毛向兩鬢斜飛，雙眼精光內斂，高傲之中透出一股暴戾之氣，眉心處正有顆黃色的光珠，高聳的鼻梁，薄薄的嘴唇。

一身儒衣襯托出他單瘦的身材，使得他整個人顯得溫文儒雅，與他的言語極不相稱。

如果不是他眼神中掩飾不住的暴戾之氣，只怕人人都會當他是個君子！

楚天小聲地問道：「特洛嵐，你看那男的完全進化成人形了，他的力量也達到了翎爵？」因爲怕暴露自己體內的獨特靈禽力，楚天不得不按捺住想要探查的好奇。

特洛嵐解釋道：「鳳凰一族是鳥族中最完美的兩大種族之一，他們一出生就擁有翅爵的外形，只要稍加修煉就能成人形了。」

楚天鬆了口氣，挺了挺胸膛，向紅頂鸝聖女走去。

崽崽小聲地嘀咕道：「媽媽又要去泡妞了！」聽得吉娜臉色一陣黯然。

此時那男子輕輕撫開聖女兩鬢的秀髮，輕笑著說道：「伊格納茨，你的頭髮亂了，讓我來幫你束好。」

聖女伊格納茨眼神之中透出厭惡，向旁邊移了兩步，卻還是不說話。

男子笑著正要再靠近，突然一個高大的身形擠在他們之間。

男子惱怒地說道：「是誰這麼大膽，居然敢攔著本公子。」說著右手一拂，想將來者推開。

楚天哪能讓他得逞，體內靈禽力流轉，男子碰到他身體的手頓時像是被火燒了一般灼熱，他趕緊收回手，擡起頭看著楚天。

楚天不等他反應過來，大手猛地一拍他的肩膀，笑著說道：「哎呀！原來是你啊，好久不見了，哈哈……」

楚天一邊笑一邊猛拍鳳凰的肩膀，使得他連連後退，一張臉頓時漲成豬肝色，茫然地看著楚天。

楚天心裏大笑，表面卻收起了笑容，說道：「你看你，每次見到我都像是兒子見到老爸一樣畏畏縮縮的，這小白臉都漲成了豬肝色，哈哈……」

男子向後猛退幾步，疑惑地說道：「你認識本公子？」

還鳳凰，老子見過的鵪鶉都比你聰明。楚天笑著說道：「你不會忘了你老子我吧？我是老子啊！你老子。」

老子這個詞還是楚天來到這個世界的時候帶過來的，除了特洛嵐他們跟楚天接觸過的人，其他的都不知道什麼意思。

特洛嵐和伯蘭絲一行忍住笑，一個個臉都漲得通紅。

鳳凰雖然暴戾，但是不失風範，他見楚天完全幻化成人形，而且眼神凌厲，一望即之是擁有翎爵力量的高手，不由說道：「你老子？本公子好像不認識你。」

楚天心裏大樂，敢情碰到傻子了，他嚴肅地說道：「你老子你都不認識了，老子白跟你說半天話了，估計你老子也是認錯人了。」

鳳凰氣得夠戧，本公子可是鳳巢大祭司的兒子，不說博聞強識，起碼不會記不住自己認識的人。他一陣羞怒，說道：「既然不認識就待一邊去，本公子沒時間跟你拉扯。」

楚天又是猛地拍打一下，說道：「好好好，你老子不打擾你，神殿的聖女呢？你老子好久沒上來了，要跟她敘敘舊。」

鳳凰一陣鬱悶，要不是考慮到兩人之間力量的差距太大，他早就扁死眼前這個胡說八道的傢伙了。

「你老子！」天背後傳來一個天籟之音。

楚天深吸一口氣，「媽呀，這聲音都能迷死人啊！就是智商低了點，居然真以爲我叫你老子。」他轉過頭對聖女使了個眼色，裝作驚奇地道，「伊格納茨，怎麼你在這裏。」

伊格納茨雙眸緊緊盯著楚天，一言不發。

「聖女啊！你知不知道你這眼神很迷人啊，分明是在挑逗我嘛，幸虧老子定力過人，不然豈不被你迷死。」他輕笑著說道，「你不要這樣看著我嘛！人家會害羞的。」

眾人一陣惡寒，你這樣子哪裏有一點害羞。

伊格納茨不禁一笑，輕聲地說道：「你老子，你也好久沒有上來了。」

楚天背後的鳳凰重重哼了一聲，說道：「你老子！你老子！」

楚天憋住笑，回過頭說道：「叫你老子有什麼事？」

鳳凰被他強大的力量鎖住，凌厲的眼神看得他彷彿是裸體一般，不由怒哼一聲，拂袖而去。

看著鳳凰遠離的背影，特洛嵐終於忍不住，放聲大笑起來，隨即想到這裏是神殿，不能大聲喧嘩，不由又憋住笑，朝著楚天說道：「楚天，你強！」

伯蘭絲臉上露出微笑，說道：「也就楚天你能這麼整人，崽崽，你可別學他。」

吉娜臉上彷彿被抹上一道紅霞，看著楚天輕輕地笑著。

伊格納茨一整面容，說道：「原來你不叫你老子，你叫楚天，多謝你幫我解圍。」

楚天肆無忌憚地笑著說道：「我當然不叫你老子，哪有這麼占人便宜的名字，哈哈……笑死我了，居然有這麼蠢的鳳凰！哈哈……」

伊格納茨眉心蹙成一團，說道：「什麼占人便宜的名字，楚天，你知道你招惹的是神殿鳳巢大祭司的兒子，要是他知道你從來沒有來過神殿，肯定會報復你的。」

楚天一愣，「感動啊！才一見面就這麼關心我，莫非是因爲剛才我不畏強暴誓死捍衛她，讓她對我有意思了？」楚天心裏賊賊地想著，臉上不由自主地浮現出邪邪的笑容。

伯蘭絲皺皺眉，說道：「楚天，聖女問你話呢！」

楚天回過神，擡頭對上伊格納茨清澈的目光，他訕笑著說道：「沒事！我在這裏又待不久。那個占人便宜的名字是這樣的。」楚天老老實實詳詳細細地解釋了老子的意思。

伊格納茨聽完之後，也忍不住矜持地輕笑起來，說道：「還好他不知道，要不然他跟鳳巢大祭司一說，你們可都要死了。」

楚天心裏一驚：「完了，老子怎麼就禁不起誘惑呢，被這小妞一笑一勾引就把話給說出來了，要是她告訴鳳巢大祭司，那老子不是人頭不保？」

伊格納茨看出他心裏的震驚，笑著說道：「你是爲了幫我才這麼說的，我自然不會說出去。對了，你們到聖鸞城來做什麼？」

楚天鬆了口氣，隨便編了個謊言說道：「我是黑雕城的翅爵，這次前來是受大祭司之命，要參拜神殿祭司的。」

伊格納茨點點頭，說道：「嗯！你的身體已經完全進化成人了，應該是擁有翎爵力量的鳥人，怎麼會還是個翅爵？」

「老子連翅爵都不是，要不是爲了來聖鸞城，我現在還在黑雕城享受美女了。」心裏想著，楚天卻一時之間不知道怎麼回答，呆了半晌。

伊格納茨見他不說話，以為他不願意說出原因，也不在意，說道：「我現在就帶你去見金冠大祭司約書亞。」

楚天敲擊著額頭，說道：「那就謝謝聖女了。」隨即像是想到什麼，又說道：「我有一位朋友是丹姿城的神侍，聖女能不能帶我去見了金冠大祭司之後，帶她去參觀神殿？」

伊格納茨愣了一下，隨即點點頭，說道：「這個沒問題，我們先進去吧！」

吉娜沒有想到楚天居然提出這個要求，心裏又驚又喜，看著楚天，臉色嫣紅。

伊格納茨又說道：「你們應該是借著神侍散發出的聖潔光芒才進來的吧！楚天，你叫你的朋友先退出神殿，沒有神殿的允許，是不准其他人進入的。」

楚天搖搖頭，笑著說道：「聖女，我的朋友既然已經進來了，怎麼能又再出去呢？不如就讓他們在神殿門口等候吧！」

伊格納茨點點頭，說道：「那好吧！大祭司那邊就我來說吧！楚天，你跟我來。」

楚天向特洛嵐打個招呼，示意他照顧好其他人，自己跟在伊格納茨之後。

神殿並沒有封頂，只有一層流轉著七彩光芒的薄膜，陽光沐浴著神殿裏的每一樣擺設。正大廳上是一座長達幾十米的雕像，正是楚天所見過的萬能的鳥神。楚天心裏一陣激蕩，當初他就是看了鳥神的神像之後想著要變成人的。

巨大的平台上凌空懸掛著一顆巨大的珠子，源源不斷地向天空散發著白芒，與空中的薄膜連成一體。

伊格納茨帶著楚天穿過鳥神雕像向神殿後走去。

楚天在經過雕像的時候腦子一震，這裏正是鴨嘴獸所說的寶藏入口。

伊格納茨小聲地說道：「楚天，你見到金冠大祭司的時候說話要注意，千萬不要很快就表明你是親神權派的。」

「老子本來就不是親神權派的，我哪派都不親，要是真要我親的話，那還是親你比較好。」楚天心裏邪惡地想著，不過他從伊格納茨的話裏捕捉到一絲奇怪，於是問道，「聖女啊！爲什麼不能說呢？我就是黑雕城的銀羽大祭司派過來的啊！」

伊格納茨搖搖頭，說道，「反正你按照我說的去做就行了，其他的我不能說。」

「看來金冠大祭司不是神權派的，這個倒是可以好好利用。」暗暗想著，楚天點點頭，說道：「謝謝聖女關心。」

穿過一道長長的走廊，眼前豁然開朗。

高低交錯的廊道，彙集於正中央的大亭子，潺潺不停的水流，嶙峋怪石組合成令人賞心悅目的藝術擺件，各色的花草植物蓬勃生長。

楚天輕歎道：「好完美的結合，沒想到莊嚴肅穆的神殿居然也有這麼完美的庭院。」

伊格納茨眼中閃過一道驚奇，看著楚天，妙目晶瑩流轉，問道：「楚天翅爵懂得庭院之道？」

「笑話，老子身爲一名大盜，對於鑑賞還不是小意思？」他咳嗽一聲，說道，「潺潺流水，悅耳賞目，但是若少了嶙峋怪石的襯托，只能顯示出其動態的柔弱美，卻少了幾分剛強。廊道迴旋，如果少了花草植物，卻又只能讓人覺得不入眼。我以爲這裏彷彿還缺少一種讓動靜結合，讓美醜結合的事物。」

伊格納茨驚奇地看著眼前這個一副粗狂外表的男子，當他說這些話的時候，眼神中流露出的神采飛揚，彷彿一切都在他的自信之內。

楚天說著說著就頓住不說了：「爺爺的，老子怎麼就是改不了炫耀的習慣呢！這下好了，要是被這小妞看出什麼，那就慘了。」

其實楚天這麼擔心根本就是多餘的，誰又能想到他的身世，再怎麼智力通天的鳥人，恐怕也難以想像楚天是來自一個叫地球的地方。

楚天訕訕地說道：「我亂說了，聖女別放在心上！」

伊格納茨笑著說道：「你說的金冠大祭司也說過，不過他卻只是說少了樣事物，卻沒有說少了什麼！」

楚天笑著說道：「少了人，如果有一位傾城的美人站在裏面，這個庭院就算是完美了。」說完，深深地看了伊格納茨一眼。

伊格納茨一陣莫名地臉紅，亟亟轉移話題，說道：「楚天翅爵，你進去見金冠大祭司吧！我去帶神侍參觀神殿。」

楚天見伊格納茨的神情，就知道自己的攻心術有效果了，心道：「嘿嘿，在老子的花言巧語之下，我就不信你不動心。」接著很紳士地說道：「那就多謝聖女！」

伊格納茨亟亟離開，心裏想道：「我這是怎麼了，臉怎麼會這麼紅，沒有發燒啊！」

楚天向前走了幾步，突然感覺到一股強大的氣息將他籠罩，他不由停住腳步，恭聲說道：「黑雕城楚天翅爵覲見金冠大祭司！」

一個高大的身軀突然出現在楚天面前，冷傲地說道：「你是黑雕城的翅爵？來見我有什麼事？」

楚天心裏暗罵：「這祭司怎麼這麼霸道，老子還不吃你這一套。」他站直身子，對上金冠大祭司的眼神，說道：「我此次前來是受銀羽大祭司之命，前來稟告蟲族動向！」

金冠大祭司身材高大，跟楚天相差無幾，一張國字臉不怒自威，雙眼透出有如實質的凌厲目光，冷冷地在楚天身上掃視著，鬢眉如利劍出鞘，爲他平添幾分威嚴。

額頭中央一點藍色的珠子閃爍著藍芒，頭髮向後平直地豎起，彷彿一柄開鋒的大刀，頭上帶著一頂金冠，沒有放出任何的光芒，彷彿在沉睡之中。

寬大的祭司長袍無風高高揚起，一身緊衣將他的體格恰好地呈現出來。

金冠大祭司皺皺眉頭，眼前這名翅爵明顯地對他沒有一絲懼怕，雙眼仍然是炯炯有神地流露出狂放之氣，居然還是個禿頭。他隨意地擺擺手，說道：「蟲族萬年來都不敢對我們高貴的鳥族有什麼不軌之心，你稟告了難道就讓本祭司派兵去將蟲族滅掉？哼！黑雕城怎麼盡做些杞人憂天之事。」

楚天心頭無名火起，他能感覺到金冠大祭司的力量等級接近王級，自己根本就不是對手，更何況他現在處在聖鸞城，一個不小心就會人頭落地。所以他只能隱忍地恭敬說道：「金冠大祭司力量驚天，區區蟲族又何足掛齒，是我們黑雕城太過擔心了。」

金冠的臉色稍微好點，說道：「你們既然是千里過來，就不妨在這裏多待幾天再回去吧！就說是本祭司同意的，好了，你下去吧！」

「哼！要不是老子得靠你們才能得到寶藏，我會看你的顏色行事？爺爺的，老子要獲得更強大的力量，定要看著你們對我臣服。」楚天退出庭院，向神殿外走去，心裏更加迫切地想要得到力量。

第九章 鷸蚌相爭

從神殿出來，特洛嵐迎上去，問道：「楚天，你見到金冠大祭司了？」

楚天沒好氣地說道：「就是那個眉心上有個藍點的金冠大祭司，傲慢得很。喂……特洛嵐，你幹嗎？」

特洛嵐神色迷惑，不停地自言自語著。楚天拍打他一下才回過神，說道：「眉心藍點是鯤鵬一族的象徵，金冠大祭司怎麼會是代表著王權的鯤鵬一族擔任的？」

楚天不解地說道：「難道你們鴕鳥一族的祖宗十八代心法沒告訴你這些？還有，聖鸞城裏流行眉心點珠子？怎麼沒有引領潮流呢？」

特洛嵐不理會他的話，自顧自說道：「鯤鵬一族在象徵神權的聖鸞城神殿擔任金冠大祭司，看來神王兩權已經開始相互制肘了。」

楚天大大咧咧地說道：「他們內亂最好，老子巴不得他們現在就亂起來，我們就可以借機進入寶藏入口了。」

特洛嵐拍了一下楚天的腦袋，說道：「你不是一向都以陰謀家自詡的嗎?他們現在不亂，難道你就不能讓他們亂?」

楚天一拍額頭，驚醒道：「是的啊!老子怎麼就沒有想到呢，難道我現在越來越純潔了?特洛嵐，你的思想怎麼這麼邪惡啊!」

特洛嵐差點憋死，沒好氣地說道：「你要是純潔，這世上的鳥人都是聖人了。」

楚天嘿嘿直笑，問道：「伯蘭絲和崽崽呢?」

特洛嵐指了指神殿，說道：「剛才伊格納茨聖女出來，要帶吉娜去參觀，結果崽崽也要跟著去。伯蘭絲要照顧崽崽，也跟著去了。」

楚天笑罵道：「崽崽還真有我的風範啊，一見到美女就什麼都忘了。」

特洛嵐說道：「這話你只能在我面前說，要是讓伯蘭絲聽到，不死也要脫層皮。」

楚天哼地一聲，說道：「本來就是!」

特洛嵐正色說道：「楚天，我們應該怎麼樣才能到鳥神的雕像下面去?」

楚天白眼一翻，說道：「你問我我問誰去。這雕像這麼大，我到現在都還沒有看到什麼機關之類的東西。」

特洛嵐沒心思跟楚天鬥嘴，面上現出憂色，說道：「我們在聖鸞城也待不了多久，要是不趁著這個機會進去，恐怕以後就難了。」

楚天擺擺手，說道：「我們先去逛逛，看看神殿有什麼值錢的玩意，就算找不到寶藏，搞點東西下去賣了也能賺點錢花花。」他雖然是在說笑，眼神中卻沒有一點笑意，露出的只有思索的目光。

特洛嵐也不好說什麼，歎了口氣，走在楚天的右側。坎落金和坎落黑向來話語不多，一聲不響地跟在楚天的後面。

楚天走著走著，突然沒來由地問道：「坎落金，以你現在的力量，能不能將鳥神的雕像移動？」

坎落金自從修煉了獸動八方之後，語言方面的天賦也漸漸顯露，已經能流利地說出鳥語，他恭聲說道：「主上，要是雕像沒有下禁咒的話，我隨便就能搬動。」

楚天點點頭，便不再言語。特洛嵐突然感覺到楚天身上散發出一股睿智的氣息，他搖搖頭，表示不可能。

「你們不能隨便在神殿裏走動！」前面響起一個聲音。

楚天一愣，擡頭一看，兩名身穿白色戰甲的人站在他們前面。

右邊的人虎背熊腰，身材極其高大，比楚天都要高出半個頭來，手上拿著弧形的羽器。左邊的人身材雖然比不上右邊人的高大，但也是不矮，眼神凌厲。

他們的眉心都有著黃色珠點，顯示著他們的身分。

楚天碰碰特洛嵐，小聲地說道：「特洛嵐，他們也是鳳凰？」

特洛嵐點點頭，說道：「他們的身分應該是神殿的神武士，聖鸞城神殿的神武士都是鳳凰一族，極少有外族擔任。」

楚天不由好奇地問道：「那天鬥士呢？不是還有天鬥士的嗎？」

特洛嵐正要答話，那兩名神武士見楚天他們居然不把自己放在眼裏，還在那裏小聲地嘀咕著，他們身爲神殿的神武士，哪裏受過這種待遇，不由臉色一沉。

右邊的人說道：「跟你們說話聽到沒有，神殿裏不准其他低下種族閒逛！」他以靈禽力探查楚天體內的力量，卻發現他體內空空沒有一絲靈禽力，不由放肆起來。

楚天眼色一冷，沉聲對特洛嵐說道：「特洛嵐，難道他們沒看到我現在的身分嗎？」

特洛嵐心裏被神武士傲慢的話語所激怒，說道：「楚天，你是被金冠大祭司准許在神殿裏閒逛的，哪個不長眼睛的居然敢懷疑金冠大祭司的話。難道他們沒看到你已經完全幻化成人形了嗎？」

楚天這才正眼看著兩名神武士，說道：「神武士？不錯啊，誰是低下的種族？你在懷疑金冠大祭司的眼光嗎？高貴的鳳凰一族！」他故意將高貴兩個字咬得極重，眼神輕蔑地看著他們。

兩名神武士臉色一變，左邊的看起來頗爲沉穩，說道：「金冠祭司既然准許你們在神殿閒逛，難道就沒有派人帶著你們嗎？」

右邊的性格比較急躁，立馬說道：「金冠祭司？哼，鳳巢大祭司都沒有發話。」說到一半，突然像是醒悟，住口不言。

楚天眼睛一亮，「嘿嘿，原來我的猜測是對的。」他朝特洛嵐使了個眼色，示意他不要著急。

特洛嵐看著楚天眼神中的奸詐，知道他現在不是衝動之人，也就任由他去。

楚天咳嗽一聲，說道：「我們本來有個鳳凰神侍帶路的，可是金冠大祭司叫我們不用她帶路，就讓我們自己閒逛。怎麼，金冠大祭司的決定，你們還有什麼懷疑嗎？」

他話一說完，右邊的人就急躁起來，說道：「金冠祭司越來越放肆了，唐納德，我們去稟告鳳巢大祭司，居然敢無視我們鳳凰一族的神侍。」

特洛嵐心裏一喜，對楚天能這麼準確地把握鳳凰一族與金冠大祭司之間不和並且加以利用非常讚賞，看來，這聖鸞城是要亂了。

唐納德眼中厲芒一閃，卻還是猶豫著說道：「他們說的還不知道是不是真的，金冠祭司一向都目中無人，仗著他是從鯤鵬城過來的，一直明目張膽地與鳳巢大祭司作對……」

「金冠大祭司力量通天，豈是你們能在背後議論的。」楚天他們背後突然傳來一陣急促的跑步聲，一個響亮的聲音如雷般在他們的耳邊炸開。

楚天心裏一驚，回頭望去。

特洛嵐早已看清場上的一切，他附在楚天的耳邊說道：「居然是神殿的天鬥士，看來他們是擁護金冠大祭司的。」

楚天低低地一笑，說道：「來得正好，我們是時候挑撥一下了，伯蘭絲她們怎麼還沒回來，這可是進入寶藏入口的好機會。」

特洛嵐笑笑，說道：「要她們回來還不簡單，你別忘了我跟伯蘭絲可是夫妻，現在還不是時候，伯蘭絲身邊的聖女也是一個棋子，必要的時候可以利用她幫我們脫身。」

楚天一陣奸笑，說道：「還是你毒！你演技怎麼樣啊？」

特洛嵐露出一個明白的笑容，點點頭說道：「我的祖宗十八代心法可不是蓋的。」

他們說話間，幾名天鬥士已經來到楚天前面，正在跟兩名神武士爭吵。

天鬥士中一名頗爲帥氣的男子上前一步，說道：「唐納德，是你們剛才在詆毀金冠大祭司？」

唐納德眼神中閃過一絲驚慌之色，猶自強硬地說道：「金冠祭司居然看不起我們鳳凰一族的神侍，我說幾句怎麼了。艾德文，你別太囂張了。」

被稱為艾德文的男子微微一笑，眼神中透出濃濃的戾氣，說道：「金冠大祭司行事自然有他的道理，你就說說祭司大人怎麼看不起神侍了？」

唐納德身邊的暴躁神武士怒道：「艾德文，你們鯤鵬一族在我們聖鸞城裏橫行無忌，鳳巢大祭司寬仁，不跟你們計較，我艾略特就看不慣，有種我們就公平決鬥！」

艾德文陰陰一笑，說道：「艾略特，誰不知道你是神殿神武士中第一高手，百年來被鳳巢大祭司親自祝福的第一隻鳳凰，可惜啊可惜……」後面連念幾句可惜，不知道的人還以為他是真的替艾略特可惜，可是在場的誰都能聽出其中的諷刺意味。

艾略特一愣，繼而怒聲說道：「什麼可惜，艾德文，你給我說清楚。」

艾德文笑著說道：「可惜再怎麼祝福，這腦子也不開竅，哈哈……」

原來艾略特雖然在修煉上造詣是神武士中最高的，卻是個榆木腦袋，一根筋，不太會說話。艾略特一張臉漲得通紅，怒目望著艾德文，半天說不出一句話。

特洛嵐也不知是有意還是無意地輕聲說道：「鳳凰一族是沒有了萬年前的血性，居然變得會隱忍起來呢！唉，真讓人失望。」

這句話無異於導火線，艾略特怎麼能被兩個他認為是低下種族的鳥人瞧不起，他怒喝一聲，手上的弧形羽器突然變大，放出刺眼的金芒，不斷地旋轉著呼嘯出割膚的風刃。所有的天門士亟亟向後退去，顯然是對艾略特的羽器頗為忌憚。

艾德文雖然在向後退，嘴裏卻是不肯饒人，猶自說道：「艾略特，你的高級羽器天宇散光輪還真是能造風啊！我們兄弟幾個正覺得涼快呢，多謝多謝！」

艾略特臉皮漲紅，他的高級羽器天宇散光輪能呼嘯風聲，聚集利風化成風刃鋪天蓋地擊殺對手，哪裏受過這種閒氣，不由右手高舉，天宇散光輪被高高托起，在空中不停地旋轉著，厲風在一瞬間彷彿被鍍上了一層黃芒，形成一片片弧形的刀刃向艾德文飛去。

特洛嵐低聲說道：「這艾略特的力量應該到了銳爵前期，看來這艾德文有危險了。」

楚天冷眼旁觀，聽到他的話，不由笑著說道：「這不是很好嗎？現在我們想要的是神殿越亂越好，不知道鳳巢大祭司知不知道這裏的情況，他應該不會親自出面，那樣的話，估計他只會責罰親近己方的神武士，嘿嘿，又有神武士過來了。」

特洛嵐輕笑著說道：「要是艾德文早點出手的話，兩名神武士早就躺下了。雖然那樣做會受到責罰，但是在金冠大祭司面前的身價就會在無形之中提升。呵呵，現在的話，他們要是不贏，估計不但要受到神殿的責罰，還得受金冠大祭司的責罰。」

楚天眉頭一皺，說道：「我感覺到有兩股強大的氣息在窺探這裏。」

特洛嵐一驚，說道：「楚天，在神殿裏，你最好不要釋放出自己本身的靈禽力，那樣很容易被鳳巢大祭司發覺的。」

楚天敲擊著額頭，說道：「不是我要探查，是他們的力量太強，我體內的靈禽力不由自主地向外發出力量。不過他們都互有顧忌，並沒有感覺到我的力量。哼！一股是我之前見過的金冠大祭司，那另外一股應該就是鳳巢大祭司了。」

特洛嵐皺著眉，說道：「趁著他們注意場上的情況，我把伯蘭絲她們叫回來，去神殿鳥神雕像處。」

楚天點點頭，說道：「好，你叫她們過來，現在場上還不夠亂，我來助把興！」

特洛嵐閉上雙眼，渾身藍芒一閃而逝，然後睜開眼睛，說道：「好了，伯蘭絲現在跟我的心意相通，我腦子裏的一切她都知道了，現在她們應該向鳥神雕像去了。」

楚天突然說道：「特洛嵐，那你腦子裏的一些想法豈不是全都讓伯蘭絲知道了？完了，等等你死定了。」

特洛嵐當即怒道：「楚天，你別拿你腦子裏的齷齪想法來猜測我腦子的純潔想法，快去製造你的混亂吧！爺爺的，老子都被你氣死了。」

楚天大笑，隨即雙眼厲芒一閃，注視著場上每一個武士。

艾德文雖慌不亂，嘴角笑意不減，雙手凌空虛抓，只見他雙手金芒閃過，在他雙手前面憑空出現一枚巴掌大的金色盾牌，隨著天宇散光輪上風刃不斷呼嘯過來，艾德文面前的金色盾牌迅速張大。

在黃芒風刃迫近艾德文的時候，金色盾牌已經完全張開，將風刃全部擋在外面，傷不了他半毫。

金色盾牌上金芒四射，卻是剔透得讓人只感覺到這一片空氣是金黃色的。

楚天混跡在艾德文這邊的天鬥士身後，感覺到從神武士那邊的神殿裏傳出的氣息明顯漲大了幾分，隨即又壓下。

他不由暗暗好笑：「爺爺的，這鳳巢大祭司肯定是被氣暈了，老子還以爲這天宇散光輪能將天鬥士傷上幾個，沒想到卻是碰上剋星了。」

神殿裏，一個陰沉的聲音輕輕響起：「好一個金冠，居然從鯤鵬城調出了克制天宇散光輪的高級羽器日精薄風盾，哼！看來現在鯤鵬城對我們聖鸞城是又要有所行動了！」

艾略特大吃一驚，此時他身後已經多了幾十名同樣的鳳凰神武士，正虎視眈眈地看著對面的天鬥士。

艾略特面色迅速恢復平常，雙手猛地一撐，渾身的力量完全爆發，在他的身後隱隱現出一隻巨大的金黃色鳥！

楚天心裏一緊，腦子不斷流轉著對這隻金黃色大鳥的記憶。

「呵，鳳凰，鳳凰，鳳凰一族嫡系的真身，萬年了，終於又見到幻化真身的鳳凰了。」楚天面上帶著笑意，可是眼神裏卻充滿了殺機。

艾德文冷冷一笑，身子一矮，渾身力量瞬間爆發出來，與艾略特不同的是，他身上的金芒帶著一點點灰色，而且在一瞬間就已經幻化成——鯤鵬！

鯤鵬是這個世上的王者，他們的原身非常大，據說鯤鵬一族的王者所特有的種族異能，能瞬間讓他們的身子變大，將天地都遮掩住。

而這種種族異能，正好是孔雀一族的剋星。

鯤鵬一族擁有各種不可思議的種族異能，能克制其他天空之城中鳥族的種族異能，但這些也是建立在他們力量的基礎上。

艾德文所幻化的鯤鵬體型大概兩米左右，翅膀上的羽毛呈現出一種陰沉的紫色，喙上猶如被鍍上了一層淡淡的金色，雙眼金中帶紅，透出陰鷙的光芒。

金冠大祭司站在庭院中的涼亭裏，嘴角彎起一絲冷笑，自言自語道：「鳳凰？哼！天下就只有我們高貴的鯤鵬一族才配執掌這天下，鳳凰，都給我滅吧！」

隨著他雙手緊握成拳，艾德文面前的日精薄風盾也隨之光芒大漲，形成一個豎直的光幕，就像是一柄利器一般橫檔在兩方之間。

艾略特身後的唐納德緊張地說道：「日精薄風盾不僅能吸收一切的風刃攻擊，還能將所吸收的攻擊積蓄，再蓄勢反擊，兄弟們。大家要小心，這些鯤鵬天鬥士侮辱我們偉大的鳳巢大祭司，我們把他們給滅了！」

他說的話極具煽動性，所有的鳳凰神武士馬上幻化成鳳凰真身，同仇敵愾起來。

鯤鵬天鬥士也不甘示弱，紛紛大喝著幻化出鯤鵬原身，兩方在日精薄風盾形成的光幕兩邊紛紛喝罵起來。

楚天暗暗好笑：「這就是聖鸞城的侍衛，居然能將各種低俗的髒話罵得順溜溜的，還真不是一般的高手啊！」

整個神殿外，台階前一片空曠的廣場本是爲朝拜的鳥人們準備的，沒想到現在居然被用來決鬥。

特洛嵐輕輕碰了楚天一下，說道：「好了，伯蘭絲將她們全部都帶到神殿的鳥神雕像前了，你探查一下鳳巢和金冠兩名祭司的靈禽力鎖定在哪裏？」

楚天點點頭，雖然他心裏恨不得將在場所有的鯤鵬和鳳凰全部都殺光，但是他也知道憑著自己現在翎爵初期的力量根本就辦不到，就算是擁有頂級羽器大日金烏的他也是不行，更何況還有兩個虎視眈眈的大祭司。

他運轉體內靈禽力，小心翼翼地探查著，半晌才說道：「他們的注意力不在我們這邊，好了，我們去神殿，千萬別使用靈禽力走，要不然肯定會被發現的。」

特洛嵐點點頭，帶著兩隻飧豹率先向神殿裏走去。

楚天敲擊著額頭，眼中厲芒閃過，修煉過鄙鑾戰空變的他可以隨意模仿各種術法，現在，他將讓神殿徹底陷入一場決戰之中。

他雙手平胸而放，手上慢慢散出淡淡的金芒，不一會，他的手指不斷彈動著，手上覆著的金芒越跳越快，漸漸在空中形成一個個小小的波紋，並且向鯤鵬中慢慢擴散。

楚天做完這一切，嘴角彎起一絲殘酷的冷笑，一轉身向神殿一步一步地走去。

等到他走到神殿門口，看到特洛嵐在向他招手，不由微微一笑，右手猛地向下一放。

隱藏在鯤鵬城中央的金色波紋突然連成一個個平面，向四周蕩漾開來，凡是碰到的鯤鵬無一不慘叫連連，紛紛向四周躲閃，嘴裏不停地喝罵道：「好卑鄙的鳳凰神武士，居然用幻電金波偷襲我們，兄弟們，跟他們拚了，是他們先動的手，上啊！」

一時間，整個神殿外的廣場上羽器紛飛，各種光芒大放異彩，天空彷彿也被染成了七色，成了色彩的海洋。

「天鬥士居然真敢在聖鸞城的神殿裏動手，簡直就是不把我們高貴的鳳凰一族放在眼裏，哼！本祭司現在就出去制止，要是哪隻鯤鵬敢反抗的話，格殺勿論！」鳳巢大祭司英俊的臉龐因爲憤怒而顯得異常的猙獰，眼中金芒遲遲不退，透出嗜殺的光芒。

「嘿嘿，鳳巢，你終究還是沉不住氣，本祭司就看你怎麼殺我們鯤鵬一族的天鬥士，如果引來兩族紛爭，你這大祭司的位置恐怕要被你們鳳凰一族的幾個老頑固給搶去了吧！哈哈……到時候萬年來的鳳巢大祭司將會由我們鯤鵬一族來擔任，哈哈……」

金冠大祭司面上帶著令人恐怖的笑容，眼神裏透出的是對天下神權即將到手的貪婪。

楚天一走進神殿，便見到被伯蘭絲挾持的聖女伊格納茨，他用目光詢問伯蘭絲爲什麼要這麼做。

伯蘭絲輕聲地說道：「現在不是解釋的時候，我們先從鳥神雕像進入寶藏吧！」

楚天點點頭，他已感到鳳巢大祭司的殺機已起，要是再遲點的話恐怕就走不了了。他手上金芒一閃，劃過鳥神的雕像，說道：「沒有禁咒，坎落金，坎落黑，看你們的了。」

坎落金和坎落金應了一聲，雙眼之中血紅一片，走到鳥神雕像面前，分別端住雕像的兩角。

吉娜小臉煞白，在神殿裏被灌輸的思想告訴她，凡是動了鳥神雕像的人全部都會被鳥神所詛咒，終身都會被鳥神的使者追殺。

楚天看到吉娜的表情，笑著說道：「吉娜，沒事的，鳥神要是見到外面的那群神殿侍衛居然打起來，肯定會再氣死一回的，他沒時間來管我們的事。」

雖然早已聽過楚天的叛逆言語，吉娜還是一陣驚慌，小聲地說道：「楚大哥，你別說

了，我怕萬能的鳥神責罰你。」

楚天一怔，眼神中透出一絲感動，隨即恢復如初，笑著調戲說道：「吉娜，你這麼關心我，是不是想對我有什麼企圖啊？」

吉娜小臉通紅，說道：「都什麼時候了，楚大哥，你還這麼不正經。」

楚天笑著說道：「好好好，我不這個時候不正經，等我們進去找到寶藏之後我再不正經，嘿嘿。」

吉娜一陣羞澀，居然被楚天抓到語病了，她臉紅得像是被火燒，低下頭不說一句話。

伊格納茨雖然被伯蘭絲制住，口不能言，但是還是能看的，她驚奇地看著楚天，沒想到這個外表狂放不羈的男子居然能這麼花言巧語，心裏不由大是好奇，隱隱想要知道他口中所說的寶藏是什麼，居然會在鳥神的雕像下。

特洛嵐說道：「好了，坎落金他們將鳥神雕像移開了，我們看看入口再進去！」

楚天走上前，坎落金、坎落黑兩兄弟將高達幾米的鳥神雕像舉起。楚天的目力超群，能清晰地看清黑暗中的一切。

他湊上前，發現雕像下面只有一個可容一個人通過的方形入口，他輕聲地說道：「這裏有個入口，我先下去，要是你們見到有金光發出，就一個個進去。」

特洛嵐點點頭，說道：「要快！鳳巢大祭司應該到了打鬥現場了。」

楚天身子一縮，鑽了進去。不一會兒，裏面金芒閃現。

特洛嵐一見，說道：「先將崽崽送下去。」從吉娜手裏接過一臉迷糊的崽崽，塞進方形入口，朝裏面說道：「楚天，接好崽崽。」

隨後吉娜、伊格納茨、伯蘭絲都進去了，特洛嵐進去之前說道：「坎落金，你將雕像舉起，等我們全部進去，要將雕像放好，千萬別移錯地方。」

坎落金點點頭，用生硬的鳥語說道：「你放心，主上的任務我一定會辦好的。」

楚天走在最前面，只能容得一個人彎腰行走的地道狹窄，而且傳出一股陳腐的氣味。他撅著屁股向前艱難地行走著，嘴裏不停地罵道：「爺爺的，這地道搞得一點都沒有水平，居然這麼窄，老子都被擠瘦一圈了。」

後面的崽崽因爲身材細小，根本就沒有什麼阻隔，一搖一晃地向前走著，看到楚天翹起的屁股，心裏一陣鬱悶，但是還是很乖地與他保持一點距離向前走著。

才走了幾步，楚天就突然停下，崽崽一個措手不及，熱臉就貼上了楚天的冷屁股。他大怒，向後退了一步，擡起腳就是一踢，正中楚天的肥臀。

楚天一聲慘叫，向前猛地一躥，就聽到「撲通」一聲，水花四濺。

崽崽伸伸舌頭，面前是個出口，一陣炫目的光芒照耀過來，剛才楚天停頓就是因爲要觀察清楚外面的情況，沒想到被崽崽這一腳，什麼都不用看，就直接掉下去了。

外面是壯觀的色彩聚會。

通道的盡頭是一處別有洞天的仙境，各種晶瑩剔透的石頭懸掛在頂上，點點晶芒閃爍著，射入眼睛裏讓人有種悅目的感覺。

由於地面上的水勢波動變化，反射到空中懸掛著的石頭就像是霓虹燈般，不斷地變幻著各種迷人的色彩。

楚天正躺在地面的水面上，瞪著眼睛望著探頭出來觀望的崽崽。

崽崽吐吐舌頭，從上面飛下來，在楚天周圍盤旋著說道：「媽媽，崽崽不是故意的，你屁股撅得太高了，崽崽一時忍不住就試著輕輕地踢了那麼一下。」

楚天浮在水面上，身子一點都不下沉，他笑著說道：「崽崽乖，老爸等等也輕輕踢你一下試試。」

崽崽看著楚天的笑容，小腦袋一甩，氣鼓鼓地說道：「媽媽真是小氣，不就是踹你一腳嗎?伯蘭絲阿姨，媽媽說要踢我屁股。」

雖然現在楚天的力量遠勝於伯蘭絲，但是在崽崽這一問題上被伯蘭絲壓迫久了，他一聽崽崽喊，馬上換了副很真誠的笑臉，說道：「崽崽乖，老爸跟你開玩笑的，崽崽這麼可愛，老爸怎麼捨得踢你呢，別叫你伯蘭絲阿姨了。」

崽崽得意地扭著屁股，在楚天周圍飛來飛去，突然很奇怪地說道：「媽媽，你怎麼不起來呢？水上很好玩嗎？」

楚天正要說話，吉娜一身雪白從洞口向下飛來，旁邊跟著的是聖女伊格納茨，兩人一白一紅，均是一樣美麗的面容，高雅的氣質。

楚天手一揮，示意崽崽讓開，張大嘴巴看著兩隻絕世的鳥人：「爺爺的，這才是傾國傾城呢。」

正在暗自幻想之際，吉娜看到楚天一臉的呆滯，不由輕輕一笑，翅膀揮舞，在空中翩翩而舞。

若說之前的吉娜是冰冷高貴的神侍，那麼現在的她就是清雅脫俗的美人。

伊格納茨依舊是冰冷的表情，但是楚天卻發現她看到吉娜舞動的時候，眼中流露出的驚豔。

吉娜飄落到楚天附近的岸上站好，笑著說道：「楚大哥，你怎麼不上來呢？」

楚天嘿嘿一笑，說道：「看到吉娜在空中翩翩而舞，差點魂都沒了，怎麼起來呢！」

吉娜俏臉一紅，幸好一路上楚天這樣的調戲也不在少數，讓她有了免疫，岔開話題笑著說道：「楚大哥，這裏是什麼地方呢？我們不是要找寶藏的嗎？怎麼會來到這裏？」

楚天苦笑著說道：「我也不知道這裏是什麼地方，但唯一可以肯定的是，這裏面絕對沒有什麼值錢的東西。」

「楚天，我還以爲你現在不俗了，怎麼還是動不動就提錢呢，你看這裏就像是仙境一般，你就不能欣賞欣賞？」特洛嵐直接從上面跳下來，笑著接話道。

伯蘭絲冷冷地說道：「他要是能欣賞風景，那全天下的鳥人都成翎爵了。」

伊格納茨有點擔心地看著伯蘭絲，在她看來，伯蘭絲的力量比起楚天要差得多，而在強者面前說話是不應該用這種口吻的。

楚天哈哈大笑，雙手在水面上拍拍，說道：「還是伯蘭絲瞭解我啊，特洛嵐，你跟我在一起這麼久，你見過我欣賞什麼東西沒？」

特洛嵐大笑，說道：「有，看到值錢的東西！」說話時他已經落到地面上，含笑望著伯蘭絲。

伯蘭絲臉上露出笑容，說道：「沒錯，他也只有見到值錢的東西時才會兩眼放光。」

楚天哈哈直笑，也不理會伯蘭絲話裏的諷刺意味，說道：「特洛嵐，你見多識廣，快點告訴我怎麼起來啊！」

特洛嵐一愣，說道：「起來？你飛起來不就行了？」

楚天苦笑著說道：「要是我能起來，你以爲我會在水面上躺著挨凍嗎？這裏的水不知道怎麼回事，我剛才被崽崽踹下來之後，就好像被黏在上面，根本就起不來。」

特洛嵐到楚天身邊蹲下來，右手輕輕地點在水面上。

他手指一碰水面，就感覺像是碰在了一團軟軟的物體上，整個水面不是分開的，彷彿是被一種不知名的物質給連在了一起，就像是地球上的果凍。

特洛嵐驚訝地道：「好奇怪的水！楚天你怎麼會起不來呢，我的手也沒被黏住啊！」

楚天搖搖頭，說道：「我只要一運轉靈禽力，就發現背面的水面空了，根本就沒有一個著力的地方，整個人就像是在不斷地下沉。」

伯蘭絲沉聲說道：「特洛嵐，你說這是什麼物質？我們的記憶裏好像從來都沒有關於這種物質的介紹！」

一直在旁邊靜靜站著的聖女伊格納茨突然說道：「這個應該就是我們聖鸞城裏最神聖的浣痕水。」

楚天聽後，一喜，大聲地說道：「聖女，你既然知道這種什麼什麼水的，應該有辦法知道怎麼樣才能讓我上岸吧？」

伊格納茨似笑非笑地望著楚天，使得她高貴清冷的臉龐多了幾分嫵媚，說道：「我是聖鸞城的聖女，現在被你抓過來，作爲一名俘虜，你應該知道怎麼對待俘虜的方法吧？」

楚天一愣，訕訕地說道：「你是俘虜？完了，聖鸞城的聖女被俘之後肯定是寧死不屈的，老子怎麼這麼倒楣啊！」

這下是伊格納茨愣住了，她好奇地說道：「閣下怎麼就倒楣了呢？我是你的俘虜，按照我們鳥族的規定，俘虜對主上是必須萬分服從的。」

楚天先是大悲，聽到她的話繼而大喜，所謂飽暖思淫欲，楚天想到伊格納茨既然知道怎麼讓他上岸，又是他的俘虜：「嘿嘿，老子現在不急著上去了，還是想想這高貴的聖女的那句話後面無窮無盡的含義吧！」

楚天想著，臉上自然又是一副淫蕩的表情，雙眼望著頂上的水晶，一個人在水面上搖晃著身子不停地幻想。

伊格納茨說完話，就等著楚天命令她把出來的方法告訴他，卻是久久都不見楚天說話，不由好奇地看看楚天。

楚天這副模樣，誰都能看出是在想著一件極其淫蕩的事情，伊格納茨一望便雙頰通紅，低下頭心裏暗想：「這人真是大膽至極，居然光天化日之下做出這等動作。」

吉娜離楚天最近，一見楚天這種動作，心裏一慌，趕緊向後退了幾步，雪白的翅膀無意識地搧動著，臉色漲得通紅。

伯蘭絲冷哼一聲，別過頭將崽崽抱進懷裏不讓他看。特洛嵐重重地咳嗽兩聲，手上靈禽力勃發，一股藍色的光芒擊在楚天的下體。

楚天一身慘叫，回過神來，看著周圍幾個人的反應，意識到自己在大庭廣眾之下做出了糗事，好在他思想裏的禽皇夠威嚴，再加上他的臉皮夠厚，臉不紅心不跳地說道：「意外，意外，剛才一不小心就想遠了，拿到寶藏之後我們就離開。」

特洛嵐嘲笑道：「楚天啊！難爲你在這種環境下還能想到這麼多的事。」

楚天點點頭，一副大義凜然的樣子，說道：「這是我該做的，特洛嵐，你跟我客氣什麼。」他現在的表情跟剛才幻想時的表情完全像是兩個人，不知道的還以爲剛才是幻覺。

特洛嵐既好氣又好笑，對伊格納茨說道：「那就請聖女告訴楚天怎麼樣才能上來！」

伊格納茨臉上紅色褪去，恢復往日的冷峻，說道：「體內所有的靈禽力不能有一絲的流瀉，全部聚斂到體內，再慢慢地站起來，走過來就行了。」

楚天一愣，拍拍額頭，說道：「就這麼簡單？難怪我的雙手能自由活動呢，原來是因爲手上的靈禽力消失殆盡的緣故。」

伊格納茨神情突然複雜起來，輕聲地說道：「聖鸞城裏的浣痕水怎麼會在這裏，而且居然有這麼多，就是把現在神殿裏所有浣痕水加起來也沒有這麼多啊！」

楚天知道上去的方法之後倒不急著上去了，聽到聖女的話不由奇怪地問道：「這浣痕水有什麼用呢？神殿裏這種水很珍貴嗎？」

伊格納茨歎了口氣，緩緩說道：「說起來浣痕水其實並不是一種水，只是跟我們日常所用的水很相近，這浣痕水在大祭司的術法之下能幻化出一滴滴像眼淚一般的珠子，再以術法植入敵人體內，那麼他的力量就不能釋放了。」

特洛嵐聽得出神，說道：「原來是這樣，難怪當年鳥獸大戰時，出現一種奇怪的現象，大批大批的獸族高手在短短的幾天之內力量不繼，原來是中了鳳凰一族的浣痕水。」

楚天奇怪地說道：「特洛嵐，你說什麼呢，獸族與鳥族敵對，怎麼可能讓鳥族這麼輕易地下毒。」

特洛嵐正要說話，伊格納茨歎了口氣，說道：「他說得沒錯，獸族戰敗中有一部分原因就是因爲浣痕水，當年鳳凰大祭司以碧翎煮海弩將浣痕水煉製，悄無聲息地送進獸族兵營，這才導致獸族高手不戰而敗。」

楚天眼神之中透出不屑神色，嘴裏卻說道：「好高明，好招，獸族萬萬不會想到一向以萬能的鳥神使者自居的鳳凰一族居然會使出這麼陰險的招數。我……禽皇當年要是能像鳳凰一族那樣，這個世界應該早就換主了吧！」

他說起禽皇，用的是我，隨即醒悟過來，改用禽皇，畢竟還是有外人在這裏。

伊格納茨臉色黯然，說道：「這是神殿裏的秘密，本來我是不能說的，可是不知怎麼搞的，就說出來了。我當初拚命修煉就是爲了進入聖鸞城的神殿，天下萬民仰望膜拜的神殿。可是結果呢，我來到之後發現裏面爭權奪勢，根本就沒有我想像中的那麼美好。」

她一口氣說完這麼多，胸膛起伏不定，俏臉抹上了一層紅色，在高貴之餘又增加了幾分嫵媚。

第十章 種族異能

特洛嵐驚訝地望了望楚天，發現楚天眼中射出兩道金色的光芒，將伊格納茨的眼神緊緊吸引，心裏想道：「看來楚天思想裏的禽皇力量已經甦醒大半了，他現在居然能使出禿鷹一族王者所能使用的種族異能攝心奪魄術。」

禿鷹一族的種族異能攝心奪魄術其實是萬年前禽皇自創的一種術法，能通過施術者體內的力量控制對方的思想弱點，引誘他們說出心裏想的一切。

楚天見伊格納茨雙眼突然暗淡無光，知道她是因爲心裏的夢想破滅受到傷害才會這樣，趕緊收回異能，裝作什麼都沒有發生一般，笑著說道：「我要上來了，趕緊尋找寶藏，不知道上面鯤鵬天鬥士和鳳凰神武士打得怎麼樣了。」

吉娜聽完身爲聖女的伊格納茨的話，心裏的最後一絲希望完全破滅，幸好她早就在楚天他們這裏知道了神權的卑鄙，所以心裏雖然難受，卻沒有伊格納茨那麼傷心。

伯蘭絲和特洛嵐將兩隻鳥人的神情看在眼裏，對視一眼，均想道：「看來這下我們又要多兩名盟友了。」

楚天從水面上出來，站到吉娜旁邊，輕聲地說道：「吉娜，你現在知道神權的卑鄙了吧！其實我們心裏都有一個夢想，可現實始終是現實，你一定要接受，不然淪爲他們的棋子就後悔也來不及了。」

吉娜感激地望著楚天，一時之間不知道說些什麼。

楚天被她要滴出水的眼神望得快要把持不住了，趕緊打個哈哈，岔開話題說道：「特洛嵐，把羊皮卷打開看看，我們尋寶要緊。」

在血虻沼澤的山寨的時候，楚天就把羊皮卷交給特洛嵐，想要通過他們家傳的記憶找到關於寶藏的記憶，可是一直都沒有頭緒，直到中途碰到鴨嘴獸王者奧斯汀告訴他。

特洛嵐從貼身的戰甲裏拿出羊皮卷，仔細地看了起來，這副羊皮卷他們三人看了不少於百遍，但是這個時候不能有一點的差池。

楚天敲擊著額頭，說道：「寶藏明明是在聖鸞城附近的大天池附近，我們現在是在神殿的鳥神雕像下，而且我們上來是通過陽光照射的彩虹橋，伯蘭絲，你知道大天池是在陸地上還是在天空之城上嗎？」

伯蘭絲皺著眉，說道：「按地理方位來說，大天池剛好在聖鸞城的正下方。」

楚天來回走動，嘴裏輕輕地說道：「那就奇怪了，奧斯汀說入口是在聖鸞城的鳥神雕像下，而寶藏卻是在大天池附近。」

特洛嵐說道：「這寶藏是禽皇藏的，奧斯汀應該沒有禽皇清楚，楚天，你確定是在大天池附近？」

楚天點點頭，說道：「嗯，這是不會錯的，阿爾弗雷德給我開啓靈智的時候，我腦子裏出現的就是這個寶藏的地點。」

特洛嵐指著羊皮卷說道：「你看，這羊皮卷上顯示的跟這個洞穴大同小異，說不定這上面就有。」

伊格納茨好奇地望著楚天，說道：「寶藏？你們說的是什麼寶藏？我在聖鸞城裏待了百年，怎麼沒聽說過大天池裏會有什麼寶藏。」

楚天笑著說道：「要是被你們知道了，那我還來找什麼，聖女，雖然你的身分高貴，但是你現在是我們的階下囚，我們的事似乎沒有讓你知道的必要！」

伊格納茨點點頭，並不生氣，皺皺鼻子，接著說道：「這浣痕水萬年前幾乎消失不見，而那時聖鸞城曾經被北大陸的禽皇佔據，我想這裏的浣痕水應該是被他弄進來的，那麼你們來尋找的寶藏應該就是他藏的，楚天，你說我說得對不對？」

「爺爺的，這聖女小妞還蠻聰明的，嘿嘿，你還別以爲我沒有在你的眼裏看出不自信。」楚天現在集成了大部分禽皇的思想，伊格納茨眼神裏一閃而逝的猶豫，他怎麼會看不出來。

楚天看著伊格納茨，笑著說道：「看來聖女很自信啊！不過也很聰明，我們要尋找的就是當年禽皇留下的寶藏。」

伊格納茨驚疑不定地看著楚天，楚天雙眼神采飛揚，綻放出強大的自信，彷彿在他的眼裏沒有什麼不可戰勝的事情，偉岸的身軀站得筆直，似笑非笑的臉上透出一股若隱若現的霸氣。

她沒想到楚天居然這麼輕易就把秘密告訴她，心裏在懷疑他話裏的可信度之外，還帶有著喜悅。

楚天突然飄到伊格納茨面前，在她耳邊輕聲地說道：「聖女，你笑起來可真美！」

原來伊格納茨想著楚天告訴她的話，不覺流露出一絲笑容，聽到楚天的話後臉色羞紅，轉眼便恢復往日的冰冷，可是眼神裏的驚慌卻出賣了她本來的鎮定。

楚天大笑著走到特洛嵐面前，將羊皮卷拿過來，看了半晌，重重地拍了特洛嵐的肩膀一下，說道：「哎呀，我忘了一件很重要的事了。」

特洛嵐以為他想到了什麼，面現喜色，說道：「快說，想到什麼了？」

楚天說道：「我忘了觀察這周圍的環境了，說不定能從這上面找到什麼蛛絲馬跡。」

特洛嵐額頭上冷汗一冒，雙拳緊握，好不容易克制住自己想要殺人的衝動，說道：

「楚天，那你就先看看周圍的情況吧！」

楚天點點頭，絲毫沒有感覺到特洛嵐殺人的眼光，眼中光華流轉，向四周望去。

洞穴裏除了頂上流轉著各色光彩的水晶之外，還有四周石壁上天然存在的雕刻。

楚天他們進來的通道正好處在東面牆壁的正中心，整個東面牆壁雕刻著一隻巨大的鷹，黑黝黝的洞口正好處在鷹嘴的位置。

西南北三面的牆壁上分別雕刻著三種不同形狀的展翅鳥類，楚天仔細辨認出牠們分別是鴨嘴獸、始祖鳥和海東青。

而浣痕水所處的湖面在洞穴地面的正中間，反射著光芒。

楚天皺著眉，他想到這個洞穴裏一個極其不合理的地方，可是認真一想，卻什麼頭緒也沒有。

特洛嵐見楚天的表情，不由說道：「楚天，你腦子裏有什麼頭緒？」

楚天擺擺手，並不理會特洛嵐的話，嘴裏自言自語地說道：「奇怪，不妥，到底是在哪裏呢？」

五王作亂，現在只有四王在石壁上存在，那麼還剩下的蝙蝠王在哪裏呢？難道是他早早地就叛亂了？可是奧斯汀並沒有告訴他這些啊！

楚天皺著眉，右手不斷敲擊著額頭，整個人散發出一股氣勢，讓人不知不覺之間就隨著他的表情而動。

特洛嵐和伯蘭絲相視一眼，靜靜地等著楚天想清楚。

楚天腦子裏突然靈光一閃，是了，光線，蝙蝠不能見光，而四面的石壁上都是可見光的鳥中之王。

「光，光，光！」楚天嘴裏無意識地喊著。

特洛嵐望了望四周，突然大聲地說道：「楚天，這裏應該是個密封的洞穴，怎麼會有這麼強烈的光線呢？」

楚天一驚，想到問題的關鍵，大笑著說道：「浣痕水，浣痕水，哈哈，真是成也是你敗也是你啊！」

吉娜看著楚天，不解地問道：「楚大哥，你沒事吧！聖女，這浣痕水能讓人神志不清嗎？」

伊格納茨搖搖頭，說道：「那倒不會，他這個樣子應該是因爲想到了一些事情吧！」

楚天一閃，又來到伊格納茨面前，幾乎臉貼著臉道：「還是聖女知道我的心思啊！」

這話一出，吉娜臉色黯然，湧出無數種感覺，卻是心裏一顫的結果。而伊格納茨則是俏臉含怒，可是她眼神裏卻帶著一絲莫名的驚喜。

楚天並不理會伊格納茨接下來的反應，大笑著對特洛嵐說道：「特洛嵐，我們得冒個險了。」

特洛嵐這個時候怎麼不瞭解楚天的意思，笑著說道：「楚天，你明明知道那裏是唯一的出路，莫非你想試試我的膽量？」

兩人相視一眼，同時大笑。

崽崽在伯蘭絲的懷裏瞪大眼睛看著楚天，大聲地說道：「媽媽，你跟特洛嵐叔叔兩人在做什麼呢？笑得這麼開心，崽崽也想知道。」

楚天笑著說道：「崽崽，我們找到寶藏了。」

小可愛愣了一下，突然大笑了幾聲收聲，嘟囔著小嘴說道：「這有什麼好笑的，真是的，讓崽崽白開心一場。」

這下楚天和特洛嵐同時愣住了，兩人面面相覷，楚天訕訕道：「小孩子……」

特洛嵐正色說道：「楚天，我們兩個誰先下去。」

楚天笑著說道：「還是我先吧！你有老婆，萬一你去了，那你老婆怎麼辦，哈哈……」

特洛嵐笑罵道：「到時候別說我不努力找寶藏，滾下去吧你。」

伊格納茨吃驚地說道：「楚天，你要沉到浣痕水下？」

楚天點點頭，看著伊格納茨笑著說道：「不下去怎麼找寶藏？」

伊格納茨素手一指，說道：「你就這麼肯定寶藏在水下面？」

楚天搖搖頭，說道：「寶藏一定不在水下面。」特洛嵐接口說道：「但是要找到寶藏就一定要下水。」

楚天雙手劃出一個大大的金圓圈，將自己全部包裹在其中，縱身一躍，向浣痕水湖中跳去。

伊格納茨歎了口氣，說道：「將體內的靈禽力全部逼出，讓浣痕水吸收靈禽力時產生的吸力將自己吸進水裏，恐怕也就只有他敢這麼做。」

特洛嵐語氣之中帶著歎服，說道：「禽皇寶藏，真的是只留給擁有超人膽識的人，單是下水這一樣恐怕就會讓許多人望而卻步了。」

說話間，楚天已經完全不見蹤跡，湖面又恢復平靜，看不出有人進去過。

過了半晌，特洛嵐見楚天還沒上來，不由面現焦急神色，雙眼透出藍芒，直射湖面。

伊格納茨素手一揮，一道白色的光芒形成一道光幕將特洛嵐凝聚的藍芒給擋下，說道：「浣痕水能以極快的速度將靈禽力吸收，並且溶進水裏，現在楚天在水裏，我們還是再等等吧。」

特洛嵐心裏驚訝於伊格納茨的靈禽力修煉，但是卻不露出一絲痕跡，點點頭，說道：

「現在也只能這樣了。」

吉娜緊張地望著湖面，一顆心都提到嗓子眼了，心裏默默地想道：「怎麼這麼久還沒見楚大哥上來，會不會出什麼事了。」

崽崽望著水面，眨巴著眼睛說道：「媽媽怎麼掉進水裏連氣泡都不冒個。」

伯蘭絲笑著捏捏小可愛的鼻子，說道：「你老爸本來就是個怪胎，崽崽你可千萬別學你老爸的德行。」

話音一落，湖面蕩漾出一圈圈波紋，緊接著浣痕水向兩邊分開，楚天從中緩緩升起，臉上掛著笑容，說道：「是誰在背後說我壞話的了，害得我在水裏連打了幾個噴嚏。」

楚天站在水面上，兩邊的水痕不斷地湧動著，彷彿在對楚天俯首稱臣。他偉岸的身軀在水面上顯得異常的完美無缺，帶著微笑的臉龐在光芒的反射下映襯出一股超然脫俗的傲世之氣，雙眼時而迸射出金芒，使得他更加威嚴，刀鋒一般的眉髮上的光頭使他整個人顯得狂放不羈。

特洛嵐笑罵道：「楚天，現在不是擺酷的時候，還是快說說下面的情況吧！」

楚天走上岸，笑著說道：「我就奇怪，剛才聖女說過浣痕水稀少珍貴，那就是說整個聖鸞城裏也不會有太多，而這裏居然會有這麼多的浣痕水，我剛才下去，發現下面根本就是水。」

伊格納茨臉上綻出笑容，說道：「楚天，你這話就奇怪了，我忘了告訴你，浣痕水是不能與其他水質共存的。」

楚天搖搖頭，又點點頭，說道：「話雖然是這麼說的，在兩者之間隔上一層奇怪的物質就行了。」

伊格納茨說道：「應該是這樣的，我現在有點想不通了，爲什麼你們把我抓過來。」

楚天笑著說道：「我若是說我看上你了，你肯定不信，其實我也不知道怎麼就把你給帶過來了，不過也好，起碼你剛才幫了我個大忙。」

伊格納茨怔了一下，繼而莞爾一笑起來，說道：「你這個人真有意思。」

特洛嵐插話道：「楚天，現在時間恐怕不是很多，神殿現在應該發現我們不見了，彩虹橋又是由祭司感知的，我們要抓緊時間。」

楚天臉色一整，渾身不覺漲出一股霸氣，淡淡地說道：「好！崽崽交給我抱，你們都記住，浣痕水只有一層，下了之後就得將體內的靈禽力釋放，以保證我們能在水底行動。」

伯蘭絲將崽崽塞到楚天的懷裏，說道：「崽崽體內的靈禽力已經漸漸露出端倪，你看著點，別讓他出什麼事。」

楚天笑著說道：「這個沒問題，我可以與他的氣息相通。」說完就走到吉娜面前，說道：「吉娜，你還是在我身邊待著，萬一有什麼事我好照應你。」

吉娜點點頭，心裏升起一絲甜蜜，一掃剛才的失落，說道：「謝謝楚大哥，我會照顧好自己的。」

楚天一一交代清楚，帶著崽崽鑽進湖裏，眾人緊隨其後。

浣痕水連在一起，形成半透明狀，楚天他們將靈禽力全部釋放出來，只感覺一股清涼包裹著全身，拉著自己慢慢下沉。

過了浣痕水，就是一道有如實質的薄膜，一碰到靈禽力所釋放出來的力量便被撕開，接著下層的淡水被靈禽力逼開向兩邊散去。

穿過薄膜，刺眼的光芒映射進各人的眼中，淡水清澈，不斷的波動使得光芒蕩漾著。

楚天現在擁有翎爵的力量，在水裏說話依舊能清清楚楚地傳進各人的耳裏。

他說道：「你們現在跟著我，下面有一股頗為強大的吸力，應該就是寶藏的入口。」

特洛嵐拉著伯蘭絲的手，吉娜被楚天拉著手，眾人緊緊地跟在楚天的後面。

楚天運轉體內靈禽力，一道光圈將四周的水避開，渾身金芒將他們籠罩在其中，慢慢向前移動。

向裏行了一段距離，楚天就感覺到底下傳來一股吸力，將他們向下拉去。

特洛嵐說道：「禽皇所在的天弋城進入的方法是以水成柱，難道這裏要我們以水成柱下聖鸞城？」

楚天點點頭，沉聲說道：「這也算是個天大的秘密，聖鸞城一向都以爲他們的防禦是牢不可破的，要是知道自己的眼皮底下居然會有另一條通道，肯定又會是一場混亂。」

現在的楚天逐漸吸收了禽皇的思想，考慮問題開始全面而縝密，而且性格也開始讓人捉摸不定。

伊格納茨再也掩飾不住心裏的震驚，說道：「禽皇的心思還真是深沉，他雖然叛亂失敗了，但是留下了大批的寶藏，現在又有這個進入聖鸞城的方法，而佔據天下鳥族最尊崇的聖鸞城，起碼可以引來半數的鳥族。」

楚天眼中金芒閃過，冷冷地說道：「這一切還不是被逼的，神王兩權不仁不義，禽皇能怎麼辦？」

伊格納茨怔住，她搞不懂楚天爲什麼這麼痛恨神權，居然說出這麼大逆不道的話。她怎麼也猜不到真正的禽皇現在就在楚天的體內，只能歎了口氣，也不與楚天爭論。

吸力越來越大，楚天乾脆全身放鬆，體內九重禽天變心法自如運轉，開始吸收元力，及時補充體內的靈禽力。

周圍的金芒將眾人掩蓋，推動著大家跟在楚天身邊。

特洛嵐感覺到楚天體內靈禽力的變化，心裏又驚又喜，想道：「楚天現在的靈禽力有如實質地散發到體外，帶動著我們體內的靈禽力，看來他漸漸就要突破翎爵前期了。」

崽崽一雙漆黑的眼珠滴溜溜直轉，水裏的世界還真是奇妙，外面的光線像是被切開了一般一圈一圈地折射著光芒，萬千色彩重疊在他的眼前。

小可愛不停地拍著翅膀，說道：「媽媽、媽媽，這水裏好好玩，以後你要經常帶崽崽到水裏玩玩。」

伊格納茨身爲聖女，自然早就感覺到崽崽身上不同於眾的高貴氣質，更是清楚地知道楚天和崽崽之間沒有血緣關係，可是對於崽崽這個小黑球叫楚天媽媽始終是不明所以。

伯蘭絲就在伊格納茨身邊，從伊格納茨的表情上猜到她心裏的疑惑，不由說道：「崽崽出生的第一眼看到的是楚天，所以楚天就只能做崽崽的媽媽了。」

伊格納茨臉上露出笑容，說道：「楚天堂堂的一個男子，居然被人叫做媽媽，呵呵，他就不能讓崽崽改口叫他爸爸？」

前面的楚天歎了口氣，說道：「你以爲我不想啊！我都跟他說了百遍，可是崽崽前嘴答應，後嘴就又叫媽媽了，我除了認命還能怎麼辦！」

突然，眾人眼前閃過一道刺眼的光芒，楚天輕聲說道：「注意了，這道光芒應該就是通往下面的通道了。」

光芒閃過，接著處在最前面的楚天眼前一黑，所有的水彷彿是瞬間被抽乾了一般消失不見，底下出現一大片的白色霧氣。

楚天驚訝地說道：「雲！怎麼會有雲？」

伊格納茨也同時驚呼道：「這裏應該是聖鸞城的下方了！」

眾人還來不及驚訝，那些憑空消失的水又一次突然出現，巨大的水流磅礴下瀉，激起風聲大作，偶爾濺出的水珠打在楚天的臉上冰涼沁骨。

伊格納茨眼中驚奇神色久久不能消去，輕聲說道：「浣痕水！好大的手筆，居然用浣痕水來架構從聖鸞城通往下界的另一條出路。」

楚天腦中靈光一閃，笑著說道：「除了禽皇，恐怕也沒有其他鳥人有這種聰明才智，能在天空之城弄出這麼一條通路了。」

特洛嵐沉聲說道：「當年禽皇一方面是想通過這條路方便後人去取寶藏，另一方面便於後人從這條路上來奪取聖鸞城吧！」

楚天點點頭，說道：「聖鸞城爲天下鳥人頂禮膜拜的源地，要是聖鸞城被奪，天下鳥人十有八九是會歸順的。唉！可惜我們現在沒有這個實力，不然倒可以試試。」

吉娜從雲間向下望去，蒼茫的綠色大地盡收眼底，心裏既是害怕又是興奮地說道：「楚大哥，這裏好高啊！」

楚天笑著應答吉娜的話：「吉娜，我們可是站在聖鸞城的背面，是站在天上。」

吉娜小臉通紅，笑著道：「我在丹姿城時從來沒有出過神殿，原來這麼好玩啊！」

特洛嵐說道：「楚天，現在我們怎麼下去？」

楚天沉吟半晌，才說道：「特洛嵐，你看這水流，氣勢雖然磅礡，但是根本就沒有延伸到下界，應該不會是從這裏下去的。」

特洛嵐知道楚天的目力，對他的話是深信不疑，歎了口氣，說道：「禽皇天縱之資，我們就是通過他建築的密道下去都這麼困難啊！」

楚天敲擊著額頭，臉上露出神秘的笑容，說道：「特洛嵐，你別忘了奧斯汀可是說過我是個天才！嘿嘿，要下去還不容易。不過……」他說到這裏就不再多言，像是故意吊他們的胃口。

特洛嵐不屑地說道：「楚天，雖然你很聰明，但是那也是有所依靠的。嘿嘿……」

楚天見沒人理他，覺得很是無趣，訕訕地說道：「我們現在是處在聖鸞城的背面，你們注意看我們腳下踩的是什麼。」

眾人只注意周圍的環境和下面的陸地，都沒怎麼在意腳下踩的是什麼。聽到楚天的話，不由都是低下頭仔細看著。

吉娜第一個尖叫起來：「啊！楚大哥，怎麼什麼都沒有？」

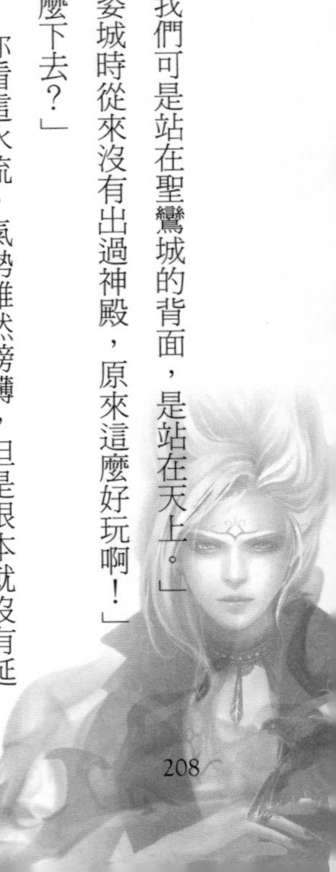

特洛嵐和伯蘭絲也同時驚訝地說道：「怎麼可能，我們居然能憑空站起？」

楚天得意地笑著說道：「浣痕水與普通水之間的那層薄膜，現在就在我們的腳下。」

特洛嵐鬱悶地說道：「楚天，你別浪費時間好吧！這層薄膜跟我們下去找寶藏有什麼關係，還是快點想辦法下去吧。」

伯蘭絲冷冷地說道：「楚天，你要是不知道怎麼下去就早點說，我們一起想辦法，別在這裏說一些無關緊要的話浪費我們的時間。」

楚天冷哼一聲，說道：「家傳記憶也不過如此，你就想想爲什麼這層薄膜會在這裏擋著我們下去，那些水流卻能這樣延伸下去！」

說到這裏，楚天又變得笑嘻嘻的，接著說道：「禽皇既然在這裏留下了寶藏，怎麼會不提防後人中會有不肖之徒呢，只有學會了他的九重禽天變，才能利用這裏的水流及浣痕水下去。」

特洛嵐望著楚天，神情古怪，終於還是忍不住大笑起來，說道：「伯蘭絲，還是你厲害，居然這麼快就讓楚天說出來了。」

伯蘭絲笑著說道：「楚天這種小人的脾氣，最好糊弄。」

楚天心裏真的很鬱悶，看著伯蘭絲和特洛嵐兩隻鴕鳥，心裏恨得牙癢癢，悶哼一聲，別過頭一語不發。

伊格納茨看了看楚天，突然笑著說道：「你們到底是什麼關係呢？楚天，你的力量明明已經到了翎爵，他們怎麼還敢對你這麼無禮？」

楚天摸摸腦袋，說道：「我是被他們欺負慣了，再說了，我又不打女人。」

伊格納茨用一種很好奇的眼光看著楚天，說道：「力量這麼強大居然還被人欺負，真不知道你是怎麼想的。」

吉娜笑著說道：「楚大哥人很好的，從來沒欺負人，現在力量強了也不欺負別人。」

楚天深情地望著吉娜，款款說道：「吉娜，還是你最瞭解我。」

眾人心中一陣惡寒，均想：「這楚天，臉皮真不是一般的厚。」

吉娜滿臉通紅，心裏既害羞又甜蜜，輕聲說道：「楚大哥，我們還是先找寶藏吧！」

特洛嵐和伯蘭絲相視一眼，心裏生起一絲無奈，禽皇怎麼就選了這麼個又色又滑頭的鳥人做傳人呢！

楚天突然正色說道：「你們先向後退點，我運起九重禽天變試試。」

特洛嵐護在伯蘭絲前面，將吉娜和伊格納茨拉到身後，凝神望著楚天。

楚天眼中金芒閃過，體內靈禽力運轉，藏在體內的大日金烏自動飛出，旋轉著放出一道道金光將楚天罩在其中。

他雙手結印，體內靈禽力在九重禽天變心法的引導下開始向下流瀉，形成一條條網狀金線，瞬間即將底下的那一層薄膜覆蓋。

薄膜下面的水流不斷翻騰著，浣痕水變幻著各種顏色逐漸向薄膜靠近，最後被印染成金色。

雲霧繚繞，巨大的水流像是翻騰不盡一般被楚天的靈禽力引導著向陸地傾瀉而下，一朵朵浪花飛濺四射，隨即便被浣痕水吸收繼續向下奔騰。

一道宏大粗壯的水柱從天而降，表層呈現出異常的金色，與天上的太陽相輝映。

特洛嵐驚歎著說道：「好大的手筆，我猜想只要不是站在我們所處的位置，在其他的任何地方都看不出這是一道水流。」

感歎間，楚天全身都泛起了金芒，那一層薄膜漸漸以他爲中心向裏收縮，形成一個圓圈，向下奔騰的水流也開始安靜下來，旋轉成漩渦狀漸漸擴大。

楚天沉聲說道：「你們現在向我這邊靠攏，一定要小心！」

楚天身子猛地一漲，金芒勃發，薄膜垂直下落，將所有的水流固定起來，浣痕水晶瑩透明地落在水柱中央，形成一個個台階。

楚天鬆了口氣，笑著說道：「怎麼會是水流引導的，這豈不是跟丹姿城一樣了？」

特洛嵐指著下面說道：「楚天，你看清楚，這下面可是以雲霧組成的透明階梯。」

楚天倒是沒在意到底是水流還是雲霧，聽特洛嵐一說，不由凝神向下望去。

第十一章 聖鸞禁地

藍色的水流在陽光的照射下折射出各種神采，周圍的雲霧彷彿是被抽空了一般不見，向下望去就好像是站在透明的玻璃上憑空踩在空氣中。

水柱的中心部分則是迷茫茫的一片，像是打霜的早晨，只有浣痕水閃爍著萬千光芒提醒著眾人的腳步踩向。

楚天笑著說道：「看來禽皇還真是下了工夫啊！居然弄出這麼精彩的陣勢。」

特洛嵐大笑，說道：「楚天，你說這話豈不是在誇你自己？下去吧！既然第一關就這麼困難，到了大天池應該更是艱難無比。」

楚天大手一揮，一股強大的氣勢磅礡而出，他充滿自信地說道：「對寶藏我是勢在必得，特洛嵐，你手上的羊皮卷可是尋找寶藏的重要線索。」

說話之間，楚天他們已經向下走了小半。

浣痕水彷彿有了靈性一般，他們每走完一段便自動向下奔騰，不斷地吸收著天空中的雲霧架成階梯。

崽崽迷迷糊糊地睜開眼睛，看到周圍的水柱，高興地笑著說道：「媽媽，這是什麼東西呢？怎麼跟黑雕城的颶風差不多呢。」

楚天笑著說道：「崽崽，你怎麼現在才醒呢，剛才你老爸我可是威風得很啊！你沒看到你老爸的威武雄姿可真是一大遺憾。」

崽崽當時就很鬱悶地說道：「崽崽也不知道是怎麼回事，趴在伯蘭絲阿姨的懷裏就睡著了，媽媽怎麼不叫醒崽崽呢！」

伯蘭絲沒好氣地說道：「崽崽別聽你老爸胡說，就他那個樣子怎麼也雄風不起來。」

崽崽想了想，認真地說道：「媽媽可是很威風的，崽崽心裏知道！伯蘭絲阿姨，特洛嵐叔叔也是很雄偉的，你可別拋下特洛嵐，看上我媽媽了。」

這話一說出來，楚天和特洛嵐當即吐血。楚天哭喪著臉說道：「崽崽，誰教你說這些話的，老爸雖然英俊瀟灑，可是還沒這個自信能將你伯蘭絲阿姨給吸引住。」

特洛嵐可憐巴巴地望著崽崽，說道：「崽崽，你說這個話就不怕特洛嵐叔叔打你屁股啊！我們家伯蘭絲眼光那麼高，怎麼可能拋下我看上你老爸呢！」

伯蘭絲狠狠地拍了兩下小可愛的腦袋，氣惱地說道：「崽崽，這些都是誰教給你的，特洛嵐，我就說了跟著楚天崽崽會變壞，現在好了，你看他都說的什麼話。」

崽崽委屈地摸摸腦袋，說道：「媽媽常說，他英俊無比，將來一出去，肯定會吸引無數的鳥人妹妹，伯蘭絲阿姨你也是鳥人妹妹，當然也算在內了。」

伯蘭絲又是好氣又是好笑地摸摸崽崽的腦袋，說道：「崽崽，你要知道你老爸的一張嘴裏吐不出什麼好話，以後可千萬別學你老爸這麼說話，知道沒有？」

特洛嵐憋著笑，看著楚天，心裏想道：「嘿嘿，楚天，現在看你怎麼收場。」

楚天老臉一紅，繼而像是什麼都沒有發生一樣，咳了兩聲，說道：「我那麼說只是想讓崽崽知道這個世界的險惡，就算是最親近的人都有可能欺騙你，其他的就更別說了。」

吉娜輕笑著說道：「楚大哥，你這麼說就是說你自己一點都不英俊瀟灑了！呵呵，怎麼一向自戀的楚大哥居然也會說出這種話了。」她笑得花枝亂顫，胸脯一晃一晃的。

楚天雙眼迷離，快要跳出來了，笑的幅度再大點就好了！吉娜你個小妞，你這不是誠心勾引我的嗎？你就不能含蓄點，好歹這裏也有這麼多人，搞得多不好意思。

吉娜笑了一會，發現楚天的眼神撲朔迷離，不停地在她身上某個部位掃來掃去，心裏害羞，瞇起眼睛打量了下自己，由於周圍旋轉的水柱帶起的一點點風將她的上衣吹開，露出裏面白皙的皮膚。

眼見自己裏面被楚天看得清清楚楚，吉娜一陣惱怒，翅膀上運轉靈禽力，朝著楚天的臉上就是一搧。

楚天正沉浸在美好的幻想之中，被這麼一搧，頓時暈頭轉向地清醒過來，看著吉娜羞中帶怒的眼神，訕訕地說道：「沒看見，沒看見，一不小心隨便轉了幾下眼珠。」

他不說還好，眾人都不知道怎麼回事，現在這麼一說，特洛嵐他們頓時明白了楚天看了自己不該看的東西。

特洛嵐拍拍楚天的肩膀，說道：「楚天，你現在膽子是越來越大了，居然做出這種事，我生平沒怎麼服過人，這次我算是服了你了。」

伯蘭絲鄙夷地望了楚天一眼，說道：「無恥！」

楚天是有苦說不出，眼巴巴地望著沒有說話的聖女伊格納茨。伊格納茨似笑非笑地瞟了一眼楚天，來到吉娜面前，小聲地勸慰。

崽崽不知道是怎麼回事，見所有的人都不說話，頓時感覺很無趣，指著下面說道：「媽媽，你看，我們離下面好近了。」

「崽崽，你真是我的救星，老爸愛死你了！」楚天找到轉移話題的理由，心裏將崽崽愛得半死，笑著說道，「大家注意了，我們要下去了。」

知道即將到達寶藏所在地，所有的人都忘記了剛才的一切，專心致志地向下望去。

聖鸞城正下方的大天池一望無邊，波光粼粼的池面輕輕地蕩漾出圈圈波紋，四面都是高聳入雲的山峰，如同一柄柄沖天的利劍將大天池護在其中，白雪皚皚，與池面的綠光粼粼相互輝映。

水柱向下傾瀉，大概到了離池面百米左右，整個大天池的水彷彿是受到吸引一般不斷地跳躍起來，最後越跳越高，逐漸形成一個巨大的漩渦，所有的水流呼嘯著形成一條巨大的銀龍，向半空之中迎向楚天他們所處的水柱。

楚天他們身處其中，心裏都在感慨當年禽皇的強大。特洛嵐擔心地說道：「楚天，這麼大的動靜，恐怕聖鸞城會感覺到，聖女這麼久都沒在神殿，他們肯定會四處搜尋的，我們恐怕沒多少時間。」

楚天淡淡一笑，說道：「禽皇要是連這點都沒想到，那還能成爲禽皇嗎？你放心，現在這個世界上還沒有幾隻鳥人的力量能超過禽皇。」

特洛嵐不解地問道：「這跟禽皇有什麼關係？難道我們等禽皇來啊！」說完很白癡地望了楚天一眼。

楚天敲擊著額頭，說道：「特洛嵐，你是不是跟伯蘭絲在一起待久了變笨了，怎麼問出這麼愚蠢的問題。」一說完這句話趕緊接著說道：「在大天池周圍被禽皇布下了一個巨大的結界，除了力量超過他的鳥人能堪破之外，其他的就根本不可能了。至於聖鸞城裏的那幾隻鳥人頂多只有王級左右的力量，怎麼可能比得上禽皇。」

伯蘭絲瞪了楚小鳥一眼，冷冷地說道：「楚天，知道你有依靠才會這麼有恃無恐，但是一切還是小心爲妙，這裏畢竟還是聖鸞城鳳凰一族的地盤。」

楚天打了個哈哈，說道：「既然當年禽皇能在這裏留下寶藏，又設下這樣的機關，就一定會想到後來取寶藏的鳥人可能會遇上聖鸞城的鳳凰，他怎麼會不考慮呢！」

頓了頓，楚天指著下面如銀龍一般的池水，說道：「這個大天池的水中帶有一種特殊的物質，當年禽皇就是利用這裏的水維持著這個巨大的結界。只要不是身臨其境，從外面看起來，整個大天池也只是水流在不斷輕輕波動而已。」

伊格納茨突然說道：「萬年來，大天池都是聖鸞城的禁地，我在神殿裏的圖書館看到有前輩手記說大天池自萬年前的一場大戰之後，不斷地出現各種奇怪的現象，時而池水傾盆，時而雲霧下墜。不少前輩想要下去探察個究竟，可是大天池處在聖鸞城正下方的萬仞群山之中，想要進去千難萬難，那時聖鸞城元氣大傷，也就只能將大天池封爲禁地，派遣軍隊在周圍把守。」

楚天點點頭，笑著說道：「聖女真是博聞強識，現在不妨就告訴聖女你，大天池之所以會出現這麼多的怪事，全部都是當年禽皇留下的，爲的就是後人來尋找寶藏時能少點麻煩，我們下去吧！」

兩道水流接在一起，浣痕水頓時炸開，從水流之間流瀉在外，不停地吸收著滲透過來的金色陽光，漸漸形成個巨大的金色柱子，中間的空心處卻是由雲霧組成的台階。

楚天雙眼之中突然金芒迸出，沉聲說道：「我們現在要潛入池底，大家都運氣保護好自己，儘量在我金光籠罩的範圍之內。」

空中的水流隨著他們的下落漸漸分開，一半向上飛去，一半回歸大天池，遠遠望去，宛如兩條舞空的水龍張牙舞爪地返回洞穴。

楚天大聲說道：「特洛嵐，這浣痕水對我們很有用處，恐怕我們要尋找寶藏還得依靠它們，你有沒有什麼辦法可以將這些浣痕水都聚集在一起。」

特洛嵐皺著眉，說道：「這個恐怕有難度，現在我們身上又沒有什麼盛物的容器。」

伯蘭絲突然說道：「伊格納茨，你既然知道浣痕水的來歷，應該知道怎麼盛放它們吧！」

伊格納茨看了楚天一眼，晃動了下螓首，說道：「我當然知道，只是我爲什麼要幫助你們偷進我們聖鸞城的禁地呢！這可是違逆了萬能的鳥神的意思。」

楚天奇怪地說道：「你剛才不是說成了別人的俘虜就要答應一切事的嗎？」

伊格納茨點點頭後又搖搖頭，說道：「那是指在不違背萬能的鳥神旨意的前提下才可以，但是現在你們卻讓我違背，我身爲聖女，又怎麼會答應呢。」

楚天輕輕一「哼」，臉上露出一個極其邪惡的笑容，慢慢地向伊格納茨靠近。

伊格納茨正對著楚天的眼神，心裏沒來由地一慌：「這楚天，怎麼笑起來這麼好看。」她身為聖女自然沒有退縮的道理，當下心裏默念著心法，昂起頭雙眸閃爍光芒正對著楚天。

吉娜一臉擔心地望著伊格納茨，不知道楚大哥會怎麼對待她。

楚天眼中突然金芒一閃，緊接著紅黑兩芒不斷閃現，雙瞳竟然透出一股妖異的光芒，緊緊鎖定著伊格納茨的雙眸。

吉娜望了楚天一眼，不由心神一蕩，只覺得自己的全部思想完全被抽空轉到楚天的身上一般，連忙別過頭，雪白的翅膀搧動著拍打胸脯，輕聲說道：「怎麼回事，楚大哥的眼神居然能將我的思想給攝過去。」

特洛嵐也感覺到楚天眼神不對勁，思索了一會，低聲對吉娜解釋道：「吉娜，楚天這是利用九重禽天變第六重鄙鑾戰空變擬化了鴨嘴獸王者奧斯汀的天心神遊術。」

伯蘭絲也開口說道：「九重禽天變真是一門奇功，雖然只能模仿，但是到了楚天這種實力的鳥人，用來對付伊格納茨聖女卻是綽綽有餘。他不是針對你，所以你才能輕易脫身。」

吉娜點點頭，心裏卻是像被火燒，想道：「幸好不是針對我，不然腦子裏想的全被楚大哥知道，那還不羞死人了。」

楚天眼中妖異的光芒持續了幾分鐘才散去，他長長歎了口氣，說道：「爺爺的，這小妞還真是單純啊！搞得老子想繼續看看都不行。」

特洛嵐笑罵道：「楚天，你能不能正經點，我們現在是來尋找寶藏的，萬一被外面的暗哨發現了，那不是前功盡棄？」

楚天敲擊著腦袋，說道：「好了，我現在運用術法將浣痕水收起來，到時候應該會有用處。」

楚天雙手放在胸前，右手五指結成蘭花形，不斷地撥弄著，手指間不斷地流溢出金色的光芒，左手成掌，緩緩向前推進，掌上卻是白光綻放。

游離在外的浣痕水在楚天雙手的指引下開始重新集聚在一起，形成一條條小小的水流鑽進楚天的十指之內。

這種從聖女伊格納茨腦海裏偷學來的術法叫做千葉乾靈隱，是聖鸞城裏聖女專門爲收攝浣痕水所修煉的術法。

特洛嵐見楚天將浣痕水吸收殆盡，不由很好奇地說道：「楚天，你要這麼多浣痕水做什麼？就算破解寶藏需要浣痕水，我們好像也用不了這麼多吧！」

楚天笑著說道：「本來我也只想拿一點的，可是在這小妞的腦海裏得知這浣痕水另有神聖妙用，能多拿點當然不能放過了。」

伯蘭絲皺著眉，說道：「她什麼時候能醒過來？」

楚天搖搖頭，說道：「那就要看她的精神力夠不夠強了，我的酃鑾戰空變模仿的天心神遊術只能強行從他人腦海之中偷取記憶，這種心法以後還是儘量少用爲妙。」

特洛嵐笑著說道：「能不用最好，畢竟禽皇的傳人要是靠著這個整天去偷窺別人的記憶，還是不好的。」

「呸！特洛嵐你還是不是個男人啊，老子說儘量少用，那意思就是不儘量的時候就多用，這都不懂，真懷疑你的人品了。」楚天心裏很鄙視了特洛嵐一把。

吉娜心裏對楚天的評價又高了幾分，楚大哥這麼光明磊落，雖然平時嬉皮笑臉了點，可是還不失爲一個正人君子。

楚天要是知道吉娜現在心裏的想法，不知道又會想到哪裏去。他笑著說道：「我們現在到了池底，大家一定要小心！」

楚天他們向下走了幾步，突然天池裏所有的水都停滯不動。

崽崽好奇地擡起頭，池水不斷蕩漾著浮在他們的上空，從裏面向上望，藍色的水綿延無邊，折射著光線，使得他們猶如置身在海洋深處。

崽崽指著上面笑著說道：「媽媽，你看上面，好好玩啊！」

楚天他們擡起頭，不由感慨，要不是身臨其境，真的難以想像池底居然是這麼美。

大天池池底彷彿是個世外桃源，四處都是花草，遠處霧氣繚繞，一片迷濛。

楚天他們所處的位置正好是池底的正中間，以他們爲中心的方圓一里之內都是碧綠的草地，柔軟的青草輕輕地搖晃著，散發著一種自然清新的味道，像是在歡迎他們的到來。

楚天打量著四周，深吸了口氣說道：「真沒想到我們要尋寶的地方居然這麼美！」

吉娜的雪白連衣裙搖擺被風吹起，她向前走了幾步，一臉的陶醉，說道：「禽皇真是高雅，這裏的景色讓人寧願在裏面待上一輩子。」

伊格納茨此時甦醒過來，渾然不知道剛才發生了什麼事，她睜開眼睛正準備問，卻被眼前的景象所吸引。她從不曾知道大天池池底居然是這麼個境地，不由驚訝地問道：「這裏就是大天池的池底？」

扶她下來的伯蘭絲點點頭，說道：「沒錯，怎麼？你身爲聖鸞城聖女，居然不知道大天池池底是這個樣子的嗎？」

伊格納茨搖搖頭，說道：「從來沒有鳥人進過大天池池底，神殿裏沒有記載。」

特洛嵐卻是一臉的謹慎，說道：「這裏恐怕沒有我們想的這麼簡單，你們看前面的岩石有什麼特別之處。」

楚天順著特洛嵐手臂望去，看到一里外的地方聳立著幾塊灰白色時而閃爍的大石頭，它們都有一人大小，尖尖豎起，好像一尊尊燭台呈四散擺佈周圍，卻是緊密聯繫在一起，看似毫無章法，實際上卻將他們所處位置的去路全部封住，要想過去，除了飛過去之外，就只有將岩石擊碎。

楚天沉聲說道：「這些岩石雖然不大，卻能散發出一股奇異的力量，將我們的上空去路鎖住，在不知道這股力量之前，我們不能從上飛過去。」

特洛嵐指著上面說道：「這些岩石散發出來的力量看來是將池水頂上去的那股力量，我們要是冒然將岩石擊碎，恐怕會引發池水下流，到時我們會被龐大的水流給擊死。」

伯蘭絲向前走了幾步，說道：「楚天，應該不止兩種方法，還有一種就是利用我們的力量將這些岩石移開，讓出一條通道。」

楚天敲擊著額頭，笑著說道：「現在恐怕也只有你這個方法可行了。」他一說完這句話，渾身金芒一閃，藏在體內的頂級羽器大日金烏飛出，在他頭頂盤旋。

特洛嵐微微一笑，黑色戰甲上光芒流轉，背後的銀白色虬鼉翼暴長幾米，堪堪碰到池上的水流。

楚天笑著說道：「特洛嵐，你的虬鼉翼現在成袖珍版了，跟你倒是蠻配的，以後乾脆就都這樣好了，別動不動就弄得那麼大，嚇唬人啊！」

特洛嵐哭笑不得，說道：「虬鼉翼的大小是力量決定的。」說到這裏，他拍拍腦袋，懊惱地接著說道：「楚天，我們的力量在這裏被束縛住了，只能施展不到原來的一半。」

楚天奇怪地說道：「原來不是你特意縮小的啊！我的力量在這裏沒有受到什麼壓抑，還是跟原來的一樣。」

伯蘭絲祭出她的碧波粼羽刀，碧芒印染著她的臉龐，透出一股奇異色彩，她輕聲說道：「看來這裏當年也被禽皇改造過了。」

特洛嵐深有感觸，點點頭表示同意，說道：「應該是這樣的，除了修煉九重禽天變的鳥人，其他的力量都會被壓制住只留下原來的一半。」

楚天閉上眼睛，仔細回憶腦子裏所有的記憶，想要找出怎麼樣才能在不破壞岩石散發出力量的同時將通路打開。

特洛嵐向前走了幾步，說道：「我先來試試這些岩石附帶的力量都是什麼！」伯蘭絲緊緊靠在他背後，懷裏的崽崽也安靜地看著不說一句話。

虯鼊翼隨意揮舞，雖然體積變小許多，但是上面覆蓋著的厲芒卻是絲毫不減。

楚天突然騰空而起，擋在特洛嵐前面，渾身的金芒將虯鼊翼的力量壓制住，臉上露出微笑，說道：「這些岩石的力量只有修煉了九重禽天變所擁有的獨特心法才能融入，其他的靈禽力都與它相衝突，一旦觸碰，會被全部吸走。」

特洛嵐怔了一下，看著楚天微笑著的面孔，心裏不禁很懷疑，要是以前，楚天在這種情況下絕對不會笑出來，他現在能笑，表明他說的話不一定是真的。

楚天彷彿是知道他心裏的想法一般，笑著說道：「別以爲我是開玩笑來活躍氣氛，這裏的寶藏是禽皇留下的，他不可能讓修煉其他靈禽力的鳥人輕易奪走，要是你自信你的力量超過了當年的禽皇，你不妨就去試試。」

特洛嵐沒好氣地說道：「你說的這不是廢話，我要是有當年禽皇的力量，還至於在這裏跟著你一起尋找寶藏嗎？」

楚天敲擊著額頭，笑著說道：「知道就好，特洛嵐，你看一下羊皮卷，上面應該會有一些提示的。」

特洛嵐從懷裏拿出羊皮卷，仔細看了起來。其實這三張羊皮卷組成的地圖他們都不知道看了多少次，但是爲了安全起見，每一次都會很認真地去看羊皮卷。

羊皮卷簡單明瞭，寥寥數筆就將整個天池池底的情況勾勒出來，但沒有人懷疑這張羊皮卷是假的，因爲當特洛嵐打開羊皮卷時，原本暗淡無光的羊皮卷上居然泛著淡淡金芒。

不知道用什麼材料畫出的圖案也開始發生變化，波浪形的筆畫有如實質一般翻騰起來，看起來是大天池的池底。

波浪下面是草狀的線條，這時彷彿也成了活物一般，讓人感覺有著一股清新的氣息。

草狀線條的周圍是一個個圓點，代表著他們所處位置周圍的岩石，而這時一個個圓點也都活起來，能清楚地感覺到從其中散發出來的氣息，跟楚天身上九重禽天變的力量一模一樣。

再向外擴展就是兩條平行的直線，在特洛嵐的眼裏，這兩條直線變成了一條路，絕對不平凡、充滿危機的路。

特洛嵐將看到的一切都說出來，最後說道：「除了我們所處的位置還有背後的一條路，其他的就是一片模糊了。」

楚天似乎是一點都不著急，就連他自己都不知道是怎麼一回事，現在他感覺自己擁有一種本不屬於他的穩重和成熟，並且對一切未知的事情都是充滿了信心，彷彿這些事情只是雨落地濕一般自然。

特洛嵐將羊皮卷遞到楚天的手裏，說道：「你自己看看，或許你看跟我看會有不一樣的效果。」

楚天點點頭，敲擊著額頭，仔細地看著羊皮卷，半晌才說道：「原來是這樣。」

特洛嵐問道：「楚天，你想到了破解的方法？」

伯蘭絲此時也是一臉的希冀，畢竟現在是非常時機，所有的希望都寄託在楚天身上。

伊格納茨倒是一點都不在意，她饒有興趣地望著沉思中的楚天，心裏想道：「這楚天，渾身散發出一股獨特的氣質，讓人很容易就相信他，跟他在一起一定有很多有趣的事情發生。」

吉娜也是一臉緊張地望著楚天，現在楚天在她心裏，簡直是萬能的鳥神一般的存在。

楚天想了一會兒，眼中金芒一閃，才笑著說道：「沒什麼，只是看到了你沒有看到的東西。」

特洛嵐急切地說道：「那你看到的東西，對我們這次尋找有沒有幫助呢？」

楚天拍拍特洛嵐的肩膀，笑著說道：「老兄，怎麼說你也是活了幾百年的鴕鳥了，怎麼心境這麼差呢！我現在就開始將這些岩石移開，等等讓你們幫忙的時候你們再出手，其他任何時候不管發生什麼狀況都不要動用靈禽力。」

特洛嵐和伯蘭絲相視一眼，同時點點頭。特洛嵐說道：「楚天，你現在的力量達到了翎爵階段，這裏的一切都應該不會傷害到你，所以不要有什麼負擔，全力施為就行了。」

楚天笑道：「這個自然，你們現在全部靠後，等等我的靈禽力就顧及不到你們了。」

說到這裏，他看著一直都沒有說話的坎落金和坎落黑，說道：「你們要保護好自己，吉娜，你站到他們身後去，坎落金，你們把體內的獸靈力釋放，將吉娜護在中間，別讓她受一點傷。」

坎落金和坎落黑點點頭，滿臉的堅毅神色。吉娜心裏一陣歡喜，沒想到楚大哥這麼關心自己。

楚天又笑著對伊格納茨說道：「聖女，你的力量不在伯蘭絲他們之下，只要護住自己的安全就行了。」

伊格納茨點點頭，矜持說道：「多謝楚天閣下的關心，我知道怎麼做。」

楚天點點頭，轉過身，體內九重禽天變心法運轉，渾身金芒暴漲，有如一尊天神，在頭頂盤旋的大日金烏也感應到他身上的力量，開始急速圍著他身體轉動起來。

大日金烏所帶動的微型颶風瞬間即將楚天籠罩在其中，身在外面的特洛嵐他們開始還能看到楚天的身形，到後來根本就只見到一圈金芒形如倒放的錐子。

楚天一步一步向前走著，體內靈禽力運轉，心裏默念蛻焱金剛變心法，皮膚上像是被鍍了一層金一般，臉上泛著金光，雙眼紅黑兩芒在金光下顯得格外恐怖。

緊接著第二重的琉影御風變心法又開始運轉，楚天的身形瞬間變快，向前衝去，無數個楚天突然出現在圍著他們的岩石邊上。

所有的楚天站定，雙手向上一擡，手掌上金光氤氳，形成一個個虛托著的圓盤，小心翼翼地將岩石托起。

楚天身邊的頂級羽器大日金烏釋放出刺眼的金光，飛到空中布下一個大大的光幕，恰好將上面的水流給托住。

楚天這時也不好受，這些岩石的用處就是將上面大天池所有的水都托住不流下，楚天這麼一托，就等於是將整個大天池的水給托起來了。

大天池面積超過千公頃，光是水就能將人給壓死，現在楚天感覺動一步就有可能倒下，而倒下的後果就是所有的水都會從岩石上散出力量的漏洞沖下來。

楚天感覺體內靈禽力告罄，鄙鑾戰空變自如運轉，吸收著池底散發出來的元力。

「哈哈，沒想到這大天池池底居然有著這麼強的靈力，發了發了。」楚天心裏樂開了花，有了這些靈力來補充體內消耗的靈禽力，頓時讓他輕鬆不少。

特洛嵐看著楚天微微發抖的身子，心裏不由一緊，他心裏也明白，要是楚天一個不小心，這裏所有的人都得死，好幾次他都想衝上去幫忙，但是想起楚天所說的話，只得按捺住心裏的焦急。

只聽楚天大喝一聲，整個人暴脹一倍，威風凜凜地站直身子，將岩石托起轉動個方向放好。之後，所有的楚天突然全部消失不見。

崽崽睜大眼睛，大聲地喊道：「媽媽，媽媽，你在哪裏，崽崽怎麼看不到你了？」

「嘿嘿，崽崽，老爸在你身邊呢，你怎麼就看不見呢。」楚天笑嘻嘻地出現在伯蘭絲旁邊，右手撫摸著崽崽的小腦袋，大日金烏閃爍著金光在楚天頭頂上。

伯蘭絲心裏大吃一驚，楚天這麼輕鬆地就來到她身邊，即使是辟元耀虛變心法厲害，也不至於讓她毫無感知。

特洛嵐同樣吃驚，他看著楚天，沉聲問道：「楚天，你體內現在的靈禽力好像開始有了變化了。」

楚天笑著點點頭，說道：「不錯，當年禽皇在這裏布下這岩石之陣，除了要防範其他種族的鳥人前來盜寶，也有考驗提高修煉九重禽天變傳人的意思。我剛才體內的力量已經完全融合爲一體，雖然還是沒有突破翎爵初期，但是靈禽力精純無比，相信就是碰上翎爵後期的高手也有一拚之力。」

特洛嵐搖頭貌似氣憤地歎氣道：「楚天，你現在的力量精進可是越來越快了，我和伯蘭絲現在都難望你項背了。」

楚天敲擊著額頭，正色說道：「你和伯蘭絲現在只是缺少精進的心法，只要有了合適的心法，體內力量必定能突飛猛進的。」

特洛嵐笑笑，說道：「好了，我們過去吧！」隨即像是想起了什麼，又說道，「你看羊皮卷時看到的是什麼？」

楚天說道：「我看到的不僅僅是岩石，還有岩石被移動應該擺放的位置。這樣的話，就算有超級高手能瞬間移動所有的岩石，沒有擺放好位置同樣是死。」

特洛嵐歎了口氣，說道：「禽皇的心機真是深哪！一環扣一環的，除了他的傳人，誰也不能取走寶藏。」

所有的岩石被移動了之後，只留下一個可容兩人同時通過的路口。

楚天笑著說道：「我走在最前面，聖女走在我後面，吉娜，你過來，在我旁邊，坎落金和坎落黑兩兄弟走在最後。」

吉娜紅著臉走到楚天身邊，伊格納茨也不拒絕，一臉冰霜地走在第二，特洛嵐和伯蘭絲兩隻鴕鳥護著崽崽緊隨其後，坎落金、坎落黑兩兄弟面無表情，雙眼之中透出警惕神色走在最後。

楚天他們才一通過岩石，後面的草地就開始發生變化，無數的藤蔓破土而出，像是一條條綠色的大蛇向走在最後的坎落金和坎落黑襲去。

楚天體內突然生出感應，大日金烏化作一道金影飛向藤蔓，金芒所到之處，藤蔓紛紛斬斷。

楚天笑著說道：「萬年了，這些草在岩石散發出的力量影響下開始產生變異，攻擊力不高，不過數量倒是多得嚇人。」

伯蘭絲沒好氣地說道：「你就不能提前說聲？這樣很容易嚇死人的。」

楚天苦笑著說道：「我也是才想到的，要不然我也不會讓坎落金和坎落黑兩兄弟在後面了。」

特洛嵐在後面突然開口說道：「楚天剛才體內生出的反應還真是迅捷啊！我都沒反應過來。」．

楚天擺擺手，一臉孤獨地說道：「沒辦法，誰叫我是天縱英才呢！」

伯蘭絲一看他那德行就氣不打一處來，語氣諷刺，輕笑著說道：「楚天，你還真是說什麼就當什麼啊！真不愧你的名頭。」

伊格納茨現在對楚天的來歷是越來越好奇了，不禁奇怪地問道：「他有什麼名頭？」

楚天自然知道伯蘭絲想說什麼，當下搶先說道：「伯蘭絲，我這個人很低調的，你別在聖女大美人面前誇我了，萬一她要是對我生出仰慕之心，你的罪過可就大了。」

伊格納茨身處神殿，從來沒有人說她美，聽到楚天誇獎的話不禁臉色微紅，心裏一陣惱怒，這人，對聖女說話居然這麼無禮。可是心裏卻有別樣的情緒滋生。

吉娜見楚天出言調笑聖女，心裏微微發酸，卻不敢說話，一雙妙目看看楚天，又看看伊格納茨，心裏一陣黯然。楚大哥鳥中之鳳，我又怎麼能配得上他呢，還是聖女漂亮，又有能力。

說起來，吉娜和伊格納茨兩個鳥人的長相可謂不分伯仲，一個優雅高貴，一個清純脫俗。但是伊格納茨已經完全幻化成人形，在楚天心裏自然對已經成人的聖女更加感興趣。

第十二章 大日金烏

伯蘭絲看在眼裏，暗暗感歎楚天不解人心，這麼多日的相處，她瞭解吉娜的爲人，溫柔善良，對楚天又是一往情深，不由爲她抱不平，諷刺道：「楚天，你這臉皮割下來當鞋穿，估計能頂個十年八年的吧！難怪你的頭頂沒毛。」

崽崽趴在伯蘭絲的懷裏，很配合地問道：「伯蘭絲阿姨，媽媽頭頂沒毛跟臉皮厚有什麼關係呢？」

楚天臉上帶著笑，心裏卻是極其鬱悶：「崽崽，你怎麼老是在最不合時宜的時候問這些問題呢！」

伯蘭絲笑著望向楚天，眼中毫不掩飾得意之色，拍拍小可愛的臉蛋，說道：「崽崽，你老爸臉上的皮太厚了，頭髮長不出來，所以他的頭頂沒毛啊！」

崽崽摸摸自己的腦袋，歎了口氣，說道：「唉！可惜我沒媽媽那麼厚的臉皮，不然也能像媽媽一樣威風了。」

楚天面不紅心不跳，打個哈哈，說道：「我們還是趕緊去找寶藏吧！後面的藤蔓已經被殺得差不多了。」

特洛嵐忍住笑，說道：「是啊是啊！我們現在雖然還是安全的，難免會發生意外，還是早點找到寶藏離開聖鸞城吧！」

說完，他一臉正經地對楚天說道：「楚天，你從羊皮卷上還看到了什麼？」

楚天並不回答，收斂住臉上的笑意，向四周打量起來，嘴裏輕輕地說道：「我們每走三步就會遇到危險，所以你們一定要提高警惕。」

楚天他們所處的位置剛好是在兩塊岩石夾著的一米來寬的路中間。之所以說是路，是因爲他們的腳下是用純白的玉石雕刻鋪就的一條長長看不到盡頭的路。

路外的一切縹緲不清，彷彿是在霧裏一般，又好像是水裏折射出來的，綠和白兩種顏色夾雜呈現，像水波一樣蕩漾起伏。

大日金烏從楚天體內飛出斬殺藤蔓之後並沒有立即飛回楚天的體內，而是光芒大盛，貼近頂上的水面急速旋轉起來，強烈的金芒讓周圍的綠白兩色慢慢地融合。

楚天皺著眉頭，右手不斷敲擊著額頭，停下準備向前走的步伐，擡起頭，體內靈禽力跟大日金烏緊緊融合在一起。

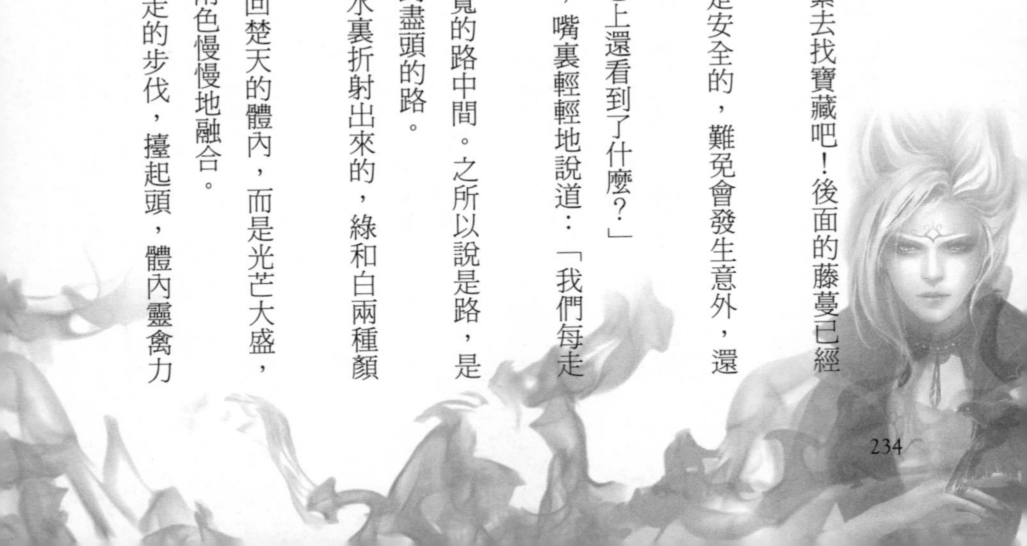

大日金烏本是當年禽皇進入翎爵之時所用的頂級羽器，在禽皇體內待了百年，本身充滿了禽皇的靈氣。若不是楚天所修煉的九重禽天變心法將他體內的靈禽力進行改造，恐怕大日金烏到現在都不會現出原形。

雖然在鴨嘴獸王者奧斯汀的頂級羽器靈嶠落日珠的壓迫下出來幫助楚天抵擋過攻擊，但那也是生命迫在眉睫之時羽器的一種自然反應。

直到在奧斯汀的百倍重力洗禮下，楚天體內的九重禽天變心法才在瞬間散發出與禽皇本身一般的靈氣，大日金烏才開始慢慢接受楚天成爲它新一任主上。

大天池下面的一切都是當年禽皇以本身靈禽力所建成，這裏無一不透著當年禽皇的力量。大日金烏彷彿回到萬年前的禽皇身體內一般，歡喜雀躍之下卻發現這裏的一切靈力都向楚天體內運去，於是它的思想也開始跟楚天的靈禽力融合。

楚天只覺得體內突然生出一股奇特的感應，而那感應的來源就是在頂上不斷盤旋著的大日金烏。他能清楚地知道大日金烏的想法。

這不由讓楚天一陣心驚，「太不可思議了，老子居然能知道一件羽器的想法。」他心裏想道。

特洛嵐和伯蘭絲心有靈犀，一感覺到楚天散發出來的氣息相異，兩人的手馬上牽在一起。現在他們兩個中任何一個單獨都不是楚天的對手，而他們要想感知楚天體內發生的事，就只有借助鴕鳥一族的種族異能了。

伊格納茨身爲聖鸞城聖女，力量自然不差，雖然不知道楚天身上發生了什麼事，但也能猜測到與頂上的大日金烏有關係。憑藉著紅頂鶥一族的種族異能幻電策能術，她仔細地關注著楚天身體發生的變化。

紅頂鶥一族是鳥人世界裏出現聖女最多的一族，他們的種族異能幻電策能術能精準地把握住一些稍縱即逝的細節。無論是天象，還是普通的事件，他們都能極其敏銳地把握到其中的關鍵。

禽皇所留下的寶藏，最重要的就是他在大天池底下所設下的力量，因爲在一萬多年的時間裏，他所擁有的羽器已經跟他完全融爲一體，就算是修煉了九重禽天變心法的人也最多只能運用出羽器七成的力量。

但是一旦來到了這裏吸收了他所留下的靈力之後，在得到他所留下的寶藏裏面的神級羽器就能很快地與之融合。

當然，這一切除了楚天能讀懂禽皇思想才知道之外，其他的人是絲毫都不明白。

大日金烏散出的金芒越來越盛，漸漸地覆蓋了整個湖底，形成一個薄薄的金芒平面，而路兩邊的迷茫之處也漸漸清晰起來。

目光所及之處，碧綠色的光華慢慢從地面滲上來，一團團地聚起形成一個個小小的綠

球，綠球有乒乓球大小時又鑽進地裏消失不見。

在場的人除了吉娜之外，都沒有在意這周圍的環境，她輕呼一聲，正自感覺到奇怪，異變又起。

綠地裏瞬間鑽出無數棵青芽，青芽一出現，上面飄浮著的白霧開始迅速被吸收。青芽逐漸變化，顏色開始有青色變成碧綠，不斷長大的同時漸漸有了透明的跡象。

僅僅一分鐘左右，原本模糊不清的周圍開朗起來，地面上長滿了晶瑩碧綠一寸來長的小草，整整齊齊地排列著。

伯蘭絲和特洛嵐心意相通，靈禽力鎖定楚天，雖然才經過不到一分鐘時間，他們兩個卻像是經歷了萬年。

特洛嵐緊緊握著伯蘭絲的手，他自己都能感覺到手上有了汗水，心裏異常激動。

楚天才剛到翎爵初期的力量居然能與頂級羽器融合，達到天人合一的境界。如果僅僅是這些，以特洛嵐的定力也決計不會出現這種情況。

最主要的原因還是大日金烏竟然能幫助楚天吸收這裏的靈力，似乎還能指正出楚天體內靈禽力修煉的不足之處。

特洛嵐和伯蘭絲雖然擁有了高級羽器虯鼉翼和碧波粼羽刀，但是苦於他們鴕鳥一族的修煉心法遺失，以至於他們不能與自己的羽器進行進一步的融合。

楚天跟大日金烏的融合讓他們領悟到了這一層的關鍵：若不是現在處在大天池池底，他們一定會找個地方練習剛剛領悟的心得。

伊格納茨也掩飾不住臉上的震驚神色，她體內的高級羽器縹靈奪翎環竟然隱隱透出一股寒意，將她的靈禽力衝擊撞散，使得她不能再探察楚天身上所發生的一切。

大日金烏跟隨禽皇萬年，耳濡目染之下也擁有了王者霸氣。說起來，現在完全甦醒過來的大日金烏在同等級的頂級羽器之中絕對是霸者的存在。伊格納茨的高級羽器縹靈奪翎環比起它差了不止一個檔次，在大日金烏的霸威之下，靈力只能用出一半不到。

楚天完全沉浸在與羽器交流的世界中，腦海裏時不時浮現出當年禽皇的思想。朦朧之中，楚天的靈魂不斷縮小，他彷彿進入了大日金烏裏，一個完全由靈力構成的圓環。

他盤坐在圓環裏，大日金烏不斷地從外界吸收著靈力，再向楚天體內輸送，以便達到自己跟楚天完全融合的目的。

這正是羽器跟使用者融合最基本的方法，鳥人世界裏各個種族傳下來的術法所記載的方法雖然各有萬千，但是都脫離不了這一基本。

楚天全身的衣物已經完全消失不見，雙目緊閉，雙手合十，臉上的金芒大盛，緊接著全身泛起金芒，外界的靈力一片混沌地纏繞在他的周圍。隨著金芒愈盛，原本混沌的靈力

越來越清晰純正，漸漸地分成了無數條細長的圓線，源源不斷地向楚天體內輸進。

楚天身上的金芒逐漸暗淡下來，他的皮膚像是海綿一樣，不停地吸收著散發在外的金芒。赤裸的身子在吸收了金芒之後開始變得透明起來，體內的經脈清晰可見，原來的古銅色皮膚消失不見，取而代之的是淡淡的紫金色。

紫金色的光芒閃起，圓線般的靈力開始瘋狂地向楚天體內湧去。鄢鑾戰空變心法開始徐徐運轉，經脈被靈力擠壓，開始漸漸擴大。

紫金色的光芒斂在皮膚表層，使得楚天整個人顯得傲氣十足，大腦裏禽皇的思想也清晰了不少。雖然不至於完全知道，但是已經能在楚天緊要關頭發出指導的能力了。

彷彿是過了千百年，楚天歎了口氣，緩緩睜開眼睛。這個時候要是特洛嵐看到他的雙瞳，一定會大吃一驚。

楚天的雙瞳已經由原來的金色轉換爲凌厲的紫金色，眼珠的紅黑兩芒不斷閃現，透出妖異的光芒。隨便一眼就彷彿能看透別人的心思。

緊接著楚天感覺身子一輕，他整個人好好地站在白玉雕砌的水底路上。頂上的大日金烏興奮地從空中落到他體內，劃出一道長長的金芒。

這個過程其實跟吉娜從發現周圍的變化到喊出聲音是一起的，所以吉娜喊出這句話後，楚天馬上回答道：「這是當年禽皇留下的考驗，等等我們得儘快地向前走，寶藏在這條路的盡頭。」

特洛嵐奇怪地問道：「楚天，這麼短的路，幾步就能走完，哪裏會有什麼考驗？」

楚天搖搖頭，臉上掛著不在意的微笑，說道：「這周圍碧綠的小草名叫幻樫草，剛才我們從岩石過來時，已經將岩石所包圍的空間裏的靈力給釋放出來。幻樫草就是依靠著裏面的靈力長大，幻化成各種不同的攻擊形態阻止我們過去。」

特洛嵐聞言，笑著說道：「這幻樫草再怎麼攻擊它也是根草，能有多大的攻擊力，禽皇這下可是失算了。」

楚天敲擊著額頭，渾身氣勢一漲，說道：「特洛嵐，你這就錯了，我們每個人的靈禽力都有告罄的時候。而這裏的幻樫草卻不會，只要這裏的靈力不滅，它們就死不了。」

沒等特洛嵐他們開口，楚天又說道：「你們別想著這裏的靈力消失，要是這裏的靈力消失了，那麼這裏的一切都會被大天池的水給淹滅，就算我們有通天的力量，也是不能活著的。」

伯蘭絲抱緊崽崽，說道：「那我們怎麼辦？」

楚天笑著說道：「很簡單啊！我們只要走過去就行了。」說完指著前面的路。

他回過頭，說道：「吉娜，你站在我身邊，我會保護你的。伯蘭絲、特洛嵐，你們保護好崽崽，至於伊格納茨，你的力量不在特洛嵐之下，足夠自保了。現在我們都是一體的，你可別想偷懶啊！」

吉娜心裏一喜：「原來楚大哥這麼關心我啊，每次都會照顧我。」她喜滋滋地走到楚天身邊，得意地望向聖女伊格納茨。

伊格納茨感覺楚天雖然是似笑非笑地望著她，可是眼中時而閃現出來的紫金色光芒卻彷彿將她看得通徹。她慌亂地點點頭，一言不發地向前走了一步。

楚天大步地向前走去，渾身都罩在一團紫金色的光芒裏。那光芒不斷擴張，不一會兒就將所有人都罩在其中。

伊格納茨心裏的驚訝愈盛，每次她對楚天作出自己認爲最誇張的估計之後，楚天總能表現出比她想像中更強大的力量。這男人，簡直就是個無底洞，不知道何時才是個盡頭。

楚天向前走了兩步，身子頓了一下，沉聲說道：「特洛嵐，你跟伯蘭絲兩人把羽器釋放出來。大家都要記住，三步就會有危險，就是我，也能感覺到這些危險不會那麼容易度過，所以一定不能掉以輕心。」

特洛嵐點點頭道：「楚天，既然連你都不知道這些危險是什麼，那一定要小心。」

伊格納茨現在對楚天充滿了好奇，馬上就從特洛嵐的話裏聽出了不對勁，說道：「爲什麼楚天不知道就一定很危險呢?難道這裏的佈置他很熟悉？」

伯蘭絲笑著說道：「楚天是我們之中修爲最強的，要是這裏的危險連他都不能感知，那麼就一定很不尋常，我們當然要小心。」

楚天腦子裏有禽皇思想的事一定不能讓聖鸞城的人知道，伯蘭絲瞪了特洛嵐一眼。特洛嵐無奈地聳聳肩，示意自己不是有心的。

楚天打個哈哈，他自然知道伯蘭絲的意思，笑著說道：「伊格納茨，這裏是萬年前禽皇所建的，我怎麼可能知道這裏的佈置。就算是有地圖，也不可能每個細節都知道吧！」

吉娜心中一陣竊喜，原來楚大哥還是把伊格納茨當成外人了。嘻嘻，楚大哥什麼都沒隱瞞我，她爲自己比伊格納茨多分享了楚天的秘密而高興，心裏有種跟楚天獨享秘密的奇特感覺。

女人就是這樣，一點事情就能讓她們又喜又憂的。楚天怎麼也不可能將這麼重要的秘密告訴自己的俘虜的，更何況這個俘虜還是跟他對立的聖鸞城的聖女。

楚天說完，神色凝重起來，說道：「來了！」

伊格納茨覺得楚天他們說得雖然毫無漏洞，但是心裏卻總是覺得有點什麼。但是她又不敢用種族異能幻電策能術來度策楚天他們說話及做事時的破綻，其他的倒沒事，就是楚天的靈禽力太過獨特，自己的術法根本就不能掌握他的舉動，若是自己強行使用，恐怕最後受傷的會是自己。

楚天見伊格納茨一副若有所思的樣子望著他，不由笑著說道：「聖女，我不介意你這

樣望著我，魅力大就是沒辦法，我也不能阻止別人望我啊！但是我有必要提醒你一下，這裏危機重重，之前我們已經耽誤了很多時間，現在要儘快取得寶藏，我可沒什麼時間來保護你。」

伊格納茨醒悟過來，暗自說了自己幾句，體內靈禽力運轉，紅彤彤的臉頰恢復一貫的神情，說道：「我會保護好自己的！」

說完，伊格納茨雙手中指和大拇指捏在一起，口中念了幾句聽不懂的話語，緊接著雙手另外三根手指輕輕波動起來。

淡淡的白芒從她的指尖肆意流瀉而出，本來白玉無瑕的手更加白皙，隨著白芒將她的手掌包裹，整個手掌開始晶瑩剔透。

伯蘭絲驚奇地說道：「紅頂鷗一族的瑩光晶鑲手！」

楚天不明所以，說道：「伯蘭絲，你別一驚一乍的行不？要是知道來歷就一口氣把話說完。」

伯蘭絲一臉不悅，說道：「我喜歡這樣，怎麼？我不說你還有意見是吧！」

特洛嵐笑著說道：「楚天，你不知道這聖女的瑩光晶鑲手不能怪你，要是你知道了，肯定也會像伯蘭絲一樣驚奇。」

楚天的好奇心被勾起來，說道：「瑩光晶鑲手？聽起來蠻寶氣的，什麼玩意兒？」

特洛嵐笑著說道：「這話要是讓紅頂鶥一族聽到了，肯定會全族來追殺你。」

楚天不置可否地笑笑，指了指伊格納茨，說道：「難道這位聖女不是紅頂鶥一族的鳥人嗎？那她怎麼沒反應。」

特洛嵐一副你很白癡的表情，說道：「你沒看到我們說這麼久的話她都沒反應的嗎？這些都是瑩光晶鑲手的作用。」

楚天看了看伊格納茨，發現她全部心神都放在雙手之上，連自己這個大帥哥都沒看。他點點頭，說道：「她居然連我這麼英俊的人都視而不見，真的有問題了。」

伯蘭絲狠狠地白了他一眼，說道：「你能不能不這麼噁心？臉皮還真厚，看來得找個機會將你臉皮削薄才行。」

吉娜看著伊格納茨，她在丹姿城神殿時的聖女也是紅頂鶥一族，她或多或少也知道一些關於紅頂鶥一族的事情。

她不等伯蘭絲說話，便說道：「楚大哥，瑩光晶鑲手是紅頂鶥一族歷任族主傳給下一任族主的信物。雖然只是高級羽器，但是瑩光晶鑲手的象徵意義卻大大超過身爲羽器本身的價值。」

特洛嵐點點頭，說道：「吉娜說的沒錯，瑩光晶鑲手代表這紅頂鶥一族的至高無上，據說是萬能的鳥神因爲當年在凡間歷練的時候得到紅頂鶥一族的相助留下來的羽器。而紅

頂鸛一族之所以能出現這麼多的聖女，據說也是因爲有著它的存在。」

楚天腦子靈光一閃，禽皇的思想開始湧動，他笑著說道：「原來是這樣，不過既然是萬能的鳥神傳下來的，又怎麼可能只是個高級羽器呢？特洛嵐，這恐怕沒人相信吧！」

特洛嵐笑著說道：「問題就在這裏，瑩光晶鑲手雖然是高級羽器，但是只要紅頂鸛一族的鳥人帶上，就能提高族主的力量修爲，給修行帶來極大的方便。據說瑩光晶鑲手還有很多其他的功能，這就不是我們外人所能知道的了。」

楚天擺擺手，不以爲意地說道：「我們還是早點找寶藏吧！現在已經耽誤了很多時間，要快點了。」

特洛嵐點點頭，說道：「對，還是快點找到寶藏，以免發生意外。」

楚天向前跨出一步。

空間血紅，周圍的碧綠小草已經不見蹤跡，取而代之的是血濛濛的一片，整個空間都陷入一陣陰森恐怖之中。

吉娜笑臉慘白，雖然她是神侍，但是女人天生對恐怖的事物害怕。一時之間吉娜忘了自己的身分，緊緊地挨在楚天身後。

楚天笑著說道：「吉娜不怕，你將靈禽力運轉就不會害怕了，還有，你抱著我感覺好舒服啊！」

吉娜這才發現自己不知不覺中竟抱住了楚天，不由一陣心慌，慌忙向後退了幾步。

楚天聳聳肩說道：「吉娜，我們都是熟人了，你別客氣，大家禮尚往來，你抱了我，我也來抱抱你。」

吉娜看著楚天張開雙手就要抱她，不由又羞又喜，閉上眼睛，心裏安慰自己，想道：「楚大哥說得對，我抱了他，他抱我也是應該的。」

誰知道楚天雙手一張，立在他身邊的大日金烏「嗖」地飛出，斬向吉娜身後濃霧幻化而成的猛蛇。

特洛嵐和伯蘭絲均是一陣好笑，都什麼時候了，楚天還能開得起這種玩笑。

吉娜睜開眼，知道楚天在逗她，不由一陣羞赧，臉頰通紅通紅的，低下頭一言不發。

楚天說道：「看來這一道考驗是幻化了，看我們能不能保持心神的寧靜。」

特洛嵐點點頭，說道：「應該是的，心神的寧靜也就是精神力的集中，楚天，我們所修煉的靈禽力一定得有相匹配的精神力才行，你力量修爲速度奇快，恐怕精神力的修爲跟不上，一定要多加小心。」

楚天面色一肅沉聲說道：「嗯，這個我知道！來了。」大日金烏呼嘯著飛出。

經過跟楚天融合之後的大日金烏威力明顯增強，盤旋著的羽器倏地分成四份，被一條金線連起，分別飛向四個方向，劃出無數道殘影。

殘影之後，楚天眼中紫金色的光芒湧現，右手高舉，嘴裏冷冷喝道：「大日金烏，聚吧！」

隨著楚天的一聲大喝，四份弧形殘片在空中停頓，向正中央的楚天發出一排排金芒。瞬間，楚天右手掌成了金色。

特洛嵐他們都處在大日金烏的照耀之下，外面濃霧幻化成的各種影像一觸碰到金芒就被彈逝。

濃霧幻化的影像雖然在金芒的作用下不能直接攻擊楚天他們，但是攻擊並不是濃霧最強的力量。在不同的人心裏它就能幻化成不同的影像，直透你心中的弱點。

當年禽皇因爲被情所困，讓神王兩權趁勢而入，導致自己被流放異界，盟友死的死亡的亡，或許是冥冥之中的感應，讓他提前就在這大天池池底設下這樣的一層考驗。至少讓他的傳人能提高警惕，不被外人利用到弱點。

楚天眼中紫金色的厲芒橫掃當場，外面的濃霧根本就沒有機會把握住他內心的弱點，更別提傷害到他了。

萬物都有弱點，這濃霧雖然能勘破人心裏的弱點，但是只要精神力夠強大，就根本不會受濃霧的幻化影響。

說起來楚天也算是萬幸，他的精神力修爲遠遠不及力量修爲，若是被濃霧抓到內心的弱點，必定會後患無窮。雖然不至於死，但是起碼也會力量盡廢。

不過禽皇怎麼也想不到自己的傳人居然這麼變態，在精神力沒有跟上修爲之前就將九重禽天變修煉到第六重的酃鑾戰空變，達到翎爵的境界。

特洛嵐和伯蘭絲兩隻鴕鳥一起在大陸上歷經萬險，精神力的修爲早已超過他們的力量修爲。即使不能像楚天一樣直接將濃霧幻化出來的影像破掉，但是對他們來說也只是再一次增強他們的精神力修爲罷了。

崽崽毫無心機，在楚天他們的照顧下從來都沒有接觸到這個世界的醜陋，外面的濃霧根本就對他起不了作用。他一直都睜大眼睛，好奇地看著外面的濃霧幻化成自己想著的東西，要不是看到所有的人都一副如臨大敵的樣子，估計會拉著楚天大叫。

吉娜從小就在白林鎮的祀廟裏長大，心裏一片純潔，之後又到了神殿，從來都沒有接觸過外界，除了對楚天的心意之外，實在是沒有絲毫的破綻。當她看到外面的濃霧幻化成自己的楚大哥，對著自己微笑的時候，心裏不禁一陣歡喜。

可是不到一會兒，楚大哥就對著另外的女人，聖鸞城出來的聖女伊格納茨微笑，還將她擁入懷裏。心裏不禁一陣刺痛，將對楚天的無奈化作對伊格納茨的濃濃恨意。

吉娜眼中厲芒一閃，狠狠地盯著旁邊的伊格納茨。

伯蘭絲見勢不妙，右手一端，靈禽力勃發，產生一股吸力將吉娜牢牢吸住，向自己這邊拉過來。特洛嵐乾脆劈空一掌，將吉娜打暈。

伊格納茨雖然身爲聖鸞城神殿聖女，但是同樣是紅頂鵰一族族主繼承人的她，從小就歷經了家族爭權的殘酷。這個時候也是眼中紅芒一閃，把楚天當作自己要踩下去的對象，向他逼近。

坎落金和坎落黑兩兄弟身爲獸族中獸，遵循強者爲尊的心理，對楚天的崇拜達到了茫然的境地，對楚天的話從來就沒有懷疑過。此時見楚天傲然佇立，心裏的信念也支撐著他們不倒下。

他們兩個雙眼透出濃濃的獸性，雙瞳透出一股嗜殺的血紅色，看著楚天，彷彿楚天就是他們心中的戰神一般。若不是楚天在他們心目中的地位超越一切，恐怕現在他們早就發狂了。

楚天自然是不知道這一切的，現在的他只能憑著感覺感知到身後的聖女伊格納茨對他的濃濃敵意。

楚天心神合一，完全跟大日金烏融爲一體。在大日金烏將光芒傳到他手上的那一刻，楚天突然感覺到腦海中禽皇的思想又一步地融進了他的腦子裏。

大日金烏感覺到楚天體內的禽皇存在，歡喜雀躍之下發揮出超過常日的力量。金芒竟然逐漸變化成跟楚天眼睛釋放出來的顏色一般的紫金色，不斷地向外擴展。

楚天雖然不能在短時間內提高自己的精神力修爲，但是他腦子裏的禽皇歷經萬載的思想正在逐步跟楚天融合，即使楚天現在還不能將禽皇的精神力據爲己用，但是潛在的意識卻是敏銳無比。

而這也是楚天爲什麼每次一遇上禽皇當年經過的地方，禽皇的思想就會有反應的原因之一。

楚天高舉的右手上已積蓄滿光芒，而這時，伊格納茨走到了楚天的身後一步之距。她的羽器瑩光晶鑲手也開始散發出無比刺眼的銀色光芒，每一道光芒就像是一柄利刃，向楚天身後刺去。

與此同時，聖鸞城裏也是一片混亂。

神殿外的廣場上萬千光芒沖天而起，將整個神殿罩住，光芒與光芒之間不斷地發生一場場無形的爭執和刺殺。

藍色的天空依舊安詳，太陽的光芒也被掩蓋，聖鸞城裏的居民紛紛跑出，議論紛紛，不知道神殿到底發生了什麼事。但是神殿規定沒有命令不得靠近神殿，所以儘管所有的居民都好奇萬分，但是誰也不敢靠近神殿。

金冠大祭司一臉冷笑，心裏暗想道：「你們就爭吧！要是天下的鳥民們知道在聖鸞城發生的這一切，你們聖鸞城還會是天下鳥民心中的聖地嗎？」

鳳巢大祭司向外走了幾步，身子突然頓住。他想到一個極其嚴重的問題，從金冠大祭司來到聖鸞城開始，就不斷地有天鬥士在神武士面前挑釁，顯然是受人指使的，他們這麼做的目的是什麼呢？

能夠坐到鳳巢大祭司的位置，又怎麼會是易與之輩？他轉念一想：「萬年來，聖鸞城在天下鳥民心中一直都是神聖所在，要是在聖鸞城發生了什麼事，最受益的無疑就是天下鳥民的另一個聖地，王權的鯤鵬城，原來是這樣！」

想通了這一節，鳳巢大祭司心裏就有了盤計：「哼！鯤鵬城既然不仁，那就不能怪我們聖鸞城不義了。」

第十三章 天禽秘藏

鳳凰一族的種族異能之中有一種叫做遊音傳微術，只要是相距不超過十里，鳳凰一族的就能通過這種術法傳音。就算是外族力量再強，也不能偷聽到他們之間的談話。

艾略特突然神情肅穆，不斷地點頭，彷彿是在跟什麼人說話，過了一會兒，他高昂起頭顱，冷聲說道：「艾德文，你們鯤鵬一族的天鬥士來聖鸞城也有一段時間了吧？」

艾德文不知道艾略特突然問這話是什麼意思，下意識地點點頭，說道：「我們跟隨金冠大祭司一起來到聖鸞城已經有十年了。」

艾略特冷笑著說道：「很好！在這十年之中，你們囂張跋扈的時候，你知道爲什麼我們會一直容忍嗎？」

艾德文不耐煩地說道：「我怎麼知道，艾略特，你平日裏可沒這麼多廢話的，怎麼今天這麼囉唆了，要打就打，哪那麼多的話說。」

艾略特嚴重金芒一閃，說道：「你要找死還不容易，現在我是給你機會讓你多說幾句話，也免得你有什麼遺言沒有交代清楚。」

艾德文表面上一副不屑的樣子，心裏卻很吃驚，暗想道：「這是怎麼回事，平日裏三拳打不出一句話的艾略特居然這麼能說會道？」

艾略特不理會艾德文的表情，繼續說道：「十年來，你們鯤鵬城一直都沒有放棄對聖鸞城的牽制，不斷地想著怎麼打擊聖鸞城的聲譽。若不是顧及天下鳥民對聖鸞城的敬仰，你以為你們能活到現在？」

艾略特不動手，艾德文當然不會傻到搶先去動手。他性格陰狠，也不插話，靜靜地停在空中望著對面的艾略特，身上的光芒一閃一閃的，看似沒有一點防備，暗地卻將靈禽力提升到巔峰，日精薄風盾放出刺眼的光芒。

艾略特眼中露出譏誚神色，說道：「今天既然你們又首先挑起紛爭，我們要是再忍的話，那豈不是讓鳳凰一族的榮譽掃地？所以，你們都給我去死吧！」

遊音傳微術不但能傳音，作為鳳凰一族的族主更加能借用種族異能來控制別人。這樣一來，艾略特在鳳巢大祭司的控制下，話鋒凌厲，很快便將艾德文駁得啞口無言。

神殿裏，金冠大祭司詫異地想道：「艾略特怎麼變得這麼能說了，難道今天他們真的準備動手了？」

突然，金冠大祭司猛地一驚，嘴裏喃喃說道：「遊音傳微術！是鳳凰一族的遊音傳微術，他居然控制住了艾略特。」

艾略特說完那句話，翅膀猛地收縮。尾羽上架著的天宇散光輪突然消失不見。只在空中留下一道長長的白光。

白光到兩方對立的中間就消失不見，艾德文將力量提到巔峰，小心地感知著周圍的一切，日精薄風盾敏銳地在他周圍防禦著。

艾略特嘴角露出一絲微笑，說道：「無知！」

金冠大祭司腦中靈光一閃，恍然道：「好陰險的鳳巢大祭司，聖鸞城裏的居民對神殿鳳凰的崇拜達到了盲目的地步，只要鳳巢大祭司將所有的天鬥士都殺光，然後公告天下，那時候我們都已經死無對證了。」

想到這裏，金冠大祭司渾身冒出冷汗，他自忖不是鳳巢的對手，現在最好的辦法就是化戰爲和。

他雙手不斷地結集成印，金芒肆意流瀉，瞬間就將他籠罩在其中，同時嘴裏輕喝道：「轉！」話音一落，金冠大祭司突然原地消失。

再出現時，他已經來到了艾德文身邊，雙手按在日精薄風盾上，微笑著望向對面的艾略特，說道：「尊敬的鳳巢大祭司，聖女伊格納茨不在神殿裏嗎？」

艾德文一見是金冠大祭司，眼底僅有的那一絲懼意也完全消逝，取而代之的是昂揚的戰意。

「鏗」地一聲響，不知何時出現的天宇散光輪撞在了金冠大祭司的雙手之間，依舊是高速旋轉著，卻再也無法精進半分了。

艾略特突然渾身一抖，眼中露出一絲迷茫神色，隨之便恢復如初。

一眾神武士聽到金冠大祭司的話，不由都張目四望，想看到鳳巢大祭司的位置。

「金冠大祭司，聖女不是去了你那裏了嗎？」一個溫文的聲音響起，彷彿是在眾人耳邊說出來的一般。

鳳巢大祭司一身雪白的祭祀袍，眉心處一點深黃色的晶瑩透出溫和的光芒，滿頭紫色的頭髮隨意地搭在肩上，雙眼神光內斂，透出睿智的光芒。手上拿著一根權杖，權杖上鑲嵌著一顆藍金色的寶石，幽幽地閃著光芒。

歷任的鳳巢大祭司都是鳳凰一族最俊美的鳳凰，這也是鳳凰一族挑選祭司的條件之一。因爲他們相信，萬能的鳥神是天下最美的鳥人，而要接近鳥神，就一定得擁有俊美的外表不可。

金冠大祭司微微一笑，說道：「我讓聖女帶著剛上聖鸞城的幾位客人四下逛逛，這裏出了這麼大的事居然也不來看看，我剛才探查了神殿，居然沒有感覺到聖女的氣息。」

他說話不急不緩，彷彿聖女只不過是件物品一般，即使丟失了也不會有多大的損失。

鳳巢大祭司一直都在關注著神武士與天鬥士之間的爭鬥，根本就沒有分心去理會聖女在哪裏，聽到金冠大祭司的話，英俊的臉龐輕輕地抽動了一下，心裏一驚，趕緊運起靈禽力探查起來。

聖女在神殿的地位崇高，雖沒有鳳巢金冠那麼大的權力，卻還在銀羽碧尾之上，在萬千鳥民心中，甚至比鳳巢金冠還要重要。如果聖女不見了，聖鸞城絕對會面臨一場災難。

鳳巢大祭司神色變幻不定，半天才開口，只聽他緩緩說道：「聖女不在聖鸞城上！」

此言一出，場上所有的鳥人都怔住了，羽器的光芒也漸漸暗淡下去，唐納德吃驚地說道：「尊敬的鳳巢大祭司，聖女剛才還跟著幾名客人在一起，那幾位客人在不在？」

鳳巢大祭司陰沉著臉，說道：「不在，他們都不在了。」

金冠大祭司臉色變幻不定，本來他只是想讓鳳巢大祭司轉移注意力，也就沒怎麼在意聖女到底在不在聖鸞城上。

沒想到現在不但聖女不見了，由他指引上來的幾名鳥人也不見了。要是追究起來，聖鸞城固然會有事，他們鯤鵬城估計只會比聖鸞城更慘。

金冠大祭司正待要說話，鳳巢大祭司首先說道：「有誰見過那幾名鳥人的？」

唐納德期期艾艾地說道：「我們跟天鬥士的爭吵也是由那幾名鳥人引起的。」他將遇上楚天他們的事情說了一遍。

鳳巢大祭司心生忐忑，雙眼精芒一現，盯著金冠大祭司，沉聲說道：「金冠大祭司，他們來找你有什麼事，聖女呢？」

「哼！你這招太極倒用得好！」金冠大祭司心裏悶哼一聲，表面上恭敬地說道，「他們中一個來見我，說是要稟告蟲族最近的動向。」

鳳巢大祭司冷冷地說道：「金冠大祭司是在嘲笑我們鳳凰一族的智商嗎？蟲族的動向，哼，蟲族向來都是四族之中最弱的一支，經過萬年前的那場大戰，蟲族逃往地下世界，就算有什麼動靜，好像也不用這麼大費周章來聖鸞城神殿報到吧！」

金冠大祭司神情冷峻，他也知道自己說的鳳巢大祭司不會相信，但話已出口，他悶哼一聲說道：「尊敬的鳳巢大祭司，事實的確如此，我也沒必要說這麼蹩腳的謊話騙你。」

鳳巢大祭司雙手後負，仰首望天，說道：「聖女不見了，而且還不在聖鸞城，這件事引起的後果是什麼金冠大祭司想必也知道，現在我們兩方都逃不了干係。」

金冠大祭司點點頭道：「聖鸞城之上，除了我們兩人之外，還沒有人能不在我們的指引下下聖鸞城。現在問題就在這裏，我以萬能鳥神的名義起誓，絕沒有送他們下去。」

鳳巢大祭司臉色緩和不少，說道：「剛才我以覆博粼乾術探察了整個聖鸞城的情況，卻找不到聖女的蹤跡。如果不是我術法出了問題，就是他們已經下了聖鸞城。」

金冠大祭司眼中疑惑神色一閃而過，應該不會是鳳巢大祭司為了打擊他們這麼做的，那麼剩下的就只有一個可能了。他咳嗽一聲，說道：「尊敬的鳳巢大祭司，會不會那幾名鳥人有躲避你覆博粼乾術的能力，將聖女藏在了聖鸞城上的某個地方。」

鳳巢大祭司想了想，說道：「剩下也就只有這個可能了，唐納德，你帶著手下的神武士去搜查聖鸞城。記住，如果有人知道了這件事，你就準備去寰瀛刃洞去吧！」

唐納德打了個冷顫，低下頭恭敬地說道：「是，尊敬的鳳巢大祭司！」

寰瀛刃洞是聖鸞城神殿裏懲罰罪人的地方，凡是進去過的鳥人，無一不是哀號十天然後才死去。外面的鳥人只能通過想像來知道裏面究竟是怎樣的情況。

金冠大祭司也同時吩咐道：「艾德文，你帶著手下天鬥士去搜查他們的下落，要是讓其他人知道了這件事，你就提頭來見吧！」

所有的神武士和天鬥士在接受主上的命令之後，沒有半點停滯，紛紛幻化成人形，向神殿外走去。

神殿外只有鳳巢和金冠兩大祭司！

鳳巢大祭司瞇起眼睛，射出一道厲芒望向金冠大祭司，說道：「金冠大祭司，你應該和我一樣都在另一個地方密切地關注著這裏的情況吧！」

金冠大祭司身子一震，他沒有想到鳳巢大祭司居然用這麼直接的方式說出來，不由點點頭，說道：「是的！神武士與天鬥士之爭也不是一天兩天的事情了，我想他們爭執下去也好，起碼能讓力量強大的鳥人在其中樹立起威信，到時候就不會有這麼多的爭吵了。」

鳳巢大祭司冷冷地聽著金冠大祭司慷慨的言辭，心裏冷笑不止，卻也不點破，說道：「本祭司一直都在神殿裏，感知到這裏的情況，他們兩方打鬥的原因就是有一方使用了幻電金波。」

金冠大祭司點點頭，從一開始的談話中他就一直處於被動狀態。儘管他想扳回這種局面，可是鳳巢大祭司根本就不給他機會，一直都用咄咄逼人的語氣說著。

鳳巢大祭司又接著說道：「雖然幻電金波是我們鳳凰一族的力量，但是在神殿裏的圖書館裏對這種普通的力量術法有記載，也就是說在神殿裏所有力量超過翅爵的鳥人都有可能使用出這種力量。」

金冠大祭司點點頭，說道：「那時聖女還在神殿裏，我能很明顯地感覺她的氣息。」

鳳巢大祭司舉起右手的權杖，說道：「沒錯，聖女也應該是在那個時候被那幾名鳥人抓去的，看來我們神殿裏面出了內奸了。」他手上的權杖光華四溢，印染著鳳巢大祭司俊美的臉龐，顯現出一股邪美。

金冠大祭司內心打了個突，他爲了讓手下的天鬥士力量增強。曾經暗地裏把神殿圖書館打開讓他們進去看書，其中就有大部分修煉了鳳凰一族的這種心法。

鳳巢大祭司說完這句話，轉身離開了，只留下心裏驚懼的金冠大祭司。

在這個時候，大天池下卻是異變頓生。

楚天背上突然顯出禽皇的原身，一隻巨大的禿鷹渾身散發著紅黑兩芒張翅長嘯。伊格納茨的兩樣羽器打在楚天的背上就被彈了回來，將伊格納茨震暈。

虛影禽皇長嘯不已，楚天眼中紫金色的光芒猶如實質一般從眼睛裏冒出，慢慢地衝出來向他背後的禽皇直直射過來。

特洛嵐和伯蘭絲兩人同時歎了口氣，心裏想道：「這楚天，真是變態，這種程度的攻擊對他無效不說，居然還把別人給震暈了，禽皇還真是強悍啊！」

大日金烏的光芒愈盛，楚天眼中的紫金色光芒吸引著禽皇的虛影不斷縮小，直到與楚天的身子融合。

楚天突然凌空而起，右手依舊高舉，左手劃了個半圓，空氣中的波動也越來越明顯。

他左手的動作非常慢，每一動之下，整個空間彷彿都受到他的影響一般。

楚天仰天長嘯一聲，大日金烏以極快的速度收攏飛回楚天的體內。外面的濃霧頓時趁勢而入。

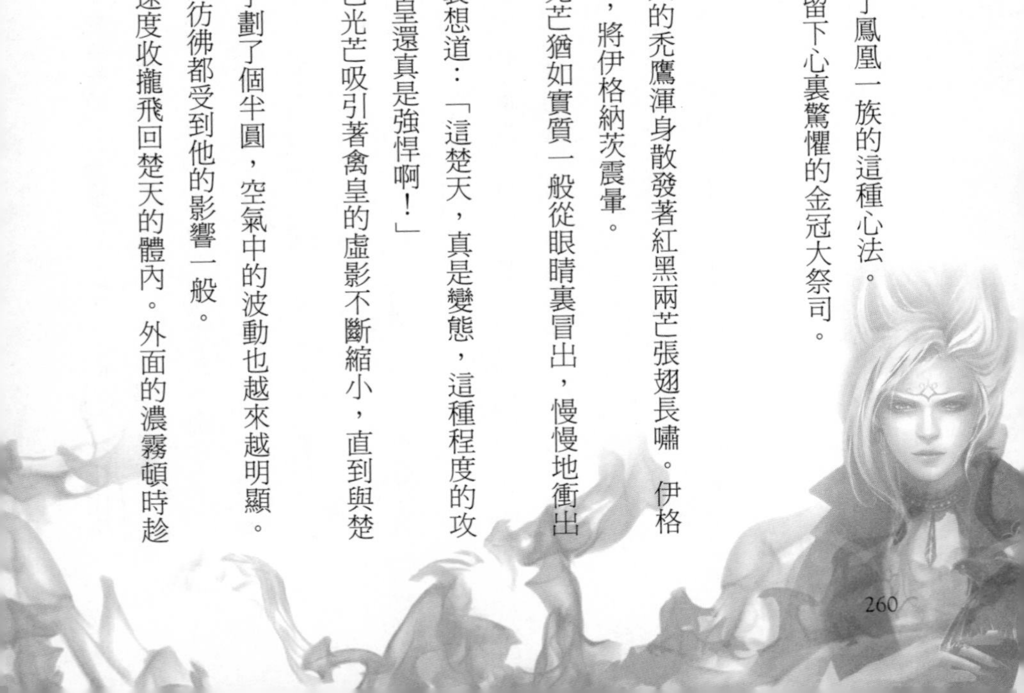

楚天冷哼一聲，嘴裏吐出兩個字：「破吧！」

高舉的右手突然放下，上面積聚的光芒釋放下來，濃霧一碰上光芒，馬上就煙消雲散。

楚天從空中落下，一道殘影閃過，倒在地上的聖女伊格納茨平平飛起，身上籠罩在紫金色的光芒裏。

伯蘭絲扶著的吉娜也突然消失不見，伯蘭絲詫異之下，發現吉娜已經在幾米之外的楚天手上了。

楚天右手由上向下一劃，吉娜即被籠罩起來，不一會兒就睜開眼睛，看到自己在楚天的懷裏，不禁俏臉通紅，低聲嗡嗡說道：「楚大哥，快放我下來！」

楚天微微一笑，說道：「你剛才被濃霧迷失了心智，現在還不能亂動，後面的考驗應該會更加困難，你還是在我懷裏安全。」

伊格納茨此時也已經被放了下來，她一睜開眼睛就發覺自己竟然躺在地上，不由奇怪地問道：「發生了什麼事？我怎麼會暈過去。」

楚天望了伯蘭絲一眼。伯蘭絲頓時就瞭解到楚天的想法，說道：「方才外面的濃霧有毒，你體質稍弱，就暈了過去。」

說完這些，伯蘭絲也不禁感到奇怪，自己什麼時候這麼聽楚天的話了，她疑惑地望向了楚天。

楚天現在雖然長相跟以前沒什麼分別，可是伯蘭絲分明感覺到現在的楚天跟以前的楚天完全是兩個人了。

劍眉斜飛，彷彿就要破眉而出，光是看眉毛就能感覺到一股淩厲的氣勢。雙眼神光內斂，猶如寒潭沁玉的眼睛透出睿智的光芒，但一閃而逝的紫金色光芒卻是充滿了霸氣。臉龐不怒而威，隨時流露出的笑意不但沒有破壞他身上散發出的王者之氣，反而讓他顯得更加貼近人心。

身上所穿的衣物不知什麼時候破損，露出裏面強健的肌肉。完美的身軀散發出一股威嚴的氣勢，整個身子居然就這樣離地兩三公分地站著。

楚天淡然說道：「我們走吧！還是快點找到寶藏。」

特洛嵐和伯蘭絲相視一眼，兩人都從對方的眼裏感覺到無比的震驚。現在的楚天，簡直就像是一名王者，握著千萬生靈性命的王者！

楚天轉過頭，大步地向前走去，特洛嵐和伯蘭絲一言不發地尾隨其後，坎落金和坎落黑兩兄弟毫不猶豫地跟過去。

伊格納茨詫異地感覺著楚天的變化，在她心裏，楚天無疑成了神一般的人物。他的實力能在短短的時間內以這種速度提升，簡直就不是鳥人所能做的。

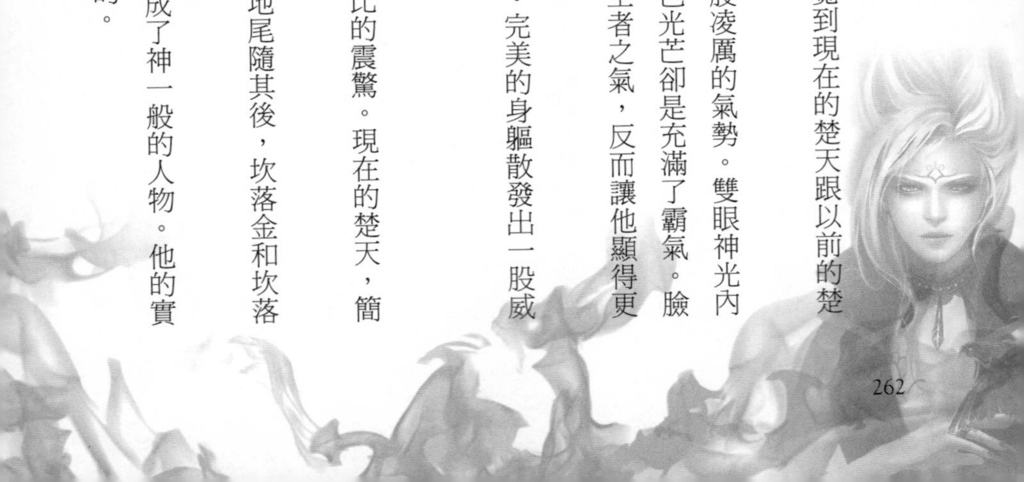

楚天一邊帶著眾人闖過考驗向前行走，一邊在腦子裏整理自己跟禽皇思想融合之後的效果。

萬年前禽皇留下大天池下寶藏的時候，也絕想不到這裏面的靈力居然給他的傳人這麼大的好處，這其中當然絕大部分因為楚天獨特的身分背景，但更多的是種種機緣巧合才聯合導致了楚天現在的力量修為。

雖然他的力量還沒有達到翎爵後期，但現在即使是碰上王級的極道高手，他也足有一拚之力。

從爪爵到翎爵，與傳說中的王級到神級相比，根本就不是一個等級的。翎爵到王級的修煉不但需要力量，更需要的卻是機遇。

一旦到了王級，不僅僅是力量上的轉變，而且在氣勢上也不可同日而語，力量的層次將會得到質的改變。

楚天從腦海裏禽皇的思想裏得到一些比較有用的資料。在這個世界上，像王級以上的極道高手雖然不多，但是每一個都足以顛覆一座天空之城，而且獸族、海族、蟲族都有超越王級的高手存在。

「爺爺的，老子好不容易修煉到了翎爵的境界，沒想到還只是另一個層次的入門階段，真他媽慢死了。」楚天心裏憤憤地想著。

這話要是說出來，估計會被全體的鳥人用羽毛壓死，要是才一個多月就達到了翎爵還慢的話，那所有的鳥人都得撞樹而死了。

楚天懷裏抱著吉娜，大日金烏隨意揮灑，很順利就破解了剩下的幾道考驗。

楚天他們前面是白濛濛的一片，什麼都看不清，好像是天地開始時的混沌一般。

伊格納茨皺著眉，說道：「這是怎麼回事？」

特洛嵐望著楚天，說道：「楚天，我們按照羊皮卷上的要求尋找，道路的盡頭應該就是寶藏所在的地方啊！怎麼會這樣？」

楚天微微一笑，說道：「難道你們沒有發覺自己體內的變化嗎？」

吉娜依偎在楚天的懷裏，低聲地說道：「楚大哥，現在可以放我下來了嗎？」

楚天嘴角彎起一個很好看的弧度，說道：「我倒是不想，能抱著吉娜這麼個美人，我又怎麼捨得呢！哈哈。」說雖是這樣說，楚天還是將吉娜放下。

吉娜臉都紅透了，低下頭無意識地擺弄著翅膀，芳心一片混亂。

伯蘭絲搖搖頭，這楚天，再怎麼有王者之氣，也擺脫不了他那一身痞子氣。

特洛嵐微笑著說道：「楚天，別顧著談情說愛了，還是快說說我們體內的變化吧！」

楚天正色說道：「當年禽皇選中這個地方作爲他收藏寶藏的地方，不僅僅是因爲這裏的地勢隱蔽，另外一個最重要的原因就是這裏靈氣充盈。雖然被禽皇改造之後對修煉九重

禽天變心法的人有用，但是長期處在這種環境裏，對任何鳥人都會有好處的。」

由於寶藏即將到手，楚天的心情非常高興，也有故意顯擺之嫌，他雙手劃圈，體內靈禽力運轉，一個個大大的圓圈向外擴張，紫金色的光芒顯得柔和而迷人。

像是閑庭信步，楚天臉帶微笑地動著雙手，只見白霧一點點地消散，形成一段濃濃的白芒綿延著向楚天身上襲來。

楚天說道：「吉娜，過來！走到我身邊來。」

吉娜不明所以，但是還是很乖順地點點頭，走到楚天身旁，一雙大眼睛一眨不眨地望著楚天。

楚天心裏苦笑：「吉娜，你這樣分明是想讓我走火入魔的啊！擺明了勾引我的嘛。」他輕聲說道，「你現在運轉靈禽力，將白芒吸進體內！對你的修爲將會大有好處的。」

吉娜絲毫不懷疑楚天會害她，點點頭，一雙妙目緩緩閉上，渾身散起一團淡藍色的光芒，漸漸將白芒吸收過來。

楚天又分出一道濃濃的白芒，說道：「伯蘭絲，將崽崽抱過來，這些靈力被我的力量改造之後，對崽崽大有好處。」

伯蘭絲一怔，將崽崽抱到楚天身邊，說道：「崽崽又不能像吉娜一樣運用靈禽力吸收，怎麼辦？」

楚天笑著說道：「我會傳給他的，這對他以後的修煉極有幫助。」說著右手一震，紫金色的光芒便覆蓋在崽崽的身子周圍。

崽崽眨巴著眼睛，身子在光芒的指引下脫離了伯蘭絲的懷抱，停頓在半空之中，白芒就像一條小龍一般由崽崽的頭頂鑽進身體裏面。

崽崽一點都沒有害怕的感覺，咧開小嘴笑著向上望去。小龍像是活物一般鑽進他體內之後就一直在他身體裏遊走，一股熱浪暖洋洋地在他身子裏衝擊著。

直到白芒完全被崽崽吸收，楚天才鬆了口氣，說道：「好了。特洛嵐，你跟伯蘭絲兩個都不是處子之身了，這些對你們也沒有太大的用處。不過我估計你們從進了大天池池底到現在，力量修爲已經有了很大的飛躍。等我們找到寶藏出去之後你們就專心修煉，應該能很快就突破銳爵前期。」

頓了頓，不等特洛嵐說話，楚天又接著說道：「伊格納茨，坎落金，坎落黑，你們也過來吧！」

坎落金和坎落黑兩兄弟對楚天的話自然是言聽計從，馬上走到楚天的身邊。

伊格納茨則是怔了半晌才說道：「楚天，你是叫我過去？」

楚天笑著說道：「怎麼，難道聖女的架子就這麼大，還要我過去抱你來不成？」

伊格納茨現在心情極爲複雜，從楚天他們的談話中，很明顯就能知道這像小龍一般的靈力對她的力量修爲提升一定會大有幫助。但是她怎麼說也是聖鸞城的聖女，是他們的俘虜和敵人，他怎麼會這麼好心來幫她。

楚天看出了伊格納茨心裏的疑惑，笑著說道：「我不會要你做什麼的，這麼多的靈力我一個人也吸收不了，等我們取完寶藏，這裏的一切都不再存在，難道要這麼多的靈力餵豬嗎？你還等什麼，快過來，是敵是友也要等到了外面再說。」

伊格納茨一咬牙，她也不想放過這麼好的機會，可是才向前走了一步，突然瞪大眼睛白了楚天一眼，說道：「什麼餵豬，楚天，你就不能說好聽點的？」話一說出口，她就臉紅了，這樣說話在她來說還是第一次。

楚天打個哈哈，說道：「好好好，不是餵豬，是餵聖女伊格納茨總行了吧！」

伊格納茨點點頭，說道：「那還差不……哼！」聽出了話裏的玩笑之意，她重重地聳了聳俏鼻，不再說話，走到楚天身邊。

等到所有的白芒都被吸收完了，楚天才鬆了口氣。

特洛嵐疑惑地說道：「楚天，寶藏呢？」

楚天隨意地向前一指，說道：「不就在前面嗎？啊……怎麼會沒有。」他望著前面空蕩蕩的一座石室發著呆。

伯蘭絲冷笑一聲，說道：「楚天，你到底有沒有記錯？」

楚天敲擊著額頭，訕訕地說道：「這個，我也不是很清楚，羊皮卷上就是這麼顯示的，可能禽皇當時一緊張就把地圖給畫錯了吧！」說完還自以爲幽默地笑笑。

很明顯他的笑話並不好笑，所有人都沒有表情。

特洛嵐很是鬱悶，說道：「怎麼會沒有呢，楚天，你再想想！」

楚天搖頭晃腦地說道：「寶藏，寶藏！」他渾身氣勢一漲，大日金烏破體而出，發出一陣興奮的鳴叫聲。

楚天望著前面，臉色時驚時喜，眼中紅黑兩芒變幻極爲迅速，邊沿的紫金色光芒更是大盛，嘴裏念念有詞：「萬年了，萬年了，本王終於又回到這裏了。」

特洛嵐和伯蘭絲兩人聽出楚天話裏的意思，心裏均是一驚，想道：「禽皇出世！」

隨著一道刺眼的金光閃過，展現在楚天他們面前的是一個巨大的金庫，熠熠生光。

楚天眼中透出一股狂熱，原來的光芒都消逝不見，只留下滿目的感慨，自言自語地說道：「沒想到萬年前以防萬一的東西現在居然真的派上了用場！鳳凰，鯤鵬，神權，王權，你們都等著吧！萬年之後的我以另一種身分回來了。哈哈……」

最後的笑聲若狂若癲，他眼中漸漸透出一股迷離神色，嘴裏的狂吼變成了低低的細語，彷彿是對情人的細聲安撫：「依雅，我回來了！我答應你一定會回來的。」

楚天流淚了！他雙眼逐漸變紅，紫金色的光芒將眼淚侵蝕掉，他昂起頭，聲音又開始

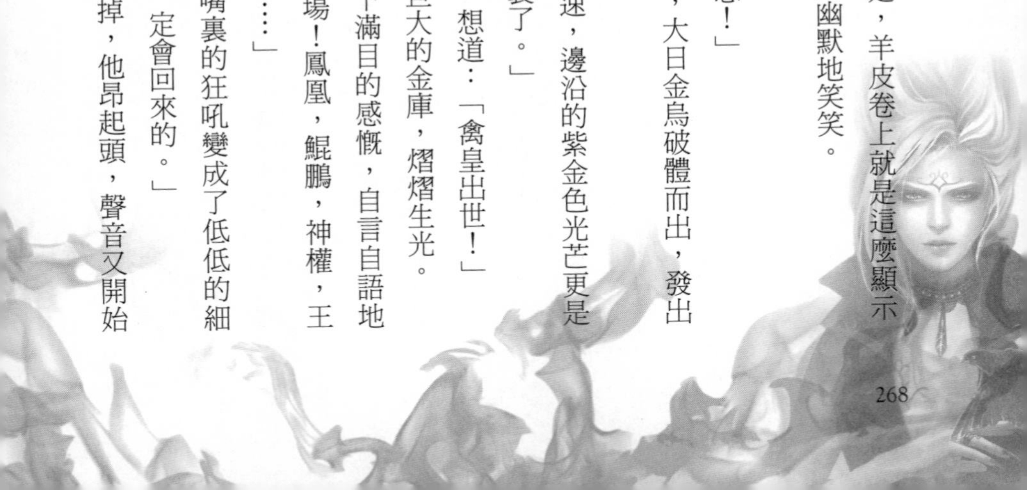

尖銳起來：「他們都得爲自己的行爲開始付出代價！」

特洛嵐走到楚天身邊，說道：「楚天，你是楚天，你不是禽皇，快點振作心神！」

楚天聽到特洛嵐的叫喚，眼中的迷離神色開始淡去，取而代之的是一股王者才能擁有的銳利眼神，他淡淡一笑，說道：「特洛嵐，你錯了，既然我繼承了禽皇的一切，就應該付出相應的代價！從今天開始，我楚天，就是新一任的禽皇！」

特洛嵐還待要再說話，伯蘭絲打斷了他，說道：「楚天，不管怎麼樣，現在我們都是一起的，你做什麼我們都會一直支持下去的。」

楚天淡淡一笑，右手敲擊著額頭，說道：「我們進去吧！外面已經在尋找聖女了。」

伊格納茨能夠在如此年輕就做到聖女，心智肯定超乎尋常。從楚天他們現在毫無避諱的言語之中，隱隱約約猜到楚天的身分，但是絕對不會想到楚天居然是從另一個星球將禽皇帶過來。

現在的楚天已經吸收了禽皇大部分的思想，畢竟這金庫寶藏是禽皇萬年前的心血，一觸碰到寶藏，禽皇的思想在熟悉的情景之下不斷被刺激，一點點與楚天的思想融爲一體。可以說，現在的楚天，已經算是初期的禽皇了。

二十八顆雞蛋大小的夜明珠組成一個巨大的陣形擺在金庫頂上正中央，將整個室內印染得輝煌。正中央是一個巨大乳白色的圓盤，卻釋放著淡淡的紫芒。紫芒凝而不散，在夜明珠的照耀下，折射出一隻巨大的鳥的圖案。

周圍則是各種各樣的財寶，耀眼的光芒刺得人眼都睜不開。楚天站在門口處，嘴角彎起一絲笑容，以他愛財的性格，看到這些財寶居然沒有一絲渴望，看來禽皇的思想已經開始在影響他的性格了。

特洛嵐站在楚天的旁邊，他身爲綠絲屏城城主的家臣，不是沒見過財寶，但是現在就算是將整個綠絲屏城的財寶全部拿出來，恐怕也比不上這裏的一半。

他張大嘴巴，難以置信地說道：「這……這就是禽皇的寶藏？天啊！」

楚天淡淡一笑，說道：「這些寶藏算什麼，這裏最珍貴的幾樣東西還沒出來呢！」

吉娜從來沒有見過這麼多的寶藏。早已是眼花繚亂，聽到楚天的話，不由問道：「楚大哥，還有寶藏？」

楚天笑著說道：「怎麼，吉娜看到這些財寶也動心了？」說著似笑非笑地望著吉娜。

吉娜俏臉一紅，低頭輕聲地說道：「楚大哥，我還從來沒有見過這麼多的寶藏呢！」

伯蘭絲瞪了楚天一眼，開始維護吉娜，說道：「楚天，不要說吉娜，就是我跟特洛嵐，還有聖女，恐怕都沒有見過這麼多的寶藏，這裏面的東西，隨隨便便一樣拿出去，恐怕就價值連城了。」

第十四章 烈焰神煞

楚天深深地望了吉娜一眼，突然回過頭，凌空飛起，從金庫右角拿出一串每顆都只有龍眼大小的項鏈，閃電折身來到吉娜身邊，說道：「寶珠配美人，吉娜，來，我爲你戴上。」

他前世身爲通天大盜，討女人歡喜的辦法多的是，何況這裏有這麼多的寶物，他怎麼能放過這麼好的機會呢！

吉娜連連後退，說道：「楚大哥，這麼貴重的東西我不能要。」

楚天以一種不容吉娜拒絕的口吻說道：「吉娜，這可是我第一次送禮物給別人，你要是推辭，就是對我楚天的侮辱了。」

吉娜低下頭，露出白皙的脖頸，害羞地讓楚天爲她戴上。

伊格納茨在一旁心裏生出幾分黯然，但是她馬上就開始自責道：「你是聖女，他是禽皇的傳人，跟你是對立的，怎麼能這樣呢！」想了一會兒，心裏才慢慢平靜下來，不過心裏仍然期望楚天也能送她一串。

吉娜皮膚雪白，戴上項鏈之後更是美豔不可方物，脖子上的項鏈就像是爲她量身定做的一般，爲她清雅脫俗的外表又添上幾分高貴。

楚天望著吉娜，微笑著說道：「吉娜，你戴上這項鏈只能說是項鏈因爲你而美麗。」

吉娜聽到這話，本來就低下的頭，更加埋進了胸前，簡直就是另一隻鴕鳥了。

楚天哈哈大笑，不再調笑吉娜，轉身目不轉睛地望著金庫頂上的夜明珠。

特洛嵐見楚天如此專注，也不打擾，靜靜地站在一邊，心裏想著怎麼將這麼多的財寶運走。

楚天敲擊著額頭，突然說道：「特洛嵐，我們進去。」

伯蘭絲皺眉說道：「楚天，這裏會不會有什麼機關？」

楚天笑笑，他前世身爲大盜，對機關之術當然鑽研深刻，即使是在這個擁有靈禽力的世界也依舊能行，剛才他沉默那麼久，就是在觀察這裏的機關。

因爲這裏面所有的寶藏中有幾樣非常特殊，需要機緣才能得到，所以當年禽皇也沒有怎麼設置機關之類的花哨東西。

楚天自然能夠看得出來，更何況腦子裏禽皇的思想記憶裏有過提及，所以聽到伯蘭絲的話，楚天笑著說道：「不會，現在我們的問題就是應該怎麼樣將這麼多的寶藏從聖鸞城裏幾大祭司眼皮底下拿走。」

特洛嵐皺著眉頭，說道：「楚天，當年禽皇既然有能力將這麼多的寶藏運到這裏來，自然就有辦法能將這些寶藏運走。」

楚天微笑著說道：「嗯，應該是的！你們先看看裏面有沒有什麼奇特的可裝物品的東西，我去取幾樣東西。」

吉娜好奇地問道：「楚大哥，這裏還有其他藏寶的地方嗎？」

楚天敲著額頭，笑著道：「沒有啊！我就是在這裏取東西，不過可能會有點麻煩。」

伊格納茨心裏隱隱的期盼沒有實現，心裏失落落，看楚天的眼神也是怪怪的。

楚天自信地笑著望向那二十八顆夜明珠，心裏感慨道：「沒想到在這個鳥人主宰的世界，居然也會有鳥人懂得二十八星宿陣！看來我還真是沒有白成這麼一隻鳥了。」

二十八星宿陣其實是依照蒼穹之中二十八顆星星的運行軌跡擺出的陣，天穹無方，星宿遍佈。這二十八星宿陣並不是地球上所說的二十八星宿，天大星多，任何二十八顆星宿都可以爲陣，所以不同的星宿組合而成的陣，就會有著不同效果。

楚天是來到這個世界第一次碰上跟地球上相同的東西，心裏一陣技癢。其實以他現在的力量，完全可以將陣勢給強行破掉，可是那樣一來，就少了很多樂趣。

他心裏默運靈禽力，整個人向夜明珠方向飄去，凝神的雙瞳透出一股難以抗拒的力量。

等到他飛到觸及地面的乳白色圓盤的邊緣地帶時，異變生起，紫芒凝結而成的鳥張開雙翅，脖子伸長仰天，彷彿能聽到牠激昂的鳴叫聲。

原來是凝神，楚天明白了這種二十八星宿陣其中的一種功能是凝神。所謂凝神，就是將本來沒有生命沒有實質的物體凝聚成活物，被賦予凝神的活物將能夠按照主上的意志進行任何行動。

看來還是有點棘手啊！楚天微微苦笑，就算是禽皇留下的一點靈禽力所幻化的鳥，楚天對付起來也是麻煩萬分，畢竟禽皇戰鬥的技巧不是吹出來的。更何況就算楚天將紫鳥擊潰，在二十八星宿陣的幫助下，很快就能復原，速度之快，根本就不允許楚天有進一步的行動。

此時楚天已經進入了圓盤所在範圍之內，並且滅掉了幾次紫鳥。

特洛嵐和伯蘭絲兩隻鴕鳥並不靠近圓盤，他們都在統計著寶藏的數量，而且還在尋找能將所有寶藏運走的東西。

吉娜抱著崽崽，目不轉睛地望著圓盤裏渾身冒著紫金色光芒的楚天，心裏一陣甜蜜。

伊格納茨滿腹心事地站在吉娜旁邊，看著吉娜喜悅的臉龐，心裏生出一絲莫名的嫉妒。

坎落金和坎落黑幫不上忙，只能站在金庫門口，警惕地望著外面，就算是明知道沒有危險，他們依舊是高度防禦著。

楚天滅掉幾次紫鳥之後，又發現了這陣的另外一種功能，那就是滅智，也就是說，現在處於其中的楚天，心神已經有點恍惚。若不是已經將禽皇的思想吸收了大部分，楚天說不定早就暈過去了。

楚天漫不經心地滅著紫鳥，心裏卻在盤計著怎麼樣破掉陣法。突然腦中靈光一閃，楚天嘴角彎起一絲笑容：「爺爺的，這麼簡單的方法老子都學不會，看來這禽皇的思想也不是那麼靈光嘛！」

這話要是禽皇聽到了，估計會再去異界一次，要知道，禽皇可是鳥人世界裏被譽爲最接近萬能鳥神的鳥人了。

楚天身如炮彈一般棄紫鳥不顧，向頂上的夜明珠衝去。

夜明珠彷佛活物一般，見楚天衝過來，空中的紫色光芒明顯地開始波動，就好像它們也驚慌失措一樣。

楚天雙手不斷結集著手印，紫金色的光芒在他的雙手之間流溢。雖然圓盤裏紫光繚繞，但是楚天手上的紫金色光芒在其中非但不顯得暗，反而更加明亮顯眼起來。

「禽皇令，收！」

隨著楚天嘴裏的一聲輕喝，頂上的二十八顆夜明珠光芒先是一漲，隨之暗淡下來，飛到楚天身體裏面消失不見。

吉娜因爲是一直盯著楚天看，一發現情況不對，就馬上驚奇地說道：「楚大哥，那些夜明珠怎麼會無緣無故就消失不見了，你身上怎麼發光了呢？」

原來楚天釋放出紫金色光芒的時候因爲身處其中，並沒有感覺有多亮。可是身處外面的幾人都不得不閉上眼睛以防被光芒刺傷眼睛。

楚天空中笑著說道：「吉娜，這二十八顆夜明珠現在就在我體內，要不然你以爲你楚大哥我能發出這麼柔和的光芒啊！」

一直沒有說話的伊格納茨突然尖聲說道：「楚天，你剛才吸收的那些烈煞珠，是不是傳說中的神級羽器烈火黑煞絲的一部分？」

楚天愣了一下，顯然他也沒有想到伊格納茨居然會知道神級羽器烈火黑煞絲，並不僅僅是烈火黑煞絲消失了萬年，而是這件神級羽器很少在世間出現。

楚天身上散發出柔和的乳白色光芒，因爲本身有紫金色光芒的緣故，所以其中又夾雜著淡淡的紫金色。

底下的圓盤已經不再釋放紫芒，靜靜地躺在地上。

楚天笑著說道：「不知道聖女怎麼知道這些珠子是烈煞珠的，還能知道神級羽器烈火黑煞絲？」

饒是特洛嵐和伯蘭絲有家傳記憶，他們也沒有聽過烈火黑煞絲之名，不由盯著伊格納茨，看她怎麼說。

伊格納茨略微失神，說道：「我們紅頂鵰一族的先祖，受過擁有烈火黑煞絲的鳥人的幫助！」

楚天點點頭，露出恍然的神情，右手敲擊著額頭，笑著說道：「原來是這樣！我就說嘛，禽皇自從擁有這件神級羽器，就一直沒有用作攻擊性羽器使用，又怎麼會有人知道呢。」

特洛嵐奇怪地說道：「楚天，羽器難道還有集攻擊和防禦一體的嗎？」

楚天正待要說話，底下不動的圓盤突然劇烈地振動起來，空氣中的紫芒被一股吸力吸引，向圓盤湧去。

楚天力量超凡，在空中毅然不動，嘴裏笑著說道：「特洛嵐，等等再跟你解釋，又有寶物要出來了。」

紫芒完全被圓盤吸收之後，圓盤又停滯不動。楚天臉上微微露出驚訝神色，望著圓盤。

楚天體內剛被吸收進去的二十八顆烈煞珠自在他體內蠕動起來。楚天只覺體內的靈禽力漸漸有如實質一般開始像珠子一般凝結，形成一顆顆跟烈煞珠差不多大小的晶瑩珠子。

在特洛嵐他們眼中，楚天渾身冒著白中帶紫的柔和光芒，雖然依舊是充滿了王者之氣，但是卻少了份威嚴，多了幾分平和。

光芒向外擴散，一觸碰到圓盤，就發生了變化。圓盤突然從中間分開，露出裏面閃爍著黃色光芒的物品。

崽崽忍不住好奇心，在吉娜的懷裏使勁伸著脖子向圓盤望去，嘴裏念念有詞地說道：「好東西，出來好東西！」

楚天挺起胸膛，雙眼紅黑兩芒越變越快，周圍的紫金色光芒刺得就算是特洛嵐和伯蘭絲也感覺到一陣不舒服。

倏地，一團火一樣的光影從圓盤中間飛出，鑽到楚天身體之內消失不見。

吉娜掩口輕呼，臉上掩飾不住對楚天的關切，一顆芳心直跳，生怕楚天有什麼意外發生。

光影鑽進楚天體內的一瞬間，所有的烈煞珠從楚天體內飛出，在楚天的身體周圍形成一個古怪的陣法，圍著楚天慢慢旋轉起來。

慢慢的，二十八顆烈煞珠好像是被一根看不見的細線牽連在一起，所有珠子之間的空隙一閃一閃地放著黃黑兩道光芒。

楚天低下頭，大笑著說道：「萬年之後，終於還是成了你的主上，烈火黑煞絲！」原來這才是完整的烈火黑煞絲！

特洛嵐和伯蘭絲只感覺體內的羽器一陣躁動不安，他們運起靈禽力壓制，卻不想不一會兒，虯黿翼和碧波粼羽刀紛紛從體內衝出。

銀白色的虯黿翼光芒四射，但是光芒一接觸到楚天身上散發出來的白芒立即暗淡，並且不斷後退，顯得很是害怕！同樣的，碧波粼羽刀散發出的碧芒也是不斷後退。

若不是楚天本身的力量不能發揮出神級羽器十分之一的威力，兼之他剛剛收服烈火黑煞絲，特洛嵐他們的羽器恐怕會主動帶著特洛嵐他們逃走。

雖然是這麼說，但是一般的神級羽器也並不能讓小他們兩級的高級羽器如此驚慌，主要還是看神級羽器受到什麼樣的氣質渲染。就好比是一門大炮，如果在一個什麼都不知道的小孩手裏，就不可能引起恐慌一樣。

禽皇是鳥人世界最強大的王者，所以，他所擁有的神級羽器也擁有著羽器之中的王者之氣！

這就是真正神級羽器的王威！

伊格納茨體內的高級羽器縹靈奪翎環和家族羽器瑩光晶鑲手紛紛脫體而出，臣服在楚天的神器之下。

伊格納茨卻是還不理會，她神情激動地望著空中擁有了神級羽器的楚天，她們紅頂鶥一族的祖訓上就有一條，日後若是碰上了擁有烈火黑煞絲的人，一定要報恩！沒想到過了幾萬年，終於還是讓她們給碰上了。

楚天深吸一口氣，將烈火黑煞絲吸進體內，然後落到打開的圓盤旁邊站著。

特洛嵐和伯蘭絲他們見沒有什麼異樣，再加上這圓盤上的一切給了他們太多的震動，全部都走到楚天的身邊，向黃光散發的地方望去。

一顆散發著黃光的圓珠子安靜地躺在裏面，旁邊是一個毛筆來長的閃著血色的圓筒。

特洛嵐問道：「楚天，這些又是什麼東西？」

楚天右手虛抓，將兩樣東西吸到手上，笑著說道：「這放著黃光的是能讓我突破修爲瓶頸的寶貝，叫做雪翎丹。這個圓筒呢，就是讓人聞之色變的頂級羽器修羅鳥語針了！」

此言一出，特洛嵐和伯蘭絲面面相覷，一時之間竟然說不出話來。

半晌，特洛嵐才苦笑著說道：「楚天，這寶藏也太強悍了吧！我的心臟就快要受不了了。要是再來一樣，估計就會直接休克了。」

楚天大笑著說道：「特洛嵐，你這樣怎麼行！以後要是要你統率萬人軍隊去打仗，那你怎麼辦？這點心理素質都沒有怎麼行。」他毫無顧忌地當著聖女伊格納茨的面說出這些話。

伯蘭絲眉頭一皺，但是忍住沒說什麼，現在的楚天已經不是當初那個沒有魄力和力量的楚天了。他既然這麼說，自然有他的道理。

特洛嵐對楚天的嘲笑並不在意，說道：「你當然不怕，誰要是有了你這麼一身變態的裝備，那還不是在這個世界上橫著走都沒有人敢管。」

楚天哈哈一笑，大言不慚地說道：「笑話，你以爲這些頂級神級那麼容易得到啊！要不是我人品超級好，哪能有這等機遇。」

特洛嵐腦子一陣發暈，看著楚天無力地說道：「要不是你這無賴的性格還沒變，我都不能確定你到底是不是楚天了。」

伯蘭絲插口說道：「楚天，你說說這烈火黑煞絲是怎麼回事吧！」

楚天點點頭，正色說道：「現在還有時間，我就告訴你們吧。」

特洛嵐早已按捺不住，連連催促道：「楚天，你能不能快點說，連我跟伯蘭絲的家族記憶都沒有印象的神級羽器，肯定很強悍。」

楚天敲擊著額頭，說道：「烈火黑煞絲的第一任主上不知道是哪位前輩，在萬年前的一次機緣巧合之下，被當時還只是天弋城城主的禽皇得到。禽皇開始並不知道這烈火黑煞絲是神級羽器，因爲它除了超強的防禦能力之外，並沒有什麼特別之處。」

特洛嵐吃驚地說道：「超強的防禦能力還不算是特別之處，要知道這個世界上將羽器作爲純粹防禦手段的鳥人並不多，更別說出現一個擁有超強防禦的羽器了。」

楚天沒好氣地說道：「特洛嵐，你難道不知道達到王級境界的鳥人能夠同時擁有幾件羽器的嗎?你所說的不多，只是在我們這些翎爵以下的鳥人中而言。」

吉娜小聲地說道：「楚大哥，那照你這麼說，所有的王級以上的鳥人前輩，都有防禦羽器了?」

楚天點點頭，說道：「不錯，到了他們那種境界，一般的攻擊對他們已經產生不了傷害，但是一旦碰上相同等級的高手，一點靈禽力都能決定勝負，所以他們一般都會有一件防禦的羽器，針對不同的攻擊效果。」

伊格納茨突然插口說道：「楚天，對於王級境界的事情你怎麼會知道得那麼清楚?」

楚天隨口說道：「你別忘了我是禽皇的傳人，在鳥人的世界裏，凡是萬年前修身到王級的高手禽皇都瞭如指掌。」

這是他早就想好的推辭，所有他知道的事情只要有什麼疑問都推到禽皇頭上，誰叫你個大鳥當初把我從人類的世界送到這個鳥人的世界。

伊格納茨將信將疑，安靜地站在一邊繼續聽楚天說話。

楚天接著說道：「直到有一次跟一個修爲達到了王級頂峰的高手決鬥時，禽皇才發現了體內烈火黑煞絲的另外一種作用，那就是超強的攻擊力。禽皇在生死關頭引發體內的烈

火黑煞絲，當時羽器中的一部分，二十八顆烈煞珠從禽皇體內飛出，連連使出凝神、滅智兩樣技能。」

說到這裏，楚天故意頓了頓，問道：「你們知道爲什麼這件神級羽器要叫做烈火黑煞絲嗎？」

也不等特洛嵐他們答話，楚天接著說道：「除了這些珠子叫做烈煞珠之外，烈火黑煞絲最主要的部分其實是那看不見的火煞絲。在注入靈禽力之後，烈火黑煞絲能分爲兩個部分，一部分就是二十八星宿陣，不但能保護主上，而且能附帶著起到擾亂心神的作用另一部分就是攻擊性的火煞絲。」

特洛嵐露出一個明白的神色，正要說話，楚天制止他，說道：「難道你就不能不打擾我說話，讓我說完嗎？」

特洛嵐一愣，看著楚天一副得意的神情，知道他是報復當初在森林裏跟百變星君說話時受的癟。

楚天笑著說道：「火煞絲無影無形，在注入了靈禽力之後，火煞絲能夠視敵手的一切防禦如無物，這才讓禽皇知道了原來烈火黑煞絲是一件神級羽器。」

特洛嵐不解地問道：「羽器的級別不是很容易就能辨認的嗎？以禽皇天縱之資，又怎麼會識別不出呢？」

楚天這次沒有制止，等他說完才回答道：「要是那麼容易就被辨認出來，就不是神級羽器中的烈火黑煞絲了。禽皇知道它是神級羽器之後，花了幾年的時間才完全鑽研出來。」

伊格納茨插口說道：「自從先祖受了烈火黑煞絲的主上相助之後，就一直在尋找它的主上。經過多年的查探，雖然依舊沒有找到，但是卻知道了烈火黑煞絲的來歷。」

楚天饒有興趣地望著伊格納茨，說道：「聖女，你們紅頂鶥一族被相助的事情我倒是知道一點。據說你們紅頂鶥一族的祖訓上就有著凡是紅頂鶥一族的後代若是碰上烈火黑煞絲的主上，一定要鼎立相助，是不是？」

伊格納茨難以置信地望著楚天，說道：「你怎麼會知道？這是我們紅頂鶥一族的秘密。」

楚天笑著說道：「禽皇是什麼人物，你以爲這世上哪一族有什麼事能瞞過他嗎？」

伊格納茨歎了口氣，說道：「那爲什麼萬年前他不找我族來幫忙，我們紅頂鶥一族凡是祖訓上有的條例，就一定會遵守的。」

楚天搖搖頭，說道：「禽皇何其高傲，雖然他擁有烈火黑煞絲，但是因爲不是他幫助過紅頂鶥一族，所以不會接受你們的幫助。當初他跟大雷鵬神的決鬥之所以輸了，就是因爲沒有使出烈火黑煞絲，不然你們以爲禽皇會敗嗎？」

伊格納茨顫聲說道：「難道禽皇就是不想讓我們紅頂鸍一族知道他擁有烈火黑煞絲，才會不用的嗎？」

楚天低低歎了口氣，說道：「禽皇知道，若是讓你們族人知道了，以你們家族的性格，一定會不計一切代價相助的，所以才不用，但是這也是其中一個原因。最重要的是，禽皇最愛的女人依雅在大雷鵬神的手裏，烈火黑煞絲殺傷力之強，就是禽皇也難以完全控制。」

伊格納茨呆望著楚天，說道：「難道先祖的託付，我們後代永遠都無法完成嗎？」

楚天微微一笑，說道：「誰說的，我現在不就是烈火黑煞絲的主上嗎？」

伊格納茨醒悟過來，說道：「是的，如果你以後有什麼需要幫助的，我們紅頂鸍一族一定傾盡全力相助。」

楚天點點頭，笑著說道：「哈哈，沒想到竟然會有這麼意外的收獲。」

特洛嵐和伯蘭絲也是一臉的興奮，紅頂鸍一族身爲聖女之族，其隱藏的實力不容任何人小覷。

楚天也是打的這個主意，現在他的性格較之當初的禽皇，多了一些狡詐和不擇手段。

特洛嵐說道：「楚天，現在我們找到了寶藏，怎麼把它們帶走啊？」

楚天笑著說道：「你以爲禽皇是怎麼帶進來的，這裏有一件空間袋，能容納這裏所有的寶藏。」

特洛嵐吃驚地說道：「空間袋？禽皇的寶物還真是多啊！」

楚天鄙視地白了鴕鳥一眼說道：「這個世界上的空間袋雖然不多，但是這麼重要的物品，禽皇怎麼可能沒有呢？」

特洛嵐點點頭，說道：「這倒也是，雖然現在世界上空間袋的製作方法已經失傳，但是各個有實力的家族都會擁有，身爲萬鳥王者的禽皇又怎麼可能沒有呢！」

楚天擡起頭，望著金庫的頂端，說道：「我聽到靜謐的水聲了，大天池外面有什麼流動的水流沒？」

伊格納茨回答道：「我剛估計了一下，現在我們的位置應該是在一處噴泉附近。」

楚天右手敲擊著額頭，笑著說道：「這就是了，特洛嵐，把這空間袋拿去將寶藏都裝進去。」說著左手輕輕一揮，一股強大的吸力帶起一個隨意擺在左邊不顯眼的地方的灰色袋子。

這袋子只有人小臂長，大腿粗，一接過，特洛嵐就凝聚靈禽力向裏面輸送進去，隨後空間袋就好像活了起來一樣，自主飛到半空中，張開口將所有的財寶都吸了進去，待完成後，特洛嵐將袋子收好，隨後說道：「楚天，我們怎麼出去？」

楚天笑著說道：「這還不容易，我們把這個金庫給毀了不就能出去了，再說了，這金

庫本身也是財寶呢。」

特洛嵐很是鬱悶，說道：「楚天，要是驚動了外面的守衛，那我們不是麻煩了？」

楚天笑著說道：「金庫雖然毀了，但是還是在大天池池底，上面是噴泉，每隔一段時間噴泉都會出現奇觀，我們可以借著那個時間段進行啊！」

伯蘭絲歎了口氣，說道：「禽皇果然是智謀過人，這些細節都能想到，想必他當初建了金庫的時候，就沒有放過建築金庫所用的燮金了。」

楚天笑著說道：「那是自然，燮金在這個世界已經是很好的兵器材料了，這麼大個金庫，以後爲士兵們鍛造兵器時加入燮金的話，會大佔優勢的。」

伊格納茨擺擺手，打斷楚天的話，說道：「楚天，你們真的要繼承禽皇的意志與聖鸞城和鯤鵬城爲敵？」

楚天點點頭，眼中透出一股強烈的殺氣，說道：「是的！自從我知道紅頂鶥一族的事情之後，就沒打算隱瞞你，我們會完成禽皇的意志，讓假仁假義的神、王兩權知道，他們當年的做法是多麼的愚昧！」

說完，楚天不理會聖女伊格納茨的表情，雙手撐開，似乎是爲了宣泄心中的怒氣，紫金色的光芒從全身每個方向向外爆出，嘴裏冷哼道：「大家都退到外面去，現在正是噴泉異象的時候。」

一陣融合了紫金白黑紅五色的光芒好像巨龍一樣遊轉而出，衝向四周，「轟！」金庫被楚天強大的力量炸得四分五裂。

特洛嵐的虯龍翼伸出，伯蘭絲的碧波粼羽刀也隨之飛出，在抵消這爆炸餘力的同時將空中飛散的變金塊收入空間袋裏。

大日金烏從楚天體內飛出，放出靈力將大天池池水給頂住。

磅礡的水流在上面咆哮著，水珠四濺，帶著絲絲涼意向楚天他們的面上侵來。

楚天大喝一聲，說道：「你們快點從池水裏出去，記住，一定要從大日金烏中心部分的水流裏出去。」

特洛嵐和伯蘭絲接過崽崽，運起靈禽力，首先向外衝去，伊格納茨和坎落金、坎落黑兩兄弟緊隨在後向外衝去。楚天一個閃身來到吉娜身邊，不由分說抱起她向外飛起。

大日金烏在楚天的意志之下漸漸收起光芒，在楚天衝出去的瞬間飛回楚天體內。

特洛嵐和伯蘭絲兩隻鴕鳥身上均被藍光覆蓋，多年的生存經驗讓他們一衝出大天池就開始謹慎地觀察著周圍的環境。

在最後的楚天大聲說道：「特洛嵐，我們現在是在噴泉的正中央，你看好周圍的一切，這裏有許多聖鸞城派遣的軍隊守衛著，我們一定要小心。」

躺在他懷裏的吉娜看到特洛嵐他們有些曖昧地望著她，不由羞紅了臉，低下頭來，輕

輕地掙扎起來，想要從楚天的身上下去。哪知楚天並不理會吉娜的掙扎，只是摟著她，略微責怪的眼神望得吉娜心裏怦怦直跳。

鳳巢大祭司正在神殿的外面俯瞰大天池，因爲他已經感覺到底下噴泉開始了又一次的奇觀。

大天池處於聖鸞城的正下方，在楚天他們上來的山峰之頂，素來都是鳥族的禁地，彷佛裏面藏著什麼不可告人的秘密。

雖然是在鳥人世界的最高山峰之上，大天池的池水卻是溫暖無比。如此雖然天氣陰寒，但大天池的周圍卻是一片綠蔭，各種各樣的花花草草茂盛地生長著，一片勃勃生機，彷佛身處在天堂之中。

尤其是在大天池周圍有著十二口噴泉，每天的正午，所有的噴泉就會聯合起來，形成一道極其壯觀的水柱，閃現著七彩的光芒。

此時，鳳巢大祭司已經運轉體內靈禽力，將種族異能中的天眼明瞳術運到極致。

自從他被家族選中，成爲聖鸞城裏最尊貴的鳳巢大祭司以來，他就一直想知道大天池下面到底藏著什麼樣的秘密。可是家族萬年前禽皇之亂之後就立下祖訓，後人不得進入大天池，並且還要暗中安排軍隊監視大天池的一切動靜。

雖然他一直都在遵守著祖訓，但是越是這樣，心裏的好奇心就越是被高高勾起。不得不承認，好奇心雖然能夠害死人，但是也是力量成長的動力。爲了能夠探察大天池池底的秘密，他暗自修煉了鳳凰一族最難以練成的天眼明瞳術。

相傳將天眼明瞳術修煉到最高境界，能夠看穿日月，洞明大地。鳳巢大祭司雖然沒有達到那個地步，但是他相信最少也能看穿藏在大天池池底的秘密。

所以當他一練成天眼明瞳術之後，一直的韜光養晦就有些鬆懈了，一時之間居然忘了自己一直的計劃，跟金冠大祭司爭鬥起來。幸好聖女不在，不然還真不知道怎麼收場。

他放下心裏的想法，開始專心地窺視大天池。

今天的噴泉彷彿跟以往都不一樣，十二口噴泉連成一體之後就不斷地吸收著大天池的池水，使得泉水越噴越高。中間夾雜著炫目耀眼的光芒，頓時將整個廣闊的大天池印染得一片氤氳。

特洛嵐他們在泉水柱的中央，下面是大天池的泉水將他們托住，天藍色的池水不斷翻滾著。

楚天望著外面問道：「每天正午時候的噴泉能夠維持多久？」

伊格納茨知道是問她，因爲楚天是烈火黑煞絲的主上，所以她毫不猶豫地回答道：「一個小時！不過今天的噴泉很明顯跟往日不一樣。」

楚天敲擊這額頭，笑著說道：「當初禽皇弄這些的時候，可沒有想到居然要等到萬年

之後才會有傳人來取回寶藏。」

特洛嵐一臉的歎服，說道：「禽皇的力量真是通天，難怪被稱爲天禽，距離萬能的鳥神最近的天才！」

楚天笑罵道：「特洛嵐，你不是對禽皇很有想法的嗎？怎麼現在卻這麼佩服！」

特洛嵐尷尬地笑道：「當初要不是禽皇帶著四王作亂，也不會有了我們主上孔雀一族進駐鯤鵬城了，而且我們鴕鳥一族祖上就一直將禽皇當做逆臣來看待，這……呵呵，現在既然知道了禽皇真正的經歷，自然是敬佩有加。你知道什麼，我這叫知錯就改。」

楚天依舊是望著外面，嘴裏卻笑著說道：「沒想到一向正經的特洛嵐現在居然也開始學會了油嘴滑舌了。伯蘭絲，你可要看緊他，要是他將這麼一套說辭用在小美鳥的身上，那還不是一勾一個準。」

伯蘭絲白了楚天一眼，說道：「你還是想想我們怎麼躲過這麼多的守衛吧！」

楚天閉上眼睛，沉思一會兒才說道：「大概禽皇也沒有想到大天池居然被這麼多的鳥人看守吧！不過要是我一個人的話，憑著九重禽天變心法中的身法，想讓他們察覺不到還是可以做到的。」

特洛嵐苦笑著說道：「說這話有什麼用，我們難道要現在修煉你的九重禽天變心法？就是你願意，也得我們能練啊！」

伯蘭絲從不放過可以諷刺楚天的機會，當即說道：「你以爲人人都像你一樣啊！」

崽崽從伯蘭絲的懷裏鑽出來，露出小腦袋好奇地說道：「伯蘭絲阿姨，像媽媽一樣怎麼了？」

楚天乾笑著說道：「沒什麼，崽崽，你不是沉睡過去了嗎？怎麼這麼快就醒了。」

之前在水底的時候，楚天將禽皇留下的靈氣給崽崽過渡了之後，崽崽就開始沉睡。按照楚天的估計，崽崽起碼得過幾天才能醒過來，沒想到這麼快。

崽崽奇怪的撓撓頭道：「崽崽也不知道，一醒過來就聽到伯蘭絲阿姨在說話了。」

小可愛突然望著楚天懷裏紅撲撲的吉娜，說道：「吉娜姐姐，你怎麼在媽媽的懷裏躺著啊！崽崽知道了，媽媽的懷裏好舒服的。」

要不是在楚天的懷裏不能動彈，估計現在吉娜已經去找個地洞鑽進去了。

楚天紫芒一閃，望了眼崽崽，說道：「特洛嵐，你檢查一下崽崽的身體，看看有什麼異樣。」

一聽到這句話，伯蘭絲不由緊張起來，盯著楚天問道：「楚天，你這是什麼意思，難道在吸收了靈氣之後會出現異常狀況？」

楚天並不理會伯蘭絲的話，雙眼中紫芒暴漲，現在的他已經完全具有禿鷹一族的種族異能。雖然還不能完全掌握，但是有些是能勉強使用的。

種族異能和術法是兩個完全不同的概念，種族異能其實就是一個家族靈禽力所表現出來的特有力量形式，而術法則是一個家族在歷經萬載鑽研出來適合靈禽力發揮的力量發揮發放。

就像鶴族的仙鶴神針就不是種族異能，而是以靈禽力爲基礎，配合鶴族適合的心法操縱羽器，而奧斯汀所用的天心神遊術則是一種種族異能。

禽皇天縱之才，對各族的種族異能都有研究，九重禽天變心法中的第六重鄢鑾戰空變雖然可以模仿各種術法。但是一旦將九重禽天變修煉到至高境界，天下萬物，皆可模仿爲己用。

楚天現在所用的種族異能是禿鷹一族用來探查鳥人身體狀況的鏡脈神理術，能夠看清人體的經脈走向以及靈禽力的動向。

鏡脈神理術使出，崽崽的身體便如透明的一般，只有全身的經脈呈現出淡淡的紅色，一道細細的白色在體內遊走，正是崽崽體內的靈禽力。

此時靈禽力正在一點點加快速度在崽崽經脈裏遊動，而小可愛的經脈正在一點點地擴大。

楚天之所以讓特洛嵐查看，是因爲他還不太熟悉孔雀一族王者的靈禽力。不同種族王者的靈禽力是不一樣的，但是終究還是以天地的元力爲基礎，所以也只是大同小異。

特洛嵐輸出一道靈禽力到崽崽體內，藍色的光芒將崽崽籠罩在其中。

崽崽睜大眼睛，一會兒望著特洛嵐，一會兒又望著楚天，也不知道他們在做什麼，但是看起來好像蠻緊張的樣子，所以小可愛就靜靜地在伯蘭絲的懷裏一動不動。

過了半天，特洛嵐才收回在崽崽體內的靈禽力，回頭望著楚天，臉上神情嚴肅。

伯蘭絲雖然看不到特洛嵐的表情，但是看到特洛嵐一言不發，心裏也是緊張萬分，以爲出了什麼事，當即怒道：「楚天，你今天給我說清楚，到底是怎麼回事，崽崽會不會出事？不然我不會放過你的。」

吉娜也睜大眼睛擡頭望著楚天，一臉的緊張。

楚天突然露出微笑，說道：「特洛嵐，你到底要震驚到什麼時候，難道要你老婆把我給滅了再醒過來嗎？」

特洛嵐乾笑幾聲，說道：「不好意思不好意思，一時激動，楚天，跟在你身邊還真是幸運啊！」

伯蘭絲再傻也知道是好事了，她趕緊問道：「特洛嵐，崽崽身上發生了什麼事？」倒不能怪她不自己探查，看到特洛嵐激動的話語，自己一時之間倒是忘了。

特洛嵐深吸了一口氣，回過頭來說道：「崽崽現在的狀況好得不得了，看來他以後的修煉要加大力度了。」

伯蘭絲抑制不住心裏的震驚，爲了能在找到寶藏之後順利地去綠絲屏城奪回政權，從出了血虻沼澤，特洛嵐和伯蘭絲兩人就讓崽崽開始了辛苦的訓練。現在特洛嵐居然說還要加大修煉力度，怎麼能讓她不吃驚？

特洛嵐見伯蘭絲的表情，不由苦笑地說道：「你自己檢查崽崽的身體就知道了。」

楚天在一旁說道：「等過了段時間，我再給崽崽服下雪翎丹，他的力量應該能提升得更快。」

特洛嵐皺著眉頭，說道：「楚天，你把雪翎丹給了崽崽，那你的力量怎麼突破？」

楚天笑著說道：「我就是因爲現在獲得力量太容易了，以至於修心跟不上修身。現在雖然沒什麼危險，但是一旦再作突破，難保不會出什麼問題。到了王級，若是出了什麼問題，連找個人救都難。」

伯蘭絲已檢查完崽崽的身體，她一臉的激動神色，突然走到楚天面前就要跪下。

楚天趕緊扶住她，說道：「伯蘭絲，你這是幹什麼？」

伯蘭絲聲音顫抖，說道：「楚天，崽崽承蒙你這麼照顧，以前要是我有什麼得罪的地方，還請你見諒。從今天起，伯蘭絲鴕鳥一族任憑你差遣。」

第十五章 血濺聖城

「你何止是得罪我啊，簡直是害死我不償命。」楚天心裏苦笑，說道，「崽崽雖然跟我沒有血緣關係，但是他從出生就一直沒離開過我。說實話，要不是他，我連在這個世界上活著的勇氣都沒有，我一直都把他當做自己的兒子看待，又怎麼會不盡心呢！以後這樣的話就不要再說了。」

這話除了他自己，其他的人都難以理會，都以爲他是因爲難以完成禽皇交給他的重任才這麼說。

特洛嵐在一邊也插口說道：「伯蘭絲，你這麼說可是瞧不起楚天了，我們跟他在一起也有一個多月了，這些時間裏他對崽崽怎麼樣，我們是看在眼裏的。」

崽崽大聲地說道：「在崽崽心裏，媽媽就是崽崽最親近的人，特洛嵐叔叔和伯蘭絲阿姨也是。」

楚天大笑，拍拍崽崽的小腦袋，說道：「崽崽說得對！」

吉娜在楚天的懷裏，心裏對楚天的認識又上了一個層次。她直覺認爲楚天是個有故事的人，對他的過去，吉娜充滿了好奇。

伊格納茨也是癡癡地望著楚天，這男人，在不經意間流露出的傷感和憂鬱顯得那麼震撼人心。

另一方面，鳳巢大祭司運起天眼明瞳術探察天池，卻發現了噴泉與往日的不同。

今天的噴泉居然能散發出一股極其特殊的力量，阻止著他種族異能天眼明瞳術的探察，而他向其他的方向查探，那股力量越來越淡，終於讓他看到了大天池池底。

跟他想像中的完全不一樣，大天池池底安靜平和，根本就看不出有什麼秘密可言。可越是這樣，就表示越不平常。

鳳巢大祭司心念電轉，想到一個可能，那就是大天池池底有某個機關之類的被觸碰了，導致那股力量的散發。可能是時間久遠了，散發出來的力量只能在噴泉噴出的泉水柱處最爲集中。

泉水柱中到底有什麼樣的秘密呢？跟聖女和那幾名黑雕城來的鳥人有什麼關係呢？

鳳巢大祭司理不清頭緒，千年修煉的心境已經是古井不波。但居然還是一陣陣的煩躁，彷彿即將發生什麼可怕的事情。

楚天他們此時正在泉水柱中央想辦法怎麼樣躲過天池守衛的眼線。

一直都在沉默不語的伊格納茨突然開口說道：「這萬年來，在天池守衛的一直都是聖鸞城裏最強大的軍隊，也是鳥族最強的軍隊雕鴞集團軍。」

特洛嵐和伯蘭絲紛紛動容。

楚天不明所以，問道：「什麼鳥族最強的軍隊，雕鴞集團軍？沒聽說過。」

特洛嵐臉上露出苦笑，說道：「雕鴞集團軍，神權所組建的最強大的軍隊，直屬鳳凰家族。到目前爲止，雕鴞集團軍只出動過兩次，一次是三萬年前的煮海大戰，雕鴞集團軍被當時的鳳巢大祭司派出，滅了海族的狂鯨軍團，而他們卻是毫髮無傷地回來。」

頓了頓，特洛嵐接著說道：「第二次就是禽皇作亂之時，雕鴞集團軍出動，將蝙蝠王率領的軍隊給滅光！」

楚天心裏覺得奇怪，按理說這麼出名的軍隊，腦海裏的禽皇思想應該有波動才是，怎麼現在居然一點反應都沒有呢！真是怪事。

特洛嵐見楚天無動於衷，說道：「雕鴞集團軍據說只有千名鳥人！但是每個的實力都在翅爵以上，他們練就的陣法能破千軍萬馬，可以稱得上是無敵！」

楚天臉上的微笑一直都沒有褪去，聽特洛嵐說完，便說道：「現在我想到了一個辦

法，能不能成功就看天意了。」

特洛嵐望著楚天，發現現在的楚天越來越不一樣了，居然在這種時候一點也不驚慌。

伯蘭絲堅定地說道：「楚天，你說說什麼辦法，我們一定會配合的。」

楚天點點頭，說道：「以我現在的力量，應該能夠操縱泉水柱，我們可以借助泉水的掩護衝出峰頂，那時我們就有更多的把握衝出重圍了。」

特洛嵐擔心地說道：「但是，以前噴泉從沒有過這種情況，外人肯定會懷疑的。」

楚天敲擊著額頭，苦笑著說道：「現在恐怕也只有這個辦法了，等等要是水流下瀉，我們就都陷在大天池中間了。伊格納茨，你是聖鸞城的聖女，他們應該不會傷害你，等下要是我們沒有衝出去的話，你就自己回到你們那邊去。」他說話雖然是種溫和的語氣，但是誰也不能懷疑話中所包含的霸氣和不容置疑。

伊格納茨一愣，繼而堅定地說道：「我是不會走的，我要留在您身邊，紅頂鵰一族不是貪生怕死之輩。」

楚天苦笑著說道：「都這個時候了，也不知道有沒有命出去，還想著報什麼恩，隨便你了。特洛嵐，你們一定要保證體內的靈禽力隨時都在巔峰狀態，等下我說衝，你們就全力向下衝，不管下面是什麼。」

特洛嵐點點頭，說道：「嗯！你放心，我們會照做的。」

楚天抱著吉娜，全身被散發出來的紫金色光芒籠罩著，雙眼開始急速變幻，體內剛收服的烈火黑煞絲飛出體外，烈煞珠旋轉著將水柱鎖定。

晶瑩剔透的烈煞珠在藍色水柱裏顯得異常純淨，在楚天的操縱下，水柱開始有了急速地變化。

因爲想不通，鳳巢大祭司只能很鬱悶地放下心裏的疑惑，繼續觀望著噴泉。

突然，泉水柱的水流像是被什麼力量操縱了一般，在高空中彎折，急速旋轉著的水流向峰頂週邊沖去。

像龍捲風一般的藍色水流捲起峰頂的花草，光纖所及之處，萬千色彩閃耀，讓人不敢直視。

鳳巢大祭司愣了一下，突然運起遊音傳微術向在外搜索的艾略特說道：「你現在速速下去，到大天池命令守衛狙擊噴泉噴出的水流。」艾略特接到命令，立即向大天池飛去。

腦子裏禽皇的思想不停地影響著楚天，使他很快就跟烈火黑煞絲進行了融合。因爲有了前面與大日金烏的融合經驗，即使是跨等級融合羽器，也能少許多風險，更何況禽皇的思想還能在危機時刻保護他。

神級羽器畢竟不比頂級羽器，楚天雖然已經跟烈火黑煞絲融合，由於楚天的力量修爲還只是在翎爵階段，只能發揮出神級羽器烈火黑煞絲極少的威力。但即使是這樣，神級羽器所發出的力量還是大得驚人，烈火黑煞絲在楚天的操控下越來越熟練，水柱不斷吸收著大天池裏的水，越來越大。

泉水柱速度極快，不一會兒便到了大天池的邊緣部分。楚天心裏大喜，只要出了峰頂，就能有更大的把握擺脫雕鴞集團軍。

就在眾人心裏的石頭快要落地的時候，異變升起！

鋪天蓋地的慘澹白色透過泉水柱向裏滲進，壓抑的氣息讓楚天他們心神都提到巔峰狀態。

伊格納茨尖聲說道：「白骨烏鴆刺！雕鴞集團軍首領的頂級羽器白骨烏鴆刺！您要小心了！」

楚天一驚之後神色淡然，笑著說道：「只是頂級羽器嗎？那就讓他們見識我神級羽器烈火黑煞絲的攻擊吧！」

楚天釋放出體內的大日金烏，護在自己身旁，將吉娜放下，小聲說道：「吉娜，你吸收了大天池裏的靈氣，現在的力量應該突破了羽爵後期，要小心保護自己。」吉娜點點頭，感受著楚天別樣的柔情，心裏甜蜜蜜的。

楚天的身體脫離水柱，雙足踮空，雙手憑空而抓。雖然沒有穿戰甲，但是薄薄的長衣上光華氤氳，紫金色的光芒在衣服表面流轉，實在是比戰甲更加強大。

體外的二十八顆烈煞珠自如旋轉著組成星宿陣法，體內卻隱隱也透出二十八個光芒四射的圓珠，那是烈煞珠剛進入他體內時將靈禽力幻化而成的珠子，這才是真正的烈火黑煞絲的防禦。

他的雙眼透出一股利刃一般的紫金芒，冷冷地注視著羽器發出的源地，瞳孔之中紅黑兩芒夾雜變幻，嗜血的光芒讓人心寒膽戰。

虛抓的雙手突然多出了一排細小的絲線，雖然細小，但上面的火紅色卻是無比刺眼。

楚天操縱著絲線，就好像是掌握著眾生命運的王者。

隱藏在暗地的雕鴞集團軍彷彿是不堪楚天渾身散發出的壓力，將慘白色的光芒給撤掉。白骨烏鴆刺在空中劃了個明亮的白色，然後被握在了一個高大威武的男子手上。

楚天有如魔神下凡，向那名男子走去，同時心裏暗暗打量那男子。

男子看不出年齡，一身白色的戰甲將全身都護住，頭上戴著銀白色的頭盔，兩條狹窄的溝壑對稱地在頭盔的左右兩側向外延伸，正頂上是一顆發出藍光的寶石。雖然是白天，但是寶石散發出來的光芒卻讓人一陣陰冷，右耳掛著長長的掛飾，是一柄尖銳的利劍，無風而前後振動，帶起絲絲的殺氣。

雙眉鎖緊，鬢入盔裏，雙眼透出持久不變的藍光，正冷冷地打量著楚天，臉色平靜，

卻張揚著一股強盛的爆發力。

雙肩上鎖著一排利爪，時而散發出來的銀光讓人心寒，胸前有個盤子大的圓形光環，裏面雕刻著莫名的圖案。斜掛著的金屬鏈子跟肩上的利爪相協和。腰間掛著一柄長達兩米的武器，散發出嗜血的氣息。

雙腿上的護甲緊密地貼在腿上，顯得異常柔軟，絲毫不影響他的速度。

他靜靜地站在空中，手上的白骨烏鴉刺斜著向下，緩緩說道：「你是何人？怎麼會在大天池禁地？」

楚天微微一哂，說道：「那你又是何人？怎麼敢攔著我的去路？」

男子並不動怒，沉聲說道：「本座乃是聖鸞城下屬雕鴞集團軍首領德里克！」說完，雙目之中厲芒一閃，不容楚天說話，接著說道，「你們私闖大天池禁地，罪該斬！」

這時，男子身後又出現了兩個身影，其中一個赫然正是昨日在神殿門口調戲伊格納茨被楚天戲耍的鳳凰，此時他正一臉惡毒地望著楚天，時不時望向伊格納茨的眼神卻是猥瑣而淫蕩。

另一個卻是一身雪白的長衣，頭頂上戴著一頂銀白色的光冠，修長的身形顯得異常的單薄，英俊的臉上冷若寒霜，整個人顯得高傲而冷漠。但是楚天卻從他時而閃爍的光芒的眼中看到了對伊格納茨的貪戀。

從伊格納茨的口中，楚天知道了鳳凰的身分是現今神殿裏鳳巢大祭司的兒子弗朗西斯，是個標準的紈綺子弟，一直以來都在騷擾著聖女。

而雪白長衣的則是神殿裏的四大銀羽大祭司之一的艾爾維斯，是天鵝一族的第二代高手。

楚天笑著說道：「尊敬的弗朗西斯閣下，難道你沒有告訴他們我叫你老子的嗎？」

弗朗西斯陰陰一笑，說道：「我們好像從來都沒有見過，本公子又怎麼會知道你的名字呢？德里克，他們私闖禁地，你快命令手下的雕鴞集團軍把他們給滅了。」

楚天把玩著手上的細線，烈煞珠環繞在他的身邊，笑著說道：「哦？我們不認識嗎？那樣也好，免得待會兒我殺了你，有人會說我不近人情。」

這話雖然是笑著說出來的，但是其中的冰冷讓弗朗西斯一陣恐懼，彷彿他說的一定會實現一樣。

艾爾維斯冷冷地說道：「就憑你還有你手上的垃圾羽器？」

楚天依舊微笑著說道：「我手上的垃圾羽器？哈哈，我真不知道是該讚賞你的勇氣還是該嘲笑你的愚昧，看來天鵝一族真是沒落了。」

艾爾維斯眼中怒氣一閃而逝，冷笑一聲說道：「你知道激怒我的後果是很嚴重的。」

楚天敲擊著額頭，笑著說道：「是嗎？好像我到目前爲止還沒有發現激怒你有什麼後果！」說完這句他又看向了德里克冷冷道，「雕鴞集團軍？好狂的稱號，不敗的神話，今天我就要你們知道，什麼叫做強者！」

德里克暗自心驚，以他接近翎爵的力量居然看不透對手的修爲，而且對手明顯是知道雕鴞集團軍的厲害，竟然還是一副毫不在意的樣子。這讓他這位身經百戰的高手有了一種錯覺，眼前的人並非是池中之物！

但他畢竟是雕鴞集團軍的首領，心裏雖然震驚，但是很快就平靜下來，冷冷地說道：「你很狂妄！一個人狂妄的後果只有一個，那就是死！」

艾爾維斯突然笑著說道：「德里克大人，這種狂妄的小子就交給我吧！要是隨隨便便一個人就要出動我們的集團軍，那聖鸞城的聲望還有何存？」

楚天藐視地瞧了艾爾維斯一眼淡淡說道：「你還不是我的對手，要是殺了你，傳出去的話會笑話我欺負小輩。」

伊格納茨望著楚天，感受著楚天的氣勢，心裏不禁一陣緊張，情不自禁地說道：「您要小心，銀羽大祭司的頂級羽器碧月烈耀杖很難對付，他的力量已經達到了翅爵後期。」

楚天望著伊格納茨微微一笑，說道：「憑他的力量修爲，根本就不是我的對手，殺他只是舉手之勞。」

艾爾維斯見神殿聖女居然大庭廣眾之下這麼幫助一個敵人，心裏又氣又怒，說道：

「聖女，你知道你是在做什麼嗎？你難道不怕萬能鳥神的責罰嗎？」

楚天笑著說道：「就憑你也能代表萬能的鳥神？你還真是對鳥神不敬啊！」

艾爾維斯心裏妒火中燒，眼中碧色的光芒暴漲，望著楚天。如果目光能殺死人的話，估計楚天已經是百孔千瘡了。

楚天毫不在意地說道：「你望著我也沒用，萬能的鳥神可不會因爲你那猥瑣的眼光而現世懲罰我的。啊，你也別這麼含情脈脈地望著我，我對你不感興趣，雖然你看起來有做玻璃的潛質，但我是標準的異性戀者。」

艾爾維斯的心在滴血，他盯著楚天滔滔不絕的嘴巴，心裏第一次這麼想將一個人的嘴巴給撕爛。

他白玉般修長好像女人的手上一翻動，一根全身碧色，泛射著誘人光芒，有人手臂長的法杖出現了。

「這應該就是那什麼碧月烈耀杖。」心中猜測著，楚天只見艾爾維斯高高舉起法杖，杖頂端的拳頭大小的圓狀寶石釋放出綠色的光芒，將楚天牢牢鎖住，渾身的氣勢一漲，有如實質地撲向楚天。

楚天身邊纏繞著的二十八顆烈煞珠突然急速旋轉，一道紫金色的光芒將它們串聯在一起。

艾爾維斯冷笑幾聲，說道：「怎麼不說了？就憑你手上的垃圾羽器也敢跟我的頂級羽器相抗衡，哼！今天本座就要讓你知道生不如死的滋味。」

特洛嵐和伯蘭絲兩隻鴕鳥同時從楚天後面走上前，跟楚天站在一起。

艾爾維斯輕蔑地一笑，說道：「鴕鳥？哼哼，低賤的種族，居然敢跟本座叫板，今天就讓你們都死無葬身之地！」

特洛嵐和伯蘭絲兩人臉色一變，伯蘭絲將崽崽交到吉娜的手上，雙手一振，無數片碧綠色的羽毛從她的身體裏向外飛出，組合成碧波粼羽刀。

特洛嵐雙手成拳，背上的虯鼉翼突然漲出，高達數十米的銀白色羽翼在空中搖擺著。

楚天阻止他們動手，輕聲說道：「特洛嵐，你們怎麼跟狗一般見識了！狗要是想咬你們的話，難道你們也要去咬他嗎！」說著向特洛嵐使了個眼色。

特洛嵐點點頭，跟伯蘭絲同時向後退一步，護住吉娜他們。

烈煞珠突然尖聲長嘯起來，楚天面色一變，口中冷冷喝道：「偷襲！找死！」

一聲慘叫，弗朗西斯重重地摔在地上，口吐鮮血，面色一陣慘白地望著楚天。

方才他以艾爾維斯跟楚天對峙來分散楚天的注意力，本以為自己這招偷襲肯定會百分百成功，沒想到楚天身上爆發出來的力量居然在一擊之下就讓他重傷。

楚天看都不看他一眼，說道：「原來這才是垃圾啊！堂堂鳳巢大祭司的公子，居然使用偷襲，還真是神殿裏出來的賢才啊！」

德里克面色慘白，要知道弗朗西斯可是現在神殿裏的鳳巢大祭司的兒子，萬一他有個三長兩短，那自己這個雕鴞集團軍的首領的生命也算是走到盡頭了。

一念及此，雖然心裏也在驚訝楚天剛才的一擊竟然讓他都沒有看清楚，但是還是趕緊上前將弗朗西斯抱住。

弗朗西斯雙眼透出惡毒的光芒，顫聲說道：「德里克，快叫你的雕鴞集團軍把他給我殺了！要不然等我回神殿就叫父親撤了你的職位。」

楚天眼神之中寒光一閃，也不見他有如何動作，德里克懷裏的弗朗西斯已經被楚天抓了過來。

楚天手上紫金芒一閃，嘴角掛著微笑，說道：「怎麼樣？艾爾維斯，你的頂級羽器呢？怎麼不敢發動了，沒想到你居然不顧鳳巢大祭司的公子的性命啊！」

艾爾維斯嘴角一陣抽搐，眼中冒著寒光，手上的碧月烈耀杖不停地抖動著，說道：「你要是敢把弗朗西斯怎麼樣，神殿是不會放過你的。」

楚天眼睛一挑，嘲笑似的說道：「哦？是嗎？」說著將弗朗西斯放下，玩味地望著艾爾維斯。

弗朗西斯見楚天因爲艾爾維斯的幾句話就將他給放下了，以爲他是怕了，當即也冷哼

著說道：「哼！你既然知道我是鳳巢大祭司的兒子，居然還敢傷我，就算你現在放了我，死罪可免，但是活罪難逃。你要是現在就跪下向我磕幾個頭求我饒你，本公子還可能會向父親大人求情。」

楚天靜靜地聽他說完，嘴角的笑意越來越明顯，說道：「這樣啊！弗朗西斯閣下，可惜現在沒有人為你求情，就是有人，你也只有一個結局，那，就是死！」楚天右手虛空一抓，將弗朗西斯提起來，隨手向空中一扔。

艾爾維斯從一開始楚天說話，就一直都將力量提到巔峰，想要等楚天一有疏忽就將弗朗西斯救下來。天鵝一族的種族異能仙微探靈術能夠準確地把握對手的靈禽力動向。

可是沒想到楚天一說完就動手了，而且沒有一點靈禽力的波動，他只能看著楚天將弗朗西斯扔向空中。

德里克心裏震驚不已，從楚天從泉水柱裏飛出來，他就一直以自身的靈禽力探察楚天的情況。可是根本就探察不到楚天體內的靈禽力高低，而且他手上的頂級羽器白骨烏鴆刺卻只感覺到對方的羽器靈力非常低弱。

這一切都在表示楚天的力量根本就微不足道，可是他居然將擁有翅爵力量的弗朗西斯輕易抓住。

德里克心裏想著，手下卻是不慢，一見弗朗西斯被扔向空中，馬上將手上的白骨烏鴆刺扔出，殺向楚天，同時自己向空中飛去。

楚天笑著說道：「想救人？你們都滾吧！」

他體內的大日金烏突然飛出，一道金芒閃過，空中的弗朗西斯就被分屍成無數肉塊，空中噴灑著殷紅的鮮血，激灑下來。

伊格納茨驚呆了，她沒有想到楚天下手居然這麼狠，才一個回合不到就將弗朗西斯給殺了。雖然在神殿裏弗朗西斯一直都騷擾她，甚至想以卑鄙的手段得到她。但是他畢竟是鳳巢大祭司的兒子，就這樣被殺了，恐怕以後楚天的日子不會好過。

特洛嵐和伯蘭絲同時喊道：「楚天，留活口，讓他們放我們走！」無奈已經是來不及。

楚天體內的靈禽力運轉將眾人籠罩在其中，空中的鮮血紛紛被彈向德里克他們。

他笑著說道：「留什麼活口，要是我楚天以這種鳥人爲人質逃出去，那豈不是自降身分？」

空中，一道黃光閃過，楚天心裏突然一動，那道黃光就落進了楚天的身體裏消失不見。

楚天暗笑道：「還真是好運，沒想到第三根羽毛居然會在這廢物身上！」

這一切都只在一瞬間，白骨烏鴉刺已經刺到。

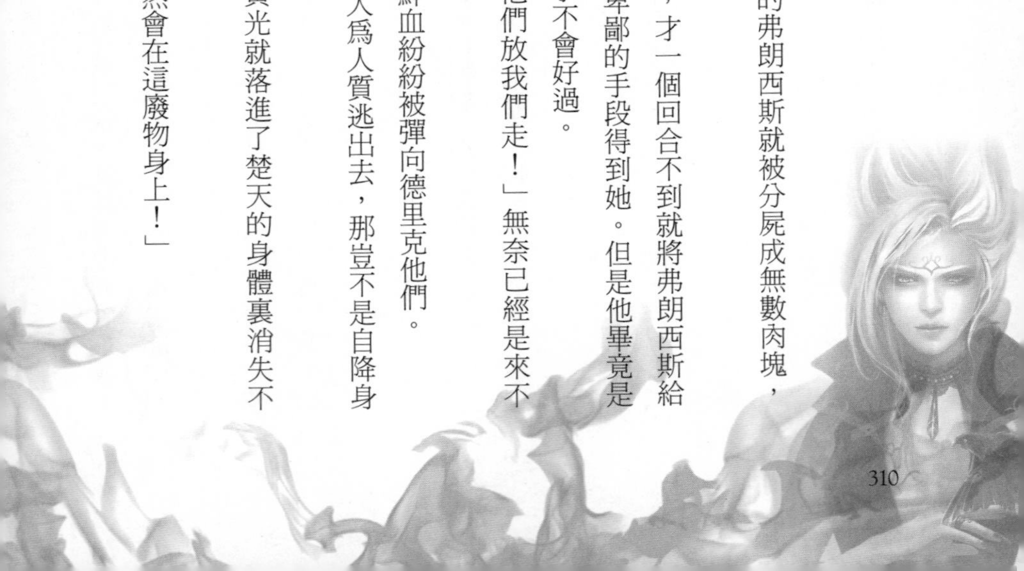

楚天冷冷一笑，烈火黑煞絲收到楚天靈禽力的指揮，拇指上的火煞絲悄無聲息地撞向白骨烏鴆刺。

虛空之中，火煞絲連在一起幻化成一杆金剛長槍，迎上白骨烏鴆刺。

這也是烈火黑煞絲的一種能力，能利用空氣隨意幻化成各種兵器，以達到攻擊的目的。

艾爾維斯手上的碧月烈耀杖光芒四射，將天地間的光芒聚集在一起，形成一個巨大的光球。

光球越聚越大，艾爾維斯眼中惡毒光芒也是越來越重，口中不斷念著施法的咒語。

楚天體內的二十八顆珠子彷彿也感覺到危險，在他的體內高速旋轉起來，讓楚天的身體表面像是鍍了一層紫金，更顯得飄然狂放。

伊格納茨在楚天的身後說道：「天鵝一族的聚月臻明心法，您要小心！」

楚天居然回過頭笑著說道：「伊格納茨，我都叫你名字了，你怎麼還用敬稱，叫我楚天吧！」

德里克眼見不能救弗朗西斯的性命，心裏大怒，雙手一揮，隱藏在大天池各處的暗哨紛紛現身，鳥族最強的軍隊終於又要再一次出手了。

同時他心裏想道：「哼！就算你的力量強過弗朗西斯，就憑你手上的垃圾羽器，也敢跟本座的頂級羽器相抗。只要殺了你，鳳巢大祭司的怒氣才可能少，那我的性命也能保障了。」

雖然是這麼想的，但是心裏不免惴惴，看著楚天自信而霸氣的氣勢。德里克也開始對自己產生了懷疑，要不然就不會將雕鴞集團軍調出來了。

神殿裏的鳳巢大祭司一指派完艾略特，就即刻回到神殿裏，靜靜等待著雕鴞集團軍將楚天他們帶回來。

所以說，一個人要是太自信了，往往會帶來不可彌補的過失。

鳳巢大祭司就是因爲對聖鸞城的雕鴞集團軍太過自信，才會讓自己的兒子喪命。

就在白骨烏鳩刺與火煞絲相碰撞之時，艾爾維斯的聚月臻明心法也已經完成，一個井口大小的光球在碧月烈耀杖的揮舞下向楚天砸去。

楚天微微一笑，力量達到翎爵後期的他對付兩個翅爵後期的鳥人就像是探囊取物一般。但要是馬上就殺了他們，後面的雕鴞集團軍必然會一擁而上，那時就算是他有三頭六臂也無濟於事。

老子要是有了王級的力量，還用擔心這麼多，就帶著幾個人還不是來去自如。楚天心裏想著，對力量的渴求前所未有的強烈。

艾爾維斯冰冷的眼神望著楚天，彷彿是在看一個死人，說道：「死到臨頭還能笑得出

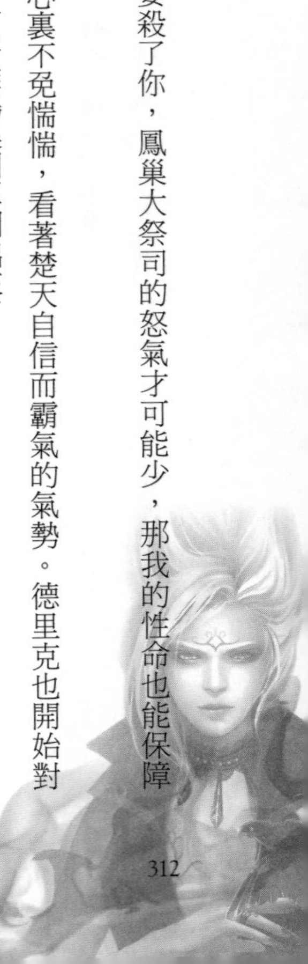

來，本座真該佩服你的勇氣。」

楚天心裏怒氣上沖，艾爾維斯的這種表情讓他腦海裏的禽皇思想蠢蠢欲動。當年天鵝一族的族主在他受了重傷的時候也是這麼望著他的。

烈火黑煞絲跟白骨烏鴆刺相撞時沒有任何聲響，神級羽器的威力此時才顯現出來。火紅的光芒瞬間包裹住白骨烏鴆刺，一條條細線纏在尖刺上，一閃一閃地閃著光芒。

德里克只覺得自己的羽器竟然不受控制，體內的靈禽力也隨著白骨烏鴆刺的掙扎而渙散。

楚天與烈火黑煞絲已經融合，自然知道現在白骨烏鴆刺沒有威脅，所以他直接迎上了艾爾維斯的光球。大日金烏感受到楚天渾身散發出來的殺氣和怒氣，光華沖天，將光球的光芒都比了下去。

艾爾維斯看著楚天衝上來，臉上的笑意更盛，種族異能仙微探靈術運到巔峰也感覺不到楚天體內靈禽力有多強大，居然敢直接衝上來接住光球?還真是不要命了。

楚天手上佈滿靈禽力，向前探伸著抓進光球裏面。

艾爾維斯心裏狂笑不止，眼中的藍光兇悍的充滿著嗜殺之色，彷彿他已經看到楚天灰飛煙滅的樣子。

伊格納茨驚呼一聲，雖然知道楚天的力量修爲，但是他現在的身分可是紅頂鶥一族的恩人。如果他有什麼意外，那麼紅頂鷳一族將無法完成祖上的遺訓。

可是當楚天的右手伸進光球，艾爾維斯並沒有看到自己想要的一幕。相反，龐大的光球居然一點點地變小，聚集起來的光芒在楚天的右手間消逝。

楚天去勢不減，大日金烏呼嘯著擋住了艾爾維斯的後路，他的右手成爪扣住艾爾維斯的脖子。

艾爾維斯臉色慘白，手上拿著的碧月烈耀杖光芒暗淡，靈禽力注入根本就不起任何作用。

楚天微微一笑，輕聲說道：「沒想到堂堂天鵝一族的銀羽大祭司居然也會死在他瞧不起的人手上，還真是諷刺啊！」他眼中紫金色的光芒一閃。

艾爾維斯在還沒有臨死前的覺悟就已經被楚天「咔嚓」給扭斷脖子了，耷拉在一側的腦袋上，兩隻大眼睛中透露著無奈和不甘心的眼神。

特洛嵐站定，笑著說道：「我居然忘了，大日金烏是天下一切光芒的剋星。既然楚天是它的主上，跟它融合了，那麼楚天現在的本體也擁有了吸收光芒的能力。」

伊格納茨顫聲說道：「那照你這麼說，楚天現在再碰上以光爲力量的鳥人時，豈不是最強大的？」

特洛嵐搖搖頭，說道：「那當然不是，要是楚天碰上比他高級數的高手時，也是贏不

了的。只能說在以光爲力量的鳥人面前，他佔有絕對的優勢。」

突然，從艾爾維斯的身上飛出一道紫光，一瞬間鑽進楚天的體內消失。

楚天狂笑，沒想到剩下的三根羽毛居然這麼快就找到了兩根，老子的人品還不是一般的好啊！

突然，他體內的四根羽毛一陣抖動，紫金芒覆蓋的皮膚表層顫抖著，空中死去的弗朗西斯幻化出原身的羽毛全都變色。

一根金色的羽毛化作一道虹彩以迅雷之勢從楚天的頭頂鑽進。

從楚天擊穿光球到金色羽毛鑽進他身體，這一切只在瞬息之間，德里克趁著烈火黑煞絲的主上分神之時將靈禽力運到巔峰收回白骨烏鴆刺。

剛一收回，他就看到楚天吸收了空中的金色羽毛，不由臉色大變，嘴裏喃喃說道：「怎麼可能，神器怎麼會主動鑽進他的體內，鳳巢大祭司施法下才將羽毛封到弗朗西斯的體內，怎麼會這麼輕易地就進入了他的體內。」

他震驚之下，大手一揮，周圍冷漠著按兵不動的雕鴞集團軍蜂擁而上，以一種獨特的陣法將楚天他們圍在正中央。

楚天冷笑數聲，說道：「鳥族最強的雕鴞集團軍居然會以千敵幾，真是強啊！」

蝙蝠王帶著手下的軍隊從南北大陸中的折翼海飛過，中途遇上聖鸞城派出的雕鴞集團軍，萬名蝙蝠戰士斷翼而死。

楚天腦中的禽皇思想不斷出現著對雕鴞集團軍的各種片段，他體內的靈禽力也提到巔峰，一股狂暴的嗜血之氣充斥全身各處。

周圍的各人都感覺到楚天身上散發出來的殺氣，均是心裏一寒，沒想到他居然能在千軍之中還能爆發出這麼強盛的氣勢。

首當其衝的德里克更是感受強烈，他只覺得全身彷彿被萬把冰冷的利劍洞穿，身體的每一部分都如刀割，心神俱顫間汗水濕了背脊。

楚天現在已繼承了禽皇的大部分思想，這下更使禽皇隱藏在楚天體內的力量充分爆發。萬年的鬱氣一下子完全散發，王者之氣在千名雕鴞集團軍戰士的壓迫下與楚天融合。

德里克強運靈禽力，將身體的寒意驅散，顫聲說道：「殺！」

千名戰士各持羽器，作爲雕鴞集團軍中的一員，他們渾身散發出來的殺氣足以將一個普通的鳥人壓死，並且聖鸞城利用他們的優勢，創下了一個獨特的陣法，能將殺氣集中。

特洛嵐和伯蘭絲將吉娜護在中間，各運靈禽力抵抗著冰冷的殺氣，蚪鼉翼和碧波粼羽刀呼嘯著護在他們身邊。伊格納茨俏臉上帶著猶豫，生爲聖鸞城神殿的聖女，現在居然幫著外人來阻擋雕鴞集團軍，恐怕會將整個紅頂鶥一族置於死地。

但她只是稍微猶豫了一下，就將身上的羽器縹靈奪翎環和瑩光晶鑲手同時運出，幫助

特洛嵐和伯蘭絲。

坎落金和坎落黑拿著手上的武器，運轉體內獸靈力虎視眈眈地望著周圍。

楚天突然暴喝一聲，融進他體內的五根羽毛從體內飛出，紅紫黃藍綠五種顏色在空中不斷向外擴展著它們的色彩。

楚天體內的靈禽力不受使喚地向外流溢，注入五根羽毛之內，隨著楚天紫金色的靈禽力的充斥，五根羽毛光芒愈盛，漸漸地被拉接在一起。

所有的鳥人都停下手上的動作，愣愣地望著空中的楚天和羽毛。

一團充斥天際的五彩光芒逼著眾人的眼睛都無法睜開，光華只在剎那間就消失得無影無蹤。

楚天停頓在虛空之中，他的左邊是頂級羽器大日金烏，散發出紫金色的光芒，在原地旋轉著。中間是烈火黑煞絲，二十八顆烈煞珠以陣法形式護在楚天的周身各處。

而在他的右邊，則是一件奇怪的羽器：如蓮花一般的主體，周圍是一簇簇散發著七彩光芒的像羽毛樣式的晶瑩片，中間突出著一根紫金色的劍狀物，晶瑩片的尾端延伸著僅僅扣在劍狀物的下端。

楚天冷冷地說道：「今天就讓你們見識見識萬能鳥神遺留在凡間的神器，幽、靈、碧、羽、梭！」

此時的楚天就像是凌駕天下的王者，眉宇之間散發出來的神采足以讓天地色變，偉岸的身材充滿著睥睨天下的霸氣。

所有鳥人手上的羽器都在不停地顫抖著，彷彿是在膜拜它們的王者重生，又好像是懼怕它們的王者降罪！

德里克畢竟是雕鴞集團軍的首領，心裏雖然恐慌，但是依舊能夠鎮定地指揮：「所有雕鴞集團軍的戰士們，殺了這些褻瀆我們鳥神的惡人！」

楚天冷冷地從空中落下，飛到特洛嵐他們身邊，輕聲說道：「你們自己保護好自己，我們衝出去！」

特洛嵐點點頭，說道：「楚天，我們都相信你，現在你已經成了一名真正的王者！」

楚天眼中紫金芒暴漲，辟元耀虛變心法使出，一瞬間便不見蹤跡，再出現時已到了德里克面前，他冷冷地說道：「侮辱神器者，死！褻瀆王者之威者，死！」

德里克大駭，白骨烏鴆刺還沒來得及放出，便被楚天的幽靈碧羽梭一擊粉身碎骨。

楚天半招擊殺德里克，接著往空中一飛，幽靈碧羽梭隨著他的心意漲大，將整個大天池籠罩在其中，無數柄利劍倒豎在空中，蓮花罩在頂上，有如太陽一般耀眼。

精彩內容請續看《馭禽齋傳說》卷四暗殿迷蹤

馭禽長征 ③聖鸞禁地（原名：馭禽齋傳說）

作　　者：雨　魔
發 行 人：陳曉林
出 版 所：風雲時代出版股份有限公司
地　　址：105台北市民生東路五段178號7樓之3
風雲書網：http://www.eastbooks.com.tw
官方部落格：http://eastbooks.pixnet.net/blog
信　　箱：h7560949@ms15.hinet.net
郵撥帳號：12043291
服務專線：(02)27560949
傳真專線：(02)27653799
執行主編：劉宇青
美術編輯：吳宗潔

法律顧問：永然法律事務所　　李永然律師
　　　　　北辰著作權事務所　蕭雄淋律師
版權授權：蔡雷平
初版換封：2015年12月

ISBN：978-986-352-226-3

總 經 銷：成信文化事業股份有限公司
地　　址：新北市新店區中正路四維巷二弄2號4樓
電　　話：(02)2219-2080

行政院新聞局局版台業字第3595號
營利事業統一編號22759935

©2015 by Storm & Stress Publishing Co.Printed in Taiwan

定價：280元　特價：199元

版權所有　翻印必究

◎ 如有缺頁或裝訂錯誤，請退回本社更換

國家圖書館出版品預行編目資料

馭禽長征 / 雨魔 著. — 初版. —
臺北市 ： 風雲時代, 2015.08-
冊 ；　公分
ISBN 978-986-352-226-3(第3冊 ： 平裝). —

857.7　　104009474

風雲時代